Irmandade da Cruz

Luiz Henrique Carvalho Mourad

Irmandade da Cruz

© 2023, Madras Editora Ltda.

Editor:
Wagner Veneziani Costa

Produção e Capa:
Equipe Técnica Madras

Revisão:
Silvia Massimini Felix
Jerônimo Feitosa
Maria Cristina Scomparini

Dados Internacionais de Catalogação na Publicação (CIP)
(Câmara Brasileira do Livro, SP, Brasil)

Carvalho, Luiz Henrique de
Irmandade da cruz / Luiz Henrique de Carvalho. --
1. ed. -- São Paulo : Madras Editora, 2023.

ISBN 978-65-5620-052-1

1. Ficção brasileira I. Título.

22-138218   CDD-B869.3

Índices para catálogo sistemático:

1. Ficção : Literatura brasileira B869.3
Aline Graziele Benitez - Bibliotecária - CRB-1/3129

É proibida a reprodução total ou parcial desta obra, de qualquer forma ou por qualquer meio eletrônico, mecânico, inclusive por meio de processos xerográficos, incluindo ainda o uso da internet, sem a permissão expressa da Madras Editora, na pessoa de seu editor (Lei nº 9.610, de 19/2/1998).

Todos os direitos desta edição reservados pela

MADRAS EDITORA LTDA.
Rua Paulo Gonçalves, 88 – Santana
CEP: 02403-020 – São Paulo/SP
Caixa Postal: 12183 – CEP: 02013-970
Tel.: (11) 2281-5555 – Fax: (11) 2959-3090
www.madras.com.br

Adrien (*) era estrangeiro e estava aqui escrevendo uma matéria para a empresa jornalística na qual trabalha. Como estávamos hospedados no mesmo hotel, acabamos por fazer amizade e em seu horário livre nos acompanhava, a mim e alguns amigos, para os locais turísticos da cidade. Nossas conversas acabavam se direcionando para assuntos de espiritualidade. Como isso sempre me fascinou, ficávamos, às vezes, até altas horas da noite discutindo.

Adrien mostrou-se ser um homem muito inteligente e, no pouco tempo em que estivemos juntos, aprendi muito. Antes de partir, ele me deu um manuscrito e pediu que o lesse, mas que não comentasse com ninguém seu conteúdo, com o que, evidentemente, concordei de pronto. Trocamos telefones e seguimos nossas rotinas normais de vida.

Durante minha volta, comecei a ler o que ele havia me dado e, confesso, fiquei tão impressionado com o que estava escrito que não parei até terminar. Minha primeira reação foi telefonar para ele, agradecendo pela confiança; depois, porque o entusiasmo era tanto que queria mais detalhes. Conversamos por um longo tempo e, no final, pediu para que eu editasse o conteúdo do texto pois ele, por razões óbvias, não podia fazê-lo. Porém, eu devia aguardar um contato seu, autorizando-me a divulgação. O tempo passou e essa autorização só chegou seis anos depois.

---

* Nome fictício.

Índice

Prefácio 8
Prólogo 10
Capítulo 1 – Carmina 13
Capítulo 2 – Bruxelas 25
Capítulo 3 – O Segredo 32
Capítulo 4 – Iniciação 63
Capítulo 5 – Revelações 76
Capítulo 6 – França 107
Capítulo 7 – Espanha 133
Capítulo 8 – O Guardião 146
Capítulo 9 – A Despedida 173
Capítulo 10 – Lições 184
Capítulo 11 – O Mosteiro 200
Capítulo 12 – Os Arquivos 213
Capítulo 13 – Ghara Kelisa 229
Capítulo 14 – Verdades 240
Epílogo 255

Prefácio

A experiência pela qual passei, e que aqui deixo narrada para a posteridade, transformou minha vida e minha maneira de ver o mundo. Hoje, presenciamos uma corrida sem igual para a espiritualidade, embora muitos dos que a buscam estejam apenas sendo levados pelo balanço das ondas sem, no entanto, ter consciência do que os motiva. Neste novo milênio a humanidade ouviu um grito dentro de si, como nunca ouvira antes. Esse grito soa como um suspiro do espírito que está quase se afogando no mar do materialismo e em um último esforço tenta desesperadamente se manter vivo. Falar em milagres na época em que vivemos se tornou quase que heresia. Os milagres e a fé são conceitos antiquados, que estão se tornando peças de museus. Mesmo dentro da própria espiritualidade moderna, eles não existem. Hoje, a busca espiritual, embora crescente, desviou seu rumo. Pregam-se muito mais fórmulas e técnicas, e a ideia básica, que sempre foi a transformação interior do homem, se perdeu.

Os verdadeiros alquimistas não existem mais. Os homens e mulheres santos estão deixando nosso mundo. Não conseguimos mais enxergar os milagres. Na mesma proporção em que vivenciamos o avanço da espiritualidade, notamos o desaparecimento da realidade de Deus. Mesmo Deus, que deveria ser a meta final de nossa busca, também perdeu seu lugar nesse emaranhado de fórmulas mágicas. E aqueles que O procuram com sinceridade de alma não conseguem visualizar um caminho verdadeiramente isento de preconceitos. Deus deveria ser a substância primeira (*sub*-debaixo e *stare*-permanecer) por detrás de todo ensinamento espiritual. Mas nem sempre é isso que presenciamos.

Por essa razão, quando me foi dado o privilégio de compartilhar com o mundo minha experiência, tive receio de fazê-lo, pela forma como o mundo encara a espiritualidade nos dias de hoje. Mas, agora, percebo que este livro não é para todos. Sendo assim:

"Quem tiver ouvidos para ouvir, ouça."

Hieronymus

Prólogo

Acordei me sentindo atordoado. Minha cabeça doía. Levei a mão e ainda sangrava no local da pancada. Eu estava em uma cela escura e fria. Não havia janelas, a parede era de pedra e o piso, feito de um material que lembrava tijolo. No chão, um colchão de palha ou algo assim. Levantei-me e fui em direção às grades. Comecei a gritar, para que alguém pudesse ouvir e viesse me dizer o que estava acontecendo. De repente, ouvi uma voz vinda de dentro da cela. Só então percebi que não estava sozinho. Ali ao meu lado, encostado à parede, um homem todo sujo, com as roupas rasgadas, longa barba, estatura mediana, porém muito magro e debilitado. Ele começou a falar comigo:

– Não faça barulho – disse –, os guardas daqui são extremamente violentos.

– Quem é você? – perguntei.

– Meu nome é Rahman. Você não é iraniano, por que foi preso?

– Não sei o motivo. Em um instante estava dentro de uma igreja, e agora estou aqui. Aliás, onde estamos?

– Gostaria de responder à sua pergunta, mas eu também não sei. Quando fui detido, levaram-me para a prisão de Kahrizak, depois me trouxeram para este local. Os guardas me trancafiaram no baú de um caminhão até chegarmos aqui. Quando pararam o veículo, fizeram com que eu saísse com um capuz escuro e só o retiraram quando me jogaram nesta cela.

– Mas o que você fez?

– Eu sou um Yarán, pertenço à seita dos *bahá'ís*.

– Perdoe-me, mas nunca ouvi falar de vocês – respondi.

– Nós, *bahá'ís*, sempre fomos perseguidos, desde que nossa religião surgiu em 1844, mas depois da revolução islâmica de 1979 essa perseguição foi intensificada. Eu não sei quanto tempo faz que estou aqui. Eles não nos permitem ver a luz do dia, e, como as celas não possuem janelas, perdemos completamente a noção do tempo. Que dia é hoje?

Respondi à pergunta e nesse momento sua face mudou completamente, e ele disse em tom desesperado:

– Dez meses, faz dez meses que estou preso aqui!

De repente, dois guardas apareceram em frente às grades. Eles berravam, mas eu não entendia uma só palavra do que queriam dizer. Um deles abriu a cela, enquanto o outro apontava uma arma em nossa direção. Quando entraram, gritaram com Rahman.

– Querem que fiquemos de frente para a parede – disse ele.

Obedeci, sem relutar. Um dos guardas trouxe minhas mãos para trás e algemou-as. Depois me escoltaram para fora da cela. Escutei Rahman me desejando boa sorte.

Caminhamos por um corredor onde se podiam notar fios pendurados com luzes fracas iluminando sua extensão. Entramos por uma porta onde havia uma escrivaninha antiga. A sala estava vazia. Eles, então, me fizeram sentar na cadeira com força. Tentei levantar meu rosto para olhar mais detalhadamente o lugar, porém um dos soldados pegou-me pelos cabelos e abaixou minha cabeça, enquanto gritava em meu ouvido. Nesse momento, alguém entrou no recinto e disse algo, e os guardas se afastaram.

– Desculpe meus subordinados, eles não estão acostumados a ter muita delicadeza.

O homem, mesmo tendo sotaque, falava bem meu idioma.

– Posso perguntar por que estou aqui?

– Na verdade, eu ia justamente lhe fazer essa pergunta! O que faz em nosso amado país?

– Nada, sou apenas um turista – respondi.

– Sim... É isso que diz seu passaporte. Mas papel aceita qualquer coisa. Sabe, vou lhe contar um segredo. Hoje, eu não amanheci muito espirituoso, estou cansado e o sol lá fora está escaldante, então vou ser direto. Você coopera e eu prometo que sua estada aqui será, digamos... Mais suportável.

– Mas estou dizendo a verdade! Vim ao seu país como turista para conhecer Ghara e outros locais sagrados, apenas isso.

Naquele instante, o homem à minha frente mudou sua fisionomia. Ele fez um aceno com a cabeça e os guardas me levantaram.

– Você vai querer continuar com esse joguinho? – disse ele. – Pois bem, vamos ver quanto você é resistente.

Então, um deles socou meu estômago. A dor foi intensa. Tentei arquear meu corpo, mas eles me seguraram e não permitiram que eu o fizesse.

– Sabemos que é um espião, estamos monitorando você e seu amigo desde que chegaram ao aeroporto de Tabriz. Infelizmente, ainda não o localizamos, mas não irá demorar para que isso ocorra. Temos patrulhas espalhadas pela região. Cedo ou tarde o encontraremos. Pensou acaso que éramos ignorantes? Que poderia entrar em nosso país sem que soubéssemos suas verdadeiras intenções? Esse é o grande problema de vocês, acharem que somos pastores ingênuos e que todos os nossos equipamentos são sucatas do Ocidente. Não quero continuar com isso, temos muitos meios de obter uma confissão. Tenho certeza, antes do que imagina, de que nos contará a verdade.

Respirei fundo nesse momento e, mesmo sentindo uma dor intensa, juntei minhas forças e gritei:

– Eu exijo um advogado ou alguém de minha embaixada!

Nessa hora, ele se aproximou e socou-me no estômago novamente, e em meu rosto. Quase desfaleci, mas consegui manter-me o mais lúcido possível. Nada mais foi dito, os guardas apenas me arrastaram de volta à cela. Assim que cheguei, eles retiraram as algemas e me jogaram no chão. Rahman veio ao meu lado e, com um pedaço de pano todo sujo, tentou limpar um pouco do sangue que escorria pela minha boca, enquanto dizia:

– Não sei o que você fez, mas te aconselho a contar a eles. O diretor deste lugar é um homem extremamente violento e ninguém é capaz de saber o que ele fará para obter uma confissão.

Minha boca doía e sangrava ao mesmo tempo. Rahman percebeu que eu não estava em condições de falar, então continuou a estancar o sangue, mas permaneceu em silêncio. Tentei descansar um pouco e, naquele momento, várias coisas passaram em minha cabeça, e comecei a recordar como tudo isso começou.

Capítulo 1

Carmina

A água que escorria pelo meu corpo levava consigo todo o cansaço acumulado por mais um dia. Meu nome não importa, sou repórter e trabalho em um dos jornais mais conceituados de meu país.

Faz alguns anos que venho investigando o chamado grupo de Bilderberg, quando documentos de sua reunião ocorrida em 1999 na cidade de Sintra, Portugal, chegaram até minhas mãos. A maioria das pessoas os ignora completamente; outros, ao contrário, são os chamados teóricos da conspiração, que acreditam que exista um complô por todos os lados. Eu prefiro me ater a fatos.

Nesse dia, porém, como de costume, após dar uma rápida passada em casa, me dirigi ao prédio da fraternidade à qual pertencia e onde todas as quintas-feiras do mês mantínhamos nossas reuniões. Eu morava sozinho e considerava aquele lugar como sendo meu segundo lar, pois lá encontrava a paz que o dia a dia atribulado me roubava. Era naquele local que eu buscava o consolo necessário quando, depois de testemunhar em meu trabalho as atrocidades que o homem é capaz de fazer, perdia a esperança na raça humana.

Como a maioria das pessoas, eu sempre questionei o porquê de estarmos neste mundo. Quando já tinha idade suficiente, comecei a frequentar diversas organizações religiosas, desde o Catolicismo até a gnose, mas confesso que nenhum desses locais pelos quais passei conseguiu responder a essas perguntas.

Por intermédio de um amigo da família, fui convidado a entrar para a fraternidade, e foi nela que me encontrei. Não porque respondia a todos os meus questionamentos, ao contrário, ela fazia com que o leque se abrisse mais e mais. O importante, e foi isso que me fez ficar, é que nela não me eram impostas respostas prontas como em outros lugares; respostas que, embora muitas vezes não fizessem o menor sentido, queriam que aceitássemos como verdades absolutas. Ali tínhamos de buscar nossas próprias verdades, pessoais e intransferíveis. A essa fraternidade eu jurara fidelidade e nela encontrava meus irmãos espirituais. Mas eu jamais imaginei que, nessa noite, minha vida começaria a mudar de uma maneira tão marcante.

O céu estava carregado de nuvens, porém fazia calor, o que me permitiu deixar os vidros do carro abertos. Gosto muito de andar assim. Sentir o vento em meu rosto me dá uma imensa sensação de liberdade. Quando cheguei, faltavam apenas alguns minutos para o início do ritual. Entrei no templo e sentei-me em um dos lugares vagos, cumprimentando os membros presentes com um ligeiro aceno de cabeça. O som melodioso que se espalhava pelo ar, aliado ao tom levemente azulado da iluminação, causou um efeito imediato em meu espírito. Respirei profundamente, e o aroma de sândalo me fez esquecer que existia um mundo lá fora, tal era a sensação de paz que o momento proporcionava.

Nos instantes que antecederam a entrada do mestre, fiquei totalmente absorto na contemplação de nosso templo. Ele é muito bem decorado, com o chão todo revestido em mármore branco, exceto no corredor que conduz ao altar, onde o mármore possui uma tonalidade levemente avermelhada.

O altar é ladeado por duas magníficas colunatas em estilo coríntio, rematadas por capitéis adornados com motivos florais. Os assentos do mestre e de seus dois guardiões são feitos de madeiras nobres, ricamente entalhados. Nos quadrantes da sala, há candelabros de bronze, confeccionados por artesãos ingleses do século XII, que ajudam a embelezar o local. Olhando para o alto, no centro do teto, vê-se uma pintura, onde o Sol e a Lua travam curioso combate. O Sol, trajando uma armadura e montado em um leão, tem em seu escudo a figura da Lua. Já a própria Lua, vestindo também uma armadura e montada em um grifo, traz em seu escudo a figura do Sol.

A pintura é uma réplica tirada do manuscrito *Aurora Consurgens*, atribuído a São Tomás de Aquino e, embora simples, possui um significado alquímico muito complexo. As figuras representam os opostos, o masculino e o feminino, o fixo e o volátil, o enxofre e o mercúrio, ingredientes da Grande Obra. Os assentos dos demais membros são fabricados em carvalho, com lindos entalhes, e ficam voltados para o corredor. Mesmo sendo confeccionados em madeira, são muito confortáveis. As paredes possuem um colorido amarelo-ouro e, ao fundo, há o emblema usado por nossa fraternidade desde sua fundação.

Voltei a mim quando um dos guardiões fez soar o gongo e todos nos levantamos para a entrada do mestre. Este se dirigiu até o altar, colocou-se de frente para o mesmo e desenhou no ar o sinal de nossa fraternidade. Subiu os poucos degraus que conduziam ao púlpito e acendeu um círio à sua frente, dizendo:

– *Hic Jesus est Restituens Amorem Mundi.*

E, virando-se para os guardiões, diz:

– *Ave Frateres.*

O primeiro responde:

– *Rosae et Aureae.*

O segundo responde:

– *Crucis.*

E todos nós, membros, completamos:

– *Benedictus Dominus Deus Noster qui dedit nobis signum!*

Nesse momento, o nome dos três Arcanjos é invocado e o mestre dá início à cerimônia. Deixei-me levar por suas palavras e relaxei. Fiquei, então, em um estado de receptividade total, para que as informações que ora estava recebendo calassem mais fundo dentro de meu ser.

O ritual transcorreu como de costume e, ao final, o mestre fez novamente o sinal da fraternidade. De frente para o altar, abriu o evangelho e colocou uma rosa sobre ele, dizendo:

– *Sacra, quorum mysteria sic tractaturi venitis palam dignis, clam profanis sancto.*

Virou-se em seguida e ficou aguardando a movimentação do guardião. Este soou o gongo mais uma vez e todos levantamos. O mestre deixou o templo e nós o seguimos um a um em total silêncio.

É costume nos reunirmos na antessala após o final da convocação. O ato de compartilhar ideias e experiências com pessoas afins é ótimo alimento para a alma e faz crescer nossa compreensão do mundo e das coisas da vida.

Ao passar pelo guardião, na saída do templo, este me pediu que aguardasse pelo mestre, pois tinha um assunto importante a tratar comigo. Esperei-o, pacientemente, despir-se de suas vestes ritualísticas e, assim que o fez, ele veio ao meu encontro:

– Obrigado por me atender. Queria saber como anda sua investigação a respeito do grupo de Bilderberg.

Confesso que a pergunta me pegou um pouco de surpresa, principalmente vinda de meu mestre, pois é um homem muito discreto em suas atitudes e não me recordava de ter comentado sobre o assunto. Mesmo assim respondi:

– Na verdade, não obtive tanto progresso quanto queria. Este grupo é muito fechado. Quase nenhuma informação é passada para a imprensa, e das que chegam não se pode comprovar a veracidade. As poucas que consegui mostram que apenas pessoas de renome, e que, de alguma forma, possuem cargos de decisão, seja dentro dos governos ou de empresas poderosas, é que são convidadas a participar; mesmo assim, o número de integrantes é sempre 111.

– Entendo. Talvez possa lhe ajudar.

Ao terminar de dizer, meu mestre me estendeu um envelope e disse:

– Aqui há informações que poderão ajudá-lo. Todos os detalhes que precisa estão aí. Abra-o fora daqui.

Antes que eu pudesse lhe perguntar algo, ele cumprimentou um dos membros, pediu-me licença e foi ao encontro dos outros. Não consegui continuar ali na sala. Minha curiosidade jornalística me fez despedir de todos e sair. No estacionamento, entrei em meu carro, sentei-me e abri o envelope. Dentro havia um CD e uma pequena carta com os seguintes dizeres:

"Espero que os dados, aqui contidos, o ajudem em sua pesquisa. Por se tratar de informações confidenciais, o acesso só é permitido por senha. Ela está inserida nesse pequeno texto. Quando conseguir ler seu conteúdo, me ligue. Boa sorte!

"Sex mihi litterulae sunt, et praeclara potestas,
Disrumpis nomen medio de tramite totum,
Pars colet una Deum, hominem pars altera signat
Littera tollatur faciet mox quarta venenum."

Eu não estava acreditando nisso. Peguei meu laptop, que sempre levo comigo, coloquei a mídia e assim que carregou apareceu a solicitação da senha. Mesmo sabendo que já era um pouco tarde, não consegui esperar e liguei para um amigo que é professor de teologia e linguista. O telefone chamou algumas vezes e eu já estava quase desistindo quando ele atendeu.

– Carlos, boa-noite! Espero não tê-lo acordado.

– Boa-noite! Fique tranquilo, estava apenas lendo. Tudo bem com você? Aconteceu algo?

– Não, meu bom amigo, ou melhor, sim! Preciso que me ajude a traduzir um texto escrito em latim, pode fazer isso?

– Claro, envie-me por e-mail.

– Ok, vou desligar e já lhe transmito. Estou indo para casa, retorno-lhe assim que chegar.

– Tudo bem, falamos depois, até mais.

Desliguei e enviei as informações para Carlos do local onde me encontrava. Saí e fui diretamente para meu apartamento. Levei mais de 30 minutos para chegar e, assim que entrei, telefonei para ele.

– Carlos, recebeu meu texto?

– Sim, já o traduzi e lhe enviei, é uma pequena charada.

– Um minuto, vou verificar minha caixa postal.

Fui até o computador e abri meu e-mail.

> O texto em referência está em latim medieval e deve ter sido escrito entre os séculos VI e XIV. Segue tradução:
>
> Tenho seis letras e designo força e poder;
>
> Se me dividires ao meio, uma parte louva a Deus;
>
> A outra designa Homem;
>
> Sem a quarta transformo-me em veneno.

– Carlos, ainda está aí?

– Sim.

– Você conseguiu achar a resposta? – perguntei.

– Na verdade não tentei e você ainda não me deu tempo para isso.

– Sabe quem pode ser o autor?

– Não posso lhe dizer. O latim era a língua predominante da Igreja durante séculos. Existem milhares de textos, sem esquecer que muitos deles são de autoria de monges reclusos que muitas vezes não os nomeavam. Fica quase impossível dizer assim, sem estudar mais a fundo. Além do que, é um texto pequeno, o que torna sua identificação muito mais difícil. Se eu puder lhe ajudar mais, pode contar comigo.

– Obrigado, meu amigo, devo-lhe mais essa.

– Não me deve nada, mas quando achar a resposta prometa que irá me dizer.

– Fique tranquilo que lhe informo. Obrigado e boa-noite!

– Boa-noite.

Desliguei o telefone e voltei a ler a tradução. Se o texto está em latim, pensei comigo, a resposta também deve estar nesse idioma. Lembrei-me, no entanto, de que não possuía nenhum dicionário e àquela hora da noite era improvável que houvesse alguma livraria aberta.

Sei que não ia conseguir dormir, então procurei na internet algum que pudesse me ser útil, porém a maioria disponível era de termos jurídicos; mesmo assim, eu não iria desistir facilmente. Continuei minha busca até que encontrei. O dicionário estava digitalizado, torci então para que estivesse completo. Para minha sorte, estava inteiro. Não sei quanto tempo fiquei raciocinando, tentando achar a palavra, mas estava sendo inútil, e depois de horas não consegui chegar à conclusão alguma.

Já estava quase amanhecendo quando resolvi parar de tentar. Deitei um pouco no sofá para descansar, pois estava com dor de cabeça de tanto ler e pensar. Adormeci e acordei com meu celular tocando. Era o editor de meu jornal preocupado com minha ausência na reunião matinal. Dei-lhe uma desculpa de que não estava me sentindo bem, e ele achou melhor eu tirar o dia de folga. Aproveitei para tomar um banho e depois resolvi ligar para o meu mestre.

– Alô!

– Bom-dia, mestre! Espero não tê-lo acordado.

– Bom-dia! De forma alguma, já fiz minha caminhada matinal. O que aconteceu? Já conseguiu obter a senha?

– É exatamente por esse motivo que estou ligando. Passei a noite toda tentando, porém apenas com essas informações não creio que seja possível. Queria saber se pode me fornecer mais detalhes ou onde devo procurar.

– Eu imaginei que não encontraria assim tão facilmente. Vou lhe dar uma última pista: Carmina, Alcuino. Espero que ajude.

– Obrigado! Aproveitando, o senhor poderia dizer quem me enviou esse material? Afinal, ontem não tive a oportunidade de lhe perguntar.

– Quando você conseguir decifrar, me ligue e conversaremos. Por enquanto, não posso dizer mais nada.

– Mesmo assim agradeço, bom-dia.

– Para você também, e boa sorte.

Desliguei e conectei-me novamente à internet para pesquisar sobre os nomes que meu mestre havia mencionado. De imediato lembrei-me de *Carmina Burana*, obra clássica de Carl Orff, porém não creio que estivesse se referindo a ela, afinal esses textos poéticos pertencem ao *Codex Latinus Monacensis* e são datados do século XIII. No entanto, recordo-me de que eram conhecidos como sendo versos profanos e os monges que os escreveram, na certa, não colocariam seus nomes neles. Pesquisei, primeiramente, sobre Alcuino e descobri que ele nascera em Nortúmbria, na Grã-Bretanha, no ano 735 e fora monge e depois abade, tendo escrito várias obras, sendo que uma delas intitulava-se *Carmina*. Agora vinha a parte mais difícil, encontrar o texto. Alguns sites faziam referência a ele, porém nenhum o possuía. Com esses dados em mãos, liguei novamente para Carlos.

– Bom-dia, Carlos. Preciso novamente de sua ajuda.

– Claro, meu amigo, é só dizer.

– Consegui saber à qual obra pertence o texto que você traduziu, porém não consigo localizá-la. Será que você pode fazer isso?

– Vou tentar, com certeza!

– Ótimo! O autor do texto é Alcuino e intitula-se *Carmina*.

– Alcuino de York, um grande pensador do século VIII. Conheço um pouco de sua vida, mas não suas obras. Faça o seguinte, venha até aqui e pesquisaremos juntos, o que acha?

– Seria excelente!

– Então está resolvido, fico aguardando você chegar. Enquanto isso, verei se descubro algo.

Tomei um rápido café e segui para a universidade, que está localizada em uma cidade próxima de onde resido. Durante o trajeto, imaginava que tipo de informações estariam contidas no CD, e por que meu mestre não quis revelar quem o forneceu. Espero, ao menos, que elas sejam confiáveis, pensei comigo.

Chegando à universidade, fui diretamente para a biblioteca, que era o local onde Carlos estaria. Ao chegar, avistei-o sentado em uma das mesas em frente ao computador.

– Olá, meu amigo, obrigado por me ajudar.

– Bom-dia! É sempre bom sairmos um pouco da rotina.

– Tem alguma novidade?

– Sim, quando terminamos de falar, entrei em contato com um amigo, professor de literatura medieval, e ele me forneceu o endereço de um site onde acredita que possamos achar o texto. Estava nesse momento começando a busca.

O site possuía centenas de documentos católicos, inteiramente escritos em latim.

– Aqui está – disse Carlos –, todas as obras de Alcuino digitalizadas. Vamos procurar.

Para nossa sorte, elas estavam dispostas em ordem alfabética e *Carmina* era a terceira da lista.

– Vejamos... *Beati Flacci Albini... Alcuini... Caroli Magni Magistri... Operum Pars Sexta...*. aqui está. *Carmina*, é este mesmo.

O texto possui 63 páginas, e por ser digitalizado não reconheceria a busca por palavras. Por essa razão, resolvemos dividi-lo, assim cada um de nós tentaria localizar o texto no documento com mais rapidez.

Quando começamos a busca, percebemos que *Carmina* é apenas parte de uma obra grandiosa, pois inicia na página 722. Comecei tentando descobrir alguma referência ao texto. Passados alguns minutos, Carlos disse:

– Aqui está, página 802, capítulo 273, *Aenigmata*. É fantástico, Alcuino era um gênio na arte das palavras. *Virtus*, meu amigo, *Virtus*!

Em sua euforia, Carlos acabou falando mais alto que o necessário, chamando assim a atenção das pessoas que estavam no recinto. Fiquei curioso e espantado ao ver a felicidade com que ele olhava para o texto.

– Por que *Virtus?* – perguntei.

– Lendo agora é simples. Tenho seis letras e designo força e poder. *Virtus* é a palavra latina para Vigor. Se me divides ao meio, uma parte louva a Deus. *Tus* em latim quer dizer incenso. A outra designa homem, porque *Vir* em latim é homem, ou mais corretamente virilidade. Sem a quarta, transformo-me em veneno, pois, se retirarmos a quarta letra de Virtus, teremos *Vírus,* que é veneno, peçonha. Incrível!

Ele estava admirado com o que acabara de ler. Agora vinha a parte mais importante, saber se essa era realmente a senha para abrir os arquivos. Carlos continuou compenetrado no documento; enquanto isso, peguei meu laptop e inseri o CD. No mesmo instante apareceu a solicitação da senha. Digitei a palavra e esperei pelo momento da verdade. De repente, o arquivo abriu. Comecei a pesquisar seu conteúdo e fiquei admirado e um pouco assustado ao mesmo tempo.

Eram vários documentos digitalizados, porém não estavam lá apenas informações do grupo de Bilderberg, e sim de diversas organizações, como o CFR, a Trilateral Comission, o Grupo Bohemian, P2, entre outros, além de listas com nomes de pessoas influentes dos governos de vários países e empresas multinacionais. Precisava olhar com mais calma. Então, despedi-me de Carlos, que ainda estava fascinado pelos textos, e voltei ao meu apartamento. Eu não fazia ideia de quem havia me enviado essas informações. Mas uma coisa eu tinha certeza: seja lá quem fosse, deveria ser muito influente.

Ao chegar em casa, continuei a ler o conteúdo do CD e, quanto mais o fazia, mais perplexo ficava. Havia informações banais, de atas de reuniões, porém algumas eram tão assustadoras que ficava difícil inclusive de levar seu conteúdo a público. Se esses documentos forem verdadeiros, quem os compilou, com certeza, é muito corajoso. Resolvi ligar para meu mestre novamente. Eu precisava saber quem era o responsável pelas informações.

– Boa-tarde, mestre! Já consegui a senha e gostaria de saber se podemos nos encontrar.

– Boa-tarde! Fico feliz que já tenha decifrado o código. É claro que sim, venha à minha casa esta noite e conversaremos, pode ser?

– Com certeza.

– Ótimo – disse ele –, à noite nos encontramos; então, chegue por volta das 19 horas, assim você me fará companhia para o jantar.

– Obrigado pelo convite, nos veremos à noite.

Passei o restante da tarde lendo e imprimindo alguns dos documentos contidos no CD. Fiquei tão absorto pelas revelações contidas que as horas passaram sem que eu percebesse. A noite chegou mais rápido do que imaginei. Enquanto seguia em direção à casa de meu mestre, fiquei imaginando o que ele poderia me revelar. Embora continuasse calor, chovia muito e eu, como todo bom jornalista, estava atrasado. Somos sempre pontuais quando estamos trabalhando, mas se o compromisso é pessoal nunca conseguimos chegar no horário.

A chuva continuava forte. Como já havia passado do horário combinado, não esperei que ela diminuísse, saltei do carro e corri até a guarita do prédio. Mesmo a distância sendo pequena, cheguei molhado. O porteiro já tinha instruções para me deixar entrar, e foi o que fiz.

Meu mestre mora só, e mesmo com 70 anos, e com sua saúde um pouco debilitada, continua a dirigir nossos rituais. Ele ama nossa fraternidade e tenho comigo que, se ela lhe fosse tirada, morreria. É isso que o mantém vivo. Em várias ocasiões fora escolhido para assumir importantes cargos dentro de nossa Ordem, mas nunca os aceitou.

– Você está ensopado – disse ele ao abrir a porta. – Venha, pegarei uma toalha para se enxugar.

Sequei-me rapidamente e nos dirigimos à sala de visitas.

– Tome, pegue uma bebida enquanto o jantar fica pronto, nesse ínterim conversamos.

Assim que sentamos, ele me estendeu um copo e perguntou:

– O que achou das informações?

– Sinceramente, são perturbadoras. Eu sempre fui muito cético quanto a essas teorias, achava tudo isso uma bobagem. Porém, se esses documentos forem de fato verdadeiros, confesso que terei de reavaliar minha posição.

– O que você leu é apenas a ponta do véu que encobre toda a verdade. Quem lhe forneceu esses documentos possui muito mais informações do que as contidas naquele CD.

– Se os documentos que li são considerados apenas uma pequena parte das informações que possuem, então, com certeza, eles são pessoas muito poderosas, inclusive para não temerem por sua segurança. Afinal, se elas caíssem em mãos erradas, eu não faço ideia do que poderia acontecer. Mas quem é ou quem são essas pessoas, e por que as enviaram para mim?

– Há um mês – disse meu mestre –, recebi o telefonema de um amigo belga, mestre de uma Sociedade similar à nossa daquele país. Ele pretende divulgar a fraternidade e expandir sua atuação por toda a Europa e para isso pediu meu auxílio. Precisa de alguém confiável e competente para escrever a história de sua ordem, que por sinal é muito antiga e tradicional, mas desconhecida pela maioria. Somente um grupo seleto de pessoas é membro dessa venerável organização. Seus conhecimentos sempre foram guardados com muito cuidado. Mas agora, segundo o que disse meu amigo, pretendem divulgar uma parte dessa sabedoria ao mundo, pois os tempos atuais exigem que isso seja feito. Foi ele mesmo quem sugeriu seu nome e me pediu que transmitisse o convite, pois acredita que você seria a pessoa ideal para cumprir tal tarefa. Depois de alguns dias, enviou-me o CD e confidenciou que isso é apenas uma pequena amostra das informações que possui, e está disposto a compartilhá-las com você em troca de sua ajuda.

– Mas como ele me conhece? – indaguei.

– Oras, sei que trabalha em um jornal de prestígio e também que preza seu trabalho, pois o realiza com muita competência. Comprovo isso todos os dias, lendo suas matérias. Com toda certeza, eles pesquisaram profundamente sua vida para poderem delegar tão grandiosa tarefa. O empreendimento é sério e é uma oportunidade inigualável para enriquecer seus conhecimentos, profissionais e espirituais. Se aceitar a incumbência, terá todas as despesas pagas, além dos honorários, é claro. Meu amigo enviou esse fax, que agora lhe entrego, com a descrição detalhada dos valores. Como pode ver, será satisfatoriamente recompensado.

– Realmente – respondi –, eles não estão poupando despesas. Além do mais, a proposta de me fornecer mais informações que ajudem em minha investigação é mesmo tentadora, uma oportunidade rara. Agradeço imensamente a confiança que ele está depositando em mim e em meu trabalho.

– E então, você aceita?

– É necessário que eu dê uma resposta hoje mesmo?

– Compreendo seu espanto. É claro que um convite dessa natureza deveria vir acompanhado de um tempo hábil para se pensar. Mas, infelizmente, disseram-me que é importante que você esteja na Bélgica o mais breve possível. Sinceramente, não saberia lhe responder o motivo de tanta urgência, mas garanto que pode confiar nessas pessoas. De qualquer forma, lembre-se, isso é apenas um convite, você pode muito bem recusá-lo se assim o desejar.

Confesso que, no primeiro momento, fiquei indeciso. Tomar uma atitude dessas não é tão simples assim. Não posso abandonar minhas obrigações facilmente. Por outro lado, a sede por conhecimento corria em minhas veias desde pequeno e aquela era uma oportunidade ímpar de crescimento. Sem esquecer que o fato de conseguir mais detalhes sobre o grupo que eu estava investigando era tentador demais para deixar passar. Percebi, então, que minha dúvida se devia ao medo de deixar uma condição confortável e segura para aventurar-me por lugares e situações completamente desconhecidos. Aliás, sentimento perfeitamente aceitável e normal. Porém, tinha a sensação de que, se perdesse aquela chance, estaria fechando uma porta em minha vida. Além de tudo, meu instinto jornalístico estava me dizendo que havia algo mais nessa história, que talvez até mesmo meu mestre não conhecesse. Afinal, para que tanta urgência? Estranhamente, era isso o que mais me atraía. Esse elemento desconhecido e, mesmo ciente das consequências... Resolvi aceitar o desafio.

– Sábia decisão – disse meu mestre, sorrindo. – Brindemos a isso.

Capítulo 2

Bruxelas

Eu tinha poucos dias para me preparar. As passagens já haviam sido providenciadas por meu anfitrião, bem como as reservas no hotel onde eu ficaria hospedado.

Os dias que antecederam minha ida não foram fáceis, tive de reestruturar minha vida em todos os aspectos. O mais difícil, porém, foi persuadir meu chefe a me liberar por um tempo. Eu não tinha muitos dados para convencê-lo e ele, como um excelente jornalista que é, me questionou muito. É impressionante como o tempo passa quando estamos atarefados. Nesses dias, percebi quantos detalhes cercam nossa vida cotidiana, detalhes aos quais não damos o mínimo valor, mas que são essenciais para nosso equilíbrio diário. No final, tive pouco tempo e muitas coisas a fazer.

O dia chegou e meu voo estava marcado com conexão em Frankfurt. Meu mestre fez questão de acompanhar-me ao aeroporto e ficar comigo até a hora do embarque. Enquanto aguardávamos, ele me deu algumas orientações sobre a cidade, pois esteve muitas vezes lá, em conclaves organizados por nossa fraternidade, e conhecia bem o local. No momento de minha partida, ele me desejou boa sorte e me abraçou como um pai abraça a um filho. Eu não fazia ideia de quanto tempo duraria meu trabalho e, mais uma vez, tive uma sensação muito forte de que estava dando um passo que mudaria minha vida para sempre. Não sabia por quê, mas tinha a certeza de que voltaria diferente.

Não sei precisar quantas vezes viajei de avião, mas devo confessar que nunca consegui me sentir completamente confortável. Mesmo as estatísticas dizendo que esse é o meio de transporte mais seguro do mundo, ainda prefiro manter meus pés em terra firme.

A viagem transcorreu sem problemas e o avião aterrissou em Frankfurt antes do horário previsto. Não tive tempo de sair do aeroporto, pois decolaríamos logo em seguida em direção a Bruxelas.

O voo foi tranquilo, embora minha expectativa aumentasse a cada minuto. Sou muito profissional no que faço, e meus artigos jornalísticos sempre foram embasados por pesquisas exaustivas, mas, pela primeira vez, estava começando algo "no escuro". Mesmo sabendo que meu contato deveria ocorrer no hotel, eu achei que haveria alguém me esperando ao desembarcar, mas enganei-me. Saí do aeroporto, peguei um táxi e me dirigi ao local combinado.

Eu ficaria hospedado próximo ao Grand Place. O lugar possui uma beleza sem igual. A praça principal está rodeada por prédios históricos datados dos séculos XV e XVI, conforme me informou o motorista. Havia ali monumentos maravilhosos, que me impressionaram pela riqueza de detalhes.

O hotel é muito aconchegante. A recepcionista foi atenciosa comigo, deu-me as explicações sobre o funcionamento do mesmo e depois me acompanhou pessoalmente até o quarto. A primeira coisa que fiz ao chegar foi telefonar para meu mestre. Achei melhor não lhe informar o número do telefone, pois não sabia se continuaria hospedado ali por muito tempo.

Como deveria aguardar um contato, aproveitei e fui dar uma volta para conhecer um pouco a tarde belga. Andei pelas estreitas ruazinhas que circundam a enorme praça. O local tem um charme todo especial. Gosto muito de observar as pessoas, e foi exatamente o que fiz; sentei-me no chão e comecei a prestar atenção nos pedestres que passavam à minha frente. Eram namorados apaixonados, mães com carrinhos levando seus filhos, simples transeuntes apressados. É a vida mostrando sua faceta mais maravilhosa.

Deixei me envolver pelo lugar e o tempo passou sem que eu percebesse. Quando olhei as horas, já eram quase 6 da tarde. "É melhor voltar para o hotel", pensei; afinal, como a passagem havia sido marcada com antecedência, certamente meu anfitrião poderia estar tentando me contatar neste momento e não seria educado deixá-lo esperando.

Ao entrar, perguntei à recepcionista se alguém havia me procurado e ela informou que ligaram e me deixaram um recado. Peguei o papel e nele estava escrito:

"Às 21 horas, no restaurante Manneken, na Rue au Beurre 42. Ao chegar, procure por Cassius."

Tomei um banho e, como o restaurante fica próximo, resolvi passar o restante do tempo no próprio hotel.

Cheguei ao meu destino no horário marcado. O restaurante é muito aconchegante e acolhedor. Na porta, impressa no vidro, está a gravura do *Manneken pis* (garoto fazendo pipi), um dos símbolos oficiais da Bélgica. Ao entrar, dirigi-me ao garçom e perguntei pela pessoa indicada no bilhete. Ele apontou para uma mesa, no canto esquerdo do estabelecimento, onde havia um senhor.

– Boa-noite, sr. Cassius? – indaguei, ao aproximar.

O homem levantou-se, estendeu a mão e disse:

– Boa-noite. Seja muito bem-vindo, espero que tenha feito excelente viagem.

– Foi ótima, obrigado – respondi, correspondendo ao cumprimento.

– Sente-se, por favor, aceita um pouco de vinho?

– Sim, obrigado.

– Gostaria de perguntar se gostou da cidade, mas, como chegou hoje, creio que ainda não tenha tido tempo de conhecê-la.

– Realmente, dei apenas algumas voltas nas proximidades do hotel, mas pelo pouco que vi já fiquei encantado.

– Em Bruxelas – continuou ele – o antigo e o moderno convivem em plena harmonia, acho que vai gostar daqui.

– Tem razão. Sou um apreciador da arquitetura antiga e tradicional, embora não menospreze o moderno, quando tem qualidade e bom gosto.

Enquanto ele enchia meu copo, pude observá-lo melhor. Cassius aparentava ter uns 50 anos, tinha uma expressão forte, vestia-se elegantemente, mas o que mais me chamou a atenção foi o anel que usava. Era de ouro e no centro havia uma cruz com alguns dizeres circundando-a, mas não pude ler o que estava escrito.

– Você quer escolher o prato, ou tem preferência por algum? – perguntou ele.

– Se não se importar, prefiro que você escolha, afinal já deve conhecer bem o local.

Cassius, então, fez o pedido: salmão grelhado com espinafre, e continuamos a saborear o vinho.

Conversamos muito enquanto saboreávamos o maravilhoso peixe, e o tempo passou depressa. Mas em nenhum momento ele fez menção ao trabalho que motivara minha ida até lá, e isso me deixou apreensivo. Creio que ele pressentiu minha inquietação e, como se pudesse ler minha mente, disse:

– Você deve estar se perguntando: já faz algumas horas que estamos sentados aqui, conversamos vários assuntos e até o momento ele não me disse nada a respeito do meu trabalho... Não se preocupe quanto a isso. Amanhã conhecerá uma pessoa que lhe dará todas as explicações necessárias e responderá a todas as suas perguntas. Por hora, relaxe.

Cassius, então, olhou para seu relógio e falou:

– Já está tarde, preciso ir. Amanhã de manhã passarei às 7 horas em seu hotel para buscá-lo. E não se preocupe com a conta, ela já está paga.

Ao terminar de dizer, ele se levantou, perguntou se eu queria que me acompanhasse. Agradeci pela gentileza, mas não aceitei. Comentei que precisava andar e pensar um pouco. Acompanhei-o até a saída do restaurante, despedimo-nos e ele caminhou na direção oposta à minha. Antes de partir, disse-me novamente:

– Não se esqueça, amanhã às 7 horas!
– Estarei esperando – respondi.

Comecei a seguir em direção ao hotel. A luz da estreita rua pareceu levar minha mente para longe. Senti, nesse momento, que minha noite seria longa, pois a ansiedade não me abandonava. Achava tudo aquilo muito estranho. Não tinham pressa para que eu chegasse, por que esse mistério agora?

O que previra foi exatamente o que aconteceu. Apesar do cansaço, passei a noite em claro e às 6 horas já estava no saguão, esperando por Cassius. O tempo que restava para sua chegada demorou muito a passar. Lembrei-me da célebre frase que ouvimos com frequência, "o tempo somos nós que fazemos".

Exatamente no horário previsto, meu contato apareceu na recepção.

– Bom-dia. Pelo seu aspecto, parece que não seguiu meu conselho!
– É verdade, fiquei contando as horas para que amanhecesse.
– Podemos ir, então?
– Quando quiser.

Saímos em direção ao veículo que nos aguardava a alguns quarteirões do hotel e, assim que entrei, Cassius retirou uma venda do bolso de seu casaco e polidamente pediu-me que a colocasse.

– Desculpe-me – retruquei –, mas não estou entendendo o que se passa por aqui. Disseram-me que eu deveria fazer um trabalho jornalístico e agora me pede que coloque uma venda? Acho que não posso aceitar tal pedido.

Educado como sempre, ele me interrompeu, dizendo:

– Sinto muito. Imagino o que deva estar sentindo, mas terá de confiar em mim, assim como confiou na pessoa que o enviou para cá. O trabalho que fará aqui envolve segredos que precisam ser preservados, ao menos por enquanto.

É claro que aquilo não me agradava nem um pouco. Entrar no veículo de alguém desconhecido, em um país estranho para nós, já não é algo fácil de fazer, e além de tudo isso ter de vendar os olhos é realmente uma experiência desconfortável. Mas senti que não tinha outra opção a não ser aceitar. "Já que cheguei até aqui, vou até o fim", pensei.

Por um longo período transitamos pela cidade, eu podia ouvir o barulho dos automóveis passando ao nosso lado. A certa altura acredito que entramos em uma estrada de terra com muitas depressões, porque o veículo em que estávamos balançava bastante e os ruídos costumeiros sumiram. Continuamos nela por algum tempo e devo confessar que comecei a ficar preocupado.

Finalmente, o carro parou e Cassius ajudou-me a descer, mas não me permitiu remover a venda. Lembro-me de ter andado um pouco antes de subir uma escada e entrar em um local. Meu guia ajudou-me a sentar e só então permitiu que eu descobrisse os olhos.

– Espere aqui – disse ele, saindo e fechando a porta atrás de si.

Olhei ao redor e percebi que fora levado a uma imensa residência. A sala onde me encontrava era grande, bem semelhante àqueles salões antigos onde se realizavam os bailes nos séculos passados. Era toda decorada com móveis muito sóbrios, tendo em uma das paredes uma estante que se estendia do chão ao teto, cheia de livros. O teto feito em madeira ricamente entalhada, bem como a porta por onde entrei. O chão, confeccionado em madeira com vários tapetes. As paredes laterais possuíam alguns brasões em toda a sua extensão, e, em frente à estante, um único brasão, maior, com a face de Cristo estampada ao centro, e circundando-a estava escrita a seguinte frase em latim: *Ordo Equestris Grandis Rex Ab Aeterno Laudetur*; porém, eu não fazia a mínima ideia do que ela queria dizer. Para ser sincero, eu nunca havia visto um símbolo semelhante a este. Contudo, pude perceber que era muito antigo.

Passados alguns minutos, as portas se abriram e entrou um senhor de aparência sóbria, cabelo grisalho e vestido de modo elegante. Aparentava ter mais de 60 anos.

– Muito prazer – disse ele. – Você não sabe quanto me alegra poder conhecê-lo. Sei que a viagem até aqui não foi muito confortável, peço-lhe desculpas por isso, contudo para sua própria segurança era melhor que fizesse o trajeto daquela forma. Perdoe-me tanta empolgação, acabei esquecendo de apresentar-me, sou Armand.

Meu anfitrião tinha uma expressão serena, falava pausadamente e com tranquilidade. Seus olhos castanhos amendoados eram penetrantes e refletiam uma bondade intensa. Assim como Cassius, Armand era uma pessoa muito gentil. Ele sentou-se em uma poltrona em frente à minha. Notei, então, que também usava um anel idêntico ao de Cassius.

– Senhor Armand – eu disse –, tenho sido tratado com muita cortesia desde que cheguei a este país. O hotel onde me hospedo é ótimo, acredito que seja um dos melhores da cidade. Mas há um clima de suspense tão grande nisso! Tudo que me preocupa. Sei das condições do trabalho que devo realizar, que me serão revelados conhecimentos secretos, guardados há muitos séculos. De qualquer maneira, estamos em pleno século XXI e todo esse mistério, com o perdão do que vou lhe dizer, me parece um tanto quanto exagerado.

– Não o culpo por pensar dessa maneira; contudo, assim que conversarmos um pouco, compreenderá o porquê de tanta precaução e brevemente concordará da necessidade dela. Primeiramente, devo dizer-lhe que o trabalho jornalístico foi apenas um pretexto para trazê-lo até aqui. Embora você não saiba, durante anos nós o observamos.

Aquela última frase de Armand deixou-me atônito e ele percebeu em minha reação.

– Acalme-se, vou lhe explicar melhor. Há alguns anos, um de nossos membros passou pela transição e para substituí-lo diversos nomes nos foram indicados, dentre eles estava o seu. Nosso grupo, como sabe, é muito fechado e nossos membros são avaliados com muito critério. Demoramos anos para apreciar o merecimento dos candidatos e só então o convidamos para o ingresso em nossas fileiras. Tudo isso, é claro, nós fazemos incognitamente, sem que os mesmos saibam. Devo parabenizá-lo, pois você foi o escolhido.

– Posso saber ao menos quem me indicou? – perguntei.

– No momento não – respondeu Armand –, essa informação só lhe será passada caso você aceite o convite. Antes, porém, preciso esclarecer alguns pontos. Fazer parte de nosso grupo, mesmo sendo um privilégio, traz também uma responsabilidade ímpar. Temos muitos inimigos perigosos e poderosos que estão dispostos a tudo para conhecer nosso segredo. Ser o "mocinho" nos filmes ou nos livros é algo maravilhoso, porque podemos ter certeza de que o final será sempre feliz, porém aqui, na vida real, a história é outra e imprevisível. Acredito que deve entender muito bem o que estou falando, pois creio que em sua profissão você fique sempre cara a cara com o mundo real. Não estou dizendo isso para amedrontá-lo, quero apenas que saiba que existem riscos, e que todos nós estamos sujeitos a eles. O que posso garantir, com toda a sinceridade, é que, se concordar, conhecerá uma verdade capaz de mudar o rumo de sua vida. Por essa razão, antes de prosseguirmos, eu lhe pergunto: aceita nosso convite? É verdade que pode recusar e, se assim o fizer, voltará para seu país, e receberá todos os valores prometidos. A escolha é sua. É claro que se precisar de um tempo para pensar nós o concederemos, porém sou proibido de lhe dar maiores detalhes.

As decisões a ser tomadas em minha vida estavam se tornando cada vez mais difíceis. Aquilo tudo não era simplesmente uma questão de aceitar um trabalho ou desistir e voltar para casa. Era algo que fugia completamente de minha rotina normal de vida, e aquele homem à minha frente parecia ser muito poderoso; isso era visível em todos os seus gestos, em sua maneira de falar, pela segurança que demonstrava. Além disso, seu olhar transmitia uma bondade imensa e inspirava total confiança. Podia ser loucura, mas eu sabia que não conseguiria dizer não a ele. Mesmo porque minha curiosidade como jornalista falava muito mais alto que minha razão. Sei que poderia até me arrepender depois, mas naquele momento eu disse:

– Não precisarei de mais tempo, eu aceito seu convite.

Ao acabar de dizer isso, senti que todos os meus temores desapareceram.

– Que maravilha! – disse ele. – Apenas confie em mim. Daqui nós iremos para outro local que quero que conheça. Lá poderei contar melhor toda a história e ajudar você a entendê-la; venha comigo.

Ao terminar, Armand dirigiu-se para o exterior da casa e eu o acompanhei. Seguimos até um veículo estacionado que estava à nossa espera. O motorista abriu a porta para que entrássemos e, assim que fizemos, Armand deu-lhe a instrução:

– Vamos para a Vila.

Capítulo 3

O Segredo

– O lugar para onde estamos nos dirigindo fica a alguns quilômetros daqui, por isso relaxe e aproveite a paisagem.

Durante o trajeto, Armand conversou apenas assuntos corriqueiros e triviais. Creio que o tenha feito pelo fato de estarmos acompanhados pelo motorista. Percebendo isso, em momento algum eu toquei no assunto, mesmo me sentindo confuso em relação a ele, e aguardei, pacientemente, nossa chegada ao destino. Enquanto isso, resolvi seguir seu conselho e fui apreciando a natureza à minha volta; talvez assim conseguisse parar de pensar um pouco.

Realmente ele tinha razão, ela era espetacular. O sol refletia nos campos floridos e tornava a paisagem uma verdadeira obra de arte. A visão ajudou-me a acalmar meu interior. Creio que se passou quase uma hora, quando Armand disse:

– Já estamos chegando.

Sua frase fez-me retornar e o turbilhão voltou à minha mente. Ainda bem que chegamos, pensei, não vejo a hora de esclarecer essa história. O local é, realmente, um vilarejo, daqueles medievais com casas antigas e ruas estreitas; tinha-se a impressão de que o tempo não havia passado por ali. O motorista cruzou toda a Vila e, quando chegamos ao final, saímos da estrada principal e entramos em uma outra, menor, à nossa direita.

Não demorou muito para que nos deparássemos com um grande portão de grades quadradas e todo enferrujado; eram visíveis as camadas de pintura por cima da ferrugem. No muro, trepadeiras fechavam toda a sua extensão. O ranger, ao abri-lo, mostrou-me que não era frequentemente manuseado. Seguimos por dentro da propriedade até chegarmos a um castelo. Por sorte, era dia e o sol estava brilhando no céu, pois sua aparência não era das melhores. Fiquei imaginando chegar a este local à noite e com relâmpagos ao fundo; sinceramente, eu não gostaria de passar por tal experiência.

– Alguém mora aqui? – perguntei.

– Apenas alguns empregados que são responsáveis pela manutenção. Ao descermos, entregue esse envelope ao mordomo.

Quando o veículo parou, um casal veio ao nosso encontro e cumprimentou-nos. Armand então me apresentou e, assim que o fez, eu lhes entreguei o envelope.

Após abri-lo e ler seu conteúdo, o senhor olhou-me com certa desconfiança. Eu não fazia a mínima ideia do que estava escrito e fiquei aguardando que Armand me explicasse, o que ele, naquele momento, não o fez.

– Embora hoje esteja tudo seco e sem vida, essa propriedade já foi muito bonita – disse Armand – em seu período de glória. Ela era autossuficiente e suas terras seguiam por muitos hectares. Inclusive a vila por onde nós passamos era de propriedade de seus senhores.

Começamos a entrar. O castelo era todo feito de pedra, mas estava escurecido pelo tempo, ainda que fosse muito bem decorado e limpo. Seguimos por um corredor sombrio, aliás, todo o seu interior era assim, eu podia sentir que a vibração ali era muito densa.

No local por onde entramos, pude observar os arcos sobrepostos. Subimos uma escadaria, viramos à esquerda e chegamos a um corredor escuro, onde, no final, via-se uma grande porta de madeira que se abria em duas folhas. Dois cadeados antigos a fechavam. Armand, então, retirou de seu bolso duas chaves e abriu-os. O peso do tempo e do desuso fez com que a porta se abrisse com dificuldade. O local tinha o aspecto de uma biblioteca. Dentro havia alguns livros. No canto esquerdo, existia uma mesa e, sobre ela, o que parecia ser um livro enorme. Ele caminhou em sua direção, abriu-o com cuidado e me disse:

– Aqui nestas páginas está escrita a história dos senhores deste castelo, bem como seu brasão. Por meio da arte da brasonaria é que toda a história de uma família era contada. Por ela, você saberia a importância dessa família, pois em seus brasões estavam pequenos detalhes que apenas os verdadeiros nobres podiam ler. Este símbolo aqui, por exemplo, chamado de "flor-de-lis", representa soberania e poder, bem como pureza do corpo e da alma.

Então, Armand me deu uma verdadeira aula sobre a arte dos brasões e, principalmente, o significado de todos os detalhes que circundavam o que estava ali diante de mim. Como o assunto sempre me fascinou, fiquei ouvindo-o atentamente.

– Este brasão não existe mais em livro algum, por motivos que lhe contarei. Foi totalmente apagado e de tudo foi feito para que ele fosse esquecido. O mestre d'Arma da casa foi assassinado, bem como seus discípulos e descendentes, e os armoriais foram queimados. Portanto, esta é a última e única cópia existente. Assim, a partir de agora ela é sua.

– Fico imensamente agradecido, mas por que tudo isso? – perguntei.

– O conteúdo do envelope que lhe entreguei dizia que você é o proprietário deste castelo, bem como de tudo o que a ele pertence.

As palavras de Armand novamente me surpreenderam. Comecei a achar essa história toda muito estranha e desconexa, e foi exatamente isso que eu disse.

– Há muitos séculos – continuou Armand –, este castelo foi atacado e quase completamente destruído. Todos os seus habitantes foram mortos e, como eu lhe disse, de tudo fizeram para que a família que aqui vivia fosse completamente esquecida. O que os homens que tentaram apagar seus vestígios desconheciam é que dentro de suas próprias fileiras havia pessoas que juraram lealdade aos senhores deste castelo e que, incognitamente, ajudaram a esconder seu maior tesouro em local seguro. A única coisa que posso falar com certeza é que os conquistadores não conseguiram achá-lo. Aliás, eles nem sabiam que existia.

– E por que então atacaram o local, se não estavam procurando pelo segredo que, você diz, estaria guardado aqui? – perguntei.

– Poder, meu amigo. A família que viveu aqui era detentora de um poder muito grande, e isso sempre causa inveja. Esse poder levantou a ira de outra família rival que também o ambicionava. Nessa época, a Igreja era um local povoado por homens inescrupulosos que só visavam a poderio e dinheiro. Ela tentava dominar a todos. Infelizmente, os senhores deste castelo não aceitaram essa submissão.

Aproveitando-se disso, a família rival aliou-se à Igreja e juntos foram atacando, saqueando e matando todos os feudos governados pelos senhores deste castelo. Em princípio, eles procuraram os descendentes da família em outros locais e foram, um a um, eliminando-os. No final, todos os membros restantes vieram para dentro destes muros se protegerem, e aqui se deu a batalha final. Ninguém foi poupado. Os bens preciosos foram pilhados e levados para o castelo da família rival, que enriqueceu mais ainda com o saque.

Enquanto Armand falava, eu sentia nele uma sensação de melancolia, era como se ao falar vivenciasse o ocorrido.

– O que não tinha valor – continuou ele – foi queimado. Com isso, a família rival conquistou um poder imenso e a Igreja, por sua vez, também foi beneficiada, pois esse massacre serviu de exemplo aos outros que de alguma forma tentavam desafiar sua soberania.

– Você conhece muito bem essa história – eu disse.

– Sim, infelizmente, meu amigo, eu sou um dos descendentes da família que causou essa carnificina. Venha, vamos andar um pouco.

Eu senti que as últimas palavras que Armand pronunciou saíram com um tom de tristeza. Por essa razão, fiquei em silêncio. Mesmo querendo ouvir mais, preferi deixar que ele continuasse o assunto. Saímos da biblioteca e Armand voltou a trancar as enormes portas.

Seguimos pelos corredores e, mesmo estando em pleno século XXI, os archotes pendurados nos levavam para a época em que não havia energia elétrica, e a claridade provinha da luz natural das janelas, que eram bem amplas. Descemos novamente pelas escadarias e passamos pela sala de armas, onde se guardavam as armaduras dos antigos cavaleiros. Todas estavam lindamente polidas e eram de uma beleza surpreendente. Algumas armaduras, porém, me chamaram a atenção por serem na cor branca.

Entramos então em outra repartição do castelo. As paredes do aposento eram todas adornadas por tapeçarias, e havia várias poltronas dispostas pelo local. Armand seguiu em direção a uma delas e disse:

– Acomode-se, pois o que vou lhe contar, com certeza, irá mudar completamente seu modo de ver a vida.

Antes de começar a falar ele se levantou, dirigiu-se até um carrinho de bebidas colocado no canto da sala, encheu um copo e me ofereceu.

– Beba – disse –, vai ajudá-lo enquanto escuta.

Depois encheu um copo para ele também, sentou-se novamente à minha frente e começou seu relato:

– Essa história começa há muitos séculos, na Palestina, no tempo em que apareceu um homem muito especial. Na época de seu nascimento o mundo era dominado por uma nação poderosa, que impunha sua cultura e suas leis aos povos conquistados. Acho que você já sabe de quem estou falando.

– De Jesus e dos romanos, com certeza.

– Sim, Jesus, esse homem fantástico que transformou o mundo. A história que todos conhecem, inclusive você, relata Jesus pregando à multidão, acompanhado por 12 apóstolos, sua crucificação e ascensão, não é mesmo?

– É verdade, sr. Armand, essa é a versão que realmente todos nós conhecemos.

– Pode me tratar por você, nossa convivência será grande de hoje em diante. Na verdade, os 12 apóstolos realmente acompanhavam Jesus, mas existem muitos fatos que a poucos foram revelados. Além dos apóstolos, existia outro grupo de homens que juraram acompanhar o Senhor e protegê-lo com suas próprias vidas. Esses homens eram instruídos pelo próprio Jesus e tiveram de permanecer no anonimato, para poderem cumprir melhor sua missão. Eles fundaram uma organização e apenas alguns dos personagens da Bíblia conheciam a verdade. Eram eles Paulo de Tarso, Maria Madalena, Tomé, Nicodemos e José de Arimateia, sendo que este último só ficou conhecido como discípulo após a morte de Jesus, pois, quando o Mestre morreu, José solicitou a Pôncio Pilatos Seu corpo. Tudo isso, porém, pode ser lido na Bíblia, exceto as informações sobre esse grupo de homens. Após a morte e ressurreição de Jesus, José de Arimateia teve uma incumbência muito mais difícil.

– Existem várias lendas – eu disse – que relatam que ele seria o guardião do Cálice Sagrado, usado por Jesus na última ceia. E que, após Sua morte, teria recolhido no cálice um pouco do próprio sangue de Cristo.

– Essa lenda – continuou Armand –, mesmo sendo muito conhecida, não é a correta. Na verdade, a história do cálice é outra. A casa onde ocorreu a última ceia pertencia à família de São Marcos, o Evangelista. Após a crucificação, Marcos, que era amigo e mais tarde se tornou discípulo de Pedro, presenteou-o com a taça, pois acreditava que era de extrema importância para os primeiros cristãos possuírem uma relíquia que fora usada pelo Mestre. Pedro peregrinou com ela por todos os locais por onde passou, pregando e usando-a nas liturgias. Antes de sua prisão, Pedro legou a taça a outro discípulo que o sucedeu no apostolado. Assim, ela foi conservada por seus sucessores até o ano 258, quando o então papa Sisto II, com receio de que a relíquia caísse nas mãos dos romanos, confiou a taça a seu tesoureiro e amigo, o diácono Lourenço, que, temendo por sua integridade, entregou-a a um soldado espanhol que a levou para Huesca, sua terra natal na Espanha, onde ficou a cargo de uma importante família, cujo patriarca era membro de nossa Irmandade.

– Eu já havia lido alguns livros a respeito do Graal, mas essa é a primeira vez que ouço a história conforme você a relatou. O começo do Cristianismo foi mesmo muito tumultuado.

– Sim, o papa Sisto II foi decapitado em agosto do mesmo ano. E, com ele, quatro diáconos. Seus restos repousam nas catacumbas de São Calixto, em Roma. São Lourenço também foi martirizado pouco depois pelos romanos. Existe, inclusive, um documento de São Donato, escrito no século IX, que contém, entre outras narrativas, a biografia de São Lourenço e o envio da taça para a Espanha.

– Vocês então conhecem seu paradeiro? – perguntei.

– Com certeza! Mesmo tendo passado por muitos infortúnios, hoje o cálice repousa dentro de uma catedral, e você o conhece como sendo o Santo Cálice de Valência.

– Eu imaginei que vocês fossem os verdadeiros guardiões do Graal.

– E nós somos, mas o Graal não é o cálice usado por Jesus na última ceia. Na verdade, essa palavra, mesmo tendo sida associada ao cálice, nunca o foi. Aliás, está longe de ser.

– Não me diga que vocês são os guardiões dos descendentes de Jesus com Maria Madalena?

Quando terminei a frase, Armand sorriu pelo canto da boca, como se o que eu acabara de dizer fosse algo sem fundamento. Senti-me, inclusive, um pouco desconfortável, mas ele, talvez percebendo isso, logo disse:

– Perdoe-me, mas já ouvi muitos relatos absurdos sobre nosso Mestre, porém esse que acabou circulando ultimamente foi o maior de todos. Pensar que Jesus tivesse descendente, e que toda essa história teria sido encoberta pela Igreja, é uma falta total de criatividade. Você, como jornalista, acostumado a lidar com fatos, acreditou nela?

– Sinceramente não – respondi, sem titubear.

– E posso lhe perguntar por quê?

– Simples, porque, a meu ver, existe uma questão que não se encaixa nessa teoria. Dizem que seu herdeiro teria o poder, nos dias de hoje, de reivindicar o trono de Israel. Porém, após 2 mil anos, Jesus poderia ter milhares ou milhões de herdeiros. Qual seria então o mais legítimo? Sem esquecer que, mesmo que fosse achado um descendente de Maria Madalena, como seria possível provar que seria filho de Jesus? Por essa razão, não acredito. Confesso, porém, que as revelações que apareceram nos últimos tempos, dizendo que Jesus amava Maria Madalena e a beijava na boca, são realmente muito comprometedoras – concluí.

– Seriam – disse Armand –, se quem as noticiou contasse a história completa e não apenas as partes que lhes interessam. Em primeiro lugar, no pergaminho copta que contém essa passagem, há um buraco, exatamente onde dizem que existe a palavra boca, o que já serviria para desmantelar de vez essa teoria. Porém, vou lhe mostrar outra coisa. Espere aqui.

Armand saiu e me deixou sozinho por alguns minutos. Ele voltou trazendo um pequeno livro consigo.

– Este é o evangelho de Maria Madalena, vejamos... Aqui está!

"Pedro disse a Maria: 'Irmã, sabemos que o Salvador te amava mais do que qualquer outra mulher. Contam-nos as palavras do Salvador, as de que te lembras, aquelas que só tu sabes e nós nem ouvimos'.

Maria Madalena respondeu dizendo: 'Esclarecerei a vós o que está oculto'. E ela começou a falar estas palavras: 'Eu', disse ela, 'eu tive uma visão do Senhor e contei a Ele: 'Mestre, apareceste-me hoje numa visão'. Ele respondeu e me disse: 'Bem-aventurada sejas, por não teres fraquejado ao me ver. Pois onde está a mente há um tesouro'. Eu lhe disse: 'Mestre, aquele que tem uma visão vê com a alma ou com o espírito?'. Jesus respondeu e disse: 'Não vê nem com a alma nem com o espírito, mas com a consciência, que está entre ambos – assim é que tem a visão [...]'".

Armand parou de ler e continuou sua narrativa:

– Este trecho demonstra que Jesus tinha um amor muito profundo por Maria Madalena, mas o próprio evangelho esclarece o porquê disso. Ela era uma das únicas que entendiam realmente o que Jesus estava dizendo, os outros ainda continuavam brigando entre si, pela supremacia do grupo, ou pior, por ciúmes. É evidente que Jesus deveria amar aquela que O estava realmente entendendo. E não só isso, mas principalmente pondo em prática o que Ele ensinava.

– Com toda certeza ela deveria ter sido especial e Ele deveria realmente amá-la muito – concluí.

– Madalena – continuou Armand – não era a prostituta que todos acreditavam, e sim uma discípula do Mestre e, após sua crucificação, ela, Marta e Lázaro, com alguns outros discípulos, rumaram em direção ao sul da França, onde pregaram a Boa-Nova.

– Isso coloca por terra a teoria do suposto casamento de Jesus – concluí.

– Muito bem! E eu vou acrescentar mais um fato que está na Bíblia e que derruba de vez essa tese dos herdeiros de Jesus. No livro de Mateus, aparece a genealogia de Jesus e diz que Ele é descendente de Davi, através de seu pai José. Só se esqueceram de que Jesus não era filho de José, ao menos não sanguíneo. E, mesmo que pudessem alegar que a lei, em termos de herança, não faça distinção entre os filhos legítimos e ilegítimos, esqueceram que José era viúvo e já tinha outros herdeiros, e os patriarcas judeus, principalmente naquela época, deixavam a bênção e seus bens para os primogênitos. Se levarmos isso em conta, os supostos descendentes de Jesus, nos dias atuais, não teriam direito a nada.

– Se o chamado Graal não é o cálice que fora usado na última ceia nem a linhagem de Jesus, então eu não faço a mínima ideia do que seja! Só posso pensar que, se é algo maior do que esses, eu começo a entender por que esse segredo sempre foi muito bem guardado.

– Sim, existe um tesouro muito mais precioso do que todos esses juntos. Na realidade, nossa organização, veladamente, é claro, sempre incentivou a propagação dessas lendas referentes ao Graal, com o propósito de desviar a atenção de todos da verdadeira relíquia que possuímos. Preocupadas com a busca do Cálice Sagrado, as pessoas não suspeitariam que pudesse existir algo muito mais precioso.

– Enquanto todos estão atrás do pote de ouro no final do arco-íris, não desconfiariam que pudesse existir um diamante muito mais valioso no caminho – eu comentei.

– É isso mesmo, e todas elas serviram bem a esse propósito. Desde que começaram a contar lendas a seu respeito, ele sempre foi o objeto de desejo de todos. Desde cristãos da época do rei Artur e seus cavaleiros até os dias de hoje. Não são raras as vezes em que aparece alguma fraternidade esotérica se declarando guardiã do cálice. Para nós, é melhor que essa lenda continue viva e fascinando o povo. Mas deixe-me contar-lhe toda a história. Quando Jesus ressuscitou, apareceu para todos os seus discípulos, contudo ninguém o reconheceu de imediato. Só souberam quem era quando Ele lhes mostrou as palmas das mãos e viram as marcas dos pregos.

– E Tomé teve de tocar nas chagas para poder acreditar. Desculpe, não deveria interrompê-lo, mas essa história sempre me interessou muito.

– É ótimo que se interesse por ela. Mas, diga-me, você já se perguntou para onde Jesus teria ido, depois de aparecer aos discípulos?

– Pela narrativa da Bíblia, teria subido aos céus – respondi.

– Se reler a Bíblia com mais atenção, vai verificar que apenas dois dos evangelistas mencionam esse fato. São eles Marcos e Lucas, justamente os únicos que não eram apóstolos e que não conheceram Jesus. Mateus e João não dizem isso. Aliás, Mateus, no final de seu evangelho, escreve algo revelador que, se me permitir, lerei para você agora.

– Claro! Confesso que leio a Bíblia com frequência, porém não consigo me lembrar das palavras de Mateus nessa passagem.

Armand pegou a Bíblia que estava em cima de uma mesa próxima, abriu-a e começou a procurar a página com a passagem a que se referira.

– Aqui está – disse ele –, preste bastante atenção, pois aqui se revela algo muito importante: **"Os 11 discípulos caminharam para a Galileia, à montanha que Jesus lhes determinara. Ao vê-lo, prostraram-se diante d'Ele. Alguns, porém, duvidaram. Jesus, aproximando-se deles, falou: 'Toda a autoridade sobre o céu e sobre a terra me foi entregue. Ide, portanto, e fazei que todas as nações se tornem discípulos, batizando em nome do Pai, do Filho e do Espírito Santo e ensinando-as a observar tudo quanto**

vos ordenei. E eis que eu estou convosco todos os dias, até a consumação dos séculos'".

Ao terminar de ler, Armand fechou a Bíblia, ficou alguns minutos em silêncio e depois disse:

– Nessas palavras, Mateus deixou registrado algo que passa totalmente despercebido aos olhos da maioria das pessoas. Mesmo Mateus não compreendeu seu verdadeiro significado. Nelas, está revelado um segredo guardado há séculos por nossa organização. Será que você conseguiu entender o que Jesus quis dizer?

Pedi a Armand que me emprestasse a Bíblia, para que eu pudesse ler com mais atenção, mas confesso que não consegui perceber nada de extraordinário, mesmo tendo lido e relido mais de uma vez. Fechei o livro, entreguei-o novamente a ele e disse:

– Desisto, não consigo encontrar algo que pareça uma revelação, ou que diga respeito a uma relíquia mais importante que o cálice da última ceia.

– Bem, já que não conseguiu encontrar, é melhor você se sentar e tomar mais um pouco da bebida, pois o que eu irei lhe revelar é o maior de todos os milagres e o segredo mais bem guardado da humanidade. Nossa organização é a guardiã de **Nosso Senhor Jesus Cristo**.

Quando Armand terminou de dizer essas palavras, minhas pernas ficaram bambas. Por sorte eu estava sentado, do contrário teria caído. Comecei a suar frio, estava perplexo com o que acabara de ouvir. Passou-se algum tempo até que pudesse me recompor e dizer algo. Não encontrava palavras para me expressar, e, mesmo não sabendo ao certo que bebida era aquela, eu a tomei de um gole só.

– Mas é claro! O que pode ser mais importante do que o Cálice Sagrado, senão o local de repouso de Jesus? Seus restos mortais poderiam responder a quase todas as perguntas que até agora a arqueologia não conseguiu, por falta de dados. É impressionante! Por essa razão Mateus e João não mencionaram nada a respeito de sua ascensão. Agora começo a compreender o porquê de tanto mistério, essa informação pode abalar a crença de muitas pessoas. Aliás, todas as religiões cristãs têm a ascensão como base de suas doutrinas, essa revelação poderia colocar em dúvida muitas delas.

– Acho que você continua a não entender – interrompeu-me Armand. – Jesus disse a Mateus que estaria com ele todos os dias, até os fins dos tempos, e essa é a mais pura verdade e o maior milagre que Ele já realizou. Ninguém jamais encontrará seus restos mortais. Jesus vive até hoje, sempre viveu, e viverá até que se cumpra o que Ele disse. E nós, membros da Irmandade da Cruz, somos seus guardiões. Nós é que o mantemos em segurança, que velamos por Ele com nossas vidas. Não guardamos o corpo sem vida de um homem chamado Jesus, mas, sim, de Jesus, O Vivo.

Nesse momento me levantei, totalmente revoltado.

– Perdoe-me, Armand, mas acha que eu sou capaz de acreditar nessa bobagem que acaba de me dizer?

Aquilo era demais! Acreditar que Jesus ainda vive seria a última coisa que qualquer ser humano poderia conceber! Sua ascensão aos Céus, mesmo sendo algo totalmente incompreensível para um cérebro racional, é um fato largamente aceito no mundo cristão. Mas imaginar que Aquele Homem estaria ao nosso lado, vivendo neste mesmo século, era inconcebível. Como poderia acreditar naquelas palavras? Era o maior absurdo que já tinha ouvido em toda a minha vida!

– Acalme-se, já esperava que sua reação fosse essa. Não pense que quando isso me foi revelado eu aceitei naturalmente. Pelo contrário, também tive meu momento de pura descrença, mas quando soube de toda a história pude comprovar sua veracidade, assim como você também poderá. Além do mais, quando você tiver o privilégio de estar frente a frente com Ele, terá a certeza do que estou lhe dizendo.

Não sabia o que pensar, minha cabeça parecia um turbilhão. Será que isso poderia realmente ser verdade? Será que Jesus poderia estar vivo? Não, isso não era possível! Mas Armand tinha tanta convicção ao me dizer que eu já não sabia mais em que acreditar. Quantos loucos aparecem em todas as partes do mundo, fazendo-se passar por personalidades da história? Será que não era esse o caso, será que não era mais um lunático tentando se promover? Mas como poderia alguém enganar o tempo? Afinal, se Ele está vivo, são mais de 2 mil anos! Isso seria impossível!

Armand então me entregou dois manuscritos, ambos protegidos por capas de couro, aparentemente iguais. Um deles, porém, era bem mais recente.

– O mais antigo desses dois manuscritos contém os registros originais. Foi todo escrito em aramaico, a língua usada por Jesus e seus apóstolos. É apenas um dos inúmeros documentos com registros originais que nossa Irmandade possui. Alguns deles foram escritos em hebraico, grego, copta, latim, entre outras, por essa razão tivemos de traduzi-los. Muitos de nossos membros são exímios tradutores e codicologistas. Antigamente, quando ainda não tínhamos as traduções, os membros conheciam os relatos apenas oralmente, sendo transmitidos sempre de mestre para discípulo. Foi assim durante séculos. O manuscrito mais novo, que está em suas mãos, é a tradução do primeiro. Eles contêm o relato de José de Arimateia sobre o ocorrido com Jesus, após a crucificação. Seria interessante que o lesse, é pequeno e não levará muito tempo. Assim, você começará a familiarizar-se com toda a história. Vou deixá-lo sozinho, pois preciso dar uns telefonemas. Ah, por favor, se for manusear o manuscrito original, peço que use esta luva, é muito antigo e poderia ser facilmente danificado pela oleosidade natural de suas mãos.

Armand então me pediu licença e se retirou. Imediatamente, abri a capa que protegia o manuscrito original. Pura curiosidade jornalística, pois não entendia uma palavra do que estava escrito ali. Fechei-o e o coloquei em cima de um móvel próximo à poltrona. Sentei-me novamente e comecei a ler a tradução. Não havia prefácio, o texto já começava diretamente assim:

"Tudo o que aqui relatarei corresponde à verdade e foi escrito para dar testemunho daquilo que vivi. Que Deus Todo-Poderoso ilumine meu ser, para que eu possa ser digno de fazê-lo.

Quando Jesus começou sua missão, eu, José, fui com alguns amigos e meu irmão ouvir suas palavras. Sendo judeu e, sem jamais trair as tradições de meus pais, não pude ficar alheio ao que aquele homem dizia. Era algo completamente novo e Ele pregava com um ardor e um entusiasmo que eu jamais sentira. Naquele momento, senti minha vida se transformando. Fui preenchido por uma alegria que nunca imaginei que pudesse sentir. Suas palavras eram cheias de amor e coragem. Aquele foi meu maior martírio, porque, dentro de mim, começou uma confusão imensa. Uma parte queria abandonar tudo e segui-lo, porém meu outro lado sabia das consequências que tal atitude teria.

Por um tempo fiquei mergulhado nessa indecisão, sem saber ao certo o que fazer e, assim, fui me tornando um homem triste. Um dia, sentado em minha casa, tive a impressão de ouvir a voz de Jesus pregando ao lado de fora. No mesmo instante, saí até a porta, mas percebi que não havia ninguém. Tomei essa sensação como um sinal de Deus e decidi, naquele momento, que eu O seguiria todos os dias de minha vida. Estava realmente disposto a abandonar tudo e enfrentar todas as consequências que sabia esse meu ato traria.

Nesse momento, meu interior se inundou com uma força e uma tranquilidade que jamais imaginei poder sentir. O fardo havia se esvaído e eu me sentia agora um homem novo. Com isso em mente, fui procurá-lo. Jesus não estava na cidade e levei dois dias para encontrá-lo.

Ao me aproximar, ajoelhei-me e disse:

— Rabi, me chamo José. Sei que não sou digno, mas estou aqui porque quero poder servi-Lo de todo o meu coração.

Mas Ele me olhou, tocou em minhas mãos e falou:

— Levanta-te, por que te ajoelhas diante de mim?

— Por que sei que Tu és realmente o filho de Deus vivo.

— Tu és um homem bom e justo, e sei que estás disposto a abandonar teus bens, teu conforto e todas as coisas deste mundo por mim, mas não quero que o faças. Um dia entenderás por que estou te pedindo isso. Que Deus Pai te abençoe e te guarde. Agora vá, mas não te preocupes, nos veremos muitas e muitas vezes.

Após esse dia tive outros encontros com Ele, e Suas palavras sempre me fortaleciam mais e mais. Durante os meses que se seguiram, eu e mais alguns irmãos, por Ele escolhidos, nos reuníamos em segredo com Jesus. Longe do olhar de todos, inclusive dos doze, Ele nos ensinava e sempre dizia:

– A cada um é dado um talento diferente, por isso devem ser instruídos separadamente. Os doze deverão ajudar na conversão do mundo, mas a vós cabe guardar esses ensinamentos, para que eles nunca se percam e nunca sejam modificados. Isso não faz de vós melhores que eles, assim como eles não são melhores que vós, pois perante Nosso Pai que está nos Céus todos somos iguais, e cada talento será cobrado na mesma proporção.

E assim mantivemo-nos em segredo, anônimos do mundo, pois esse era Seu desejo, e nós havíamos Lhe jurado obediência.

No dia em que meu Mestre foi traído, infelizmente eu não estava presente. Ao saber da traição, enviei um dos nossos para avisar e proteger Jesus. Como eu já previa, Ele não aceitou a proteção e enviou-me uma mensagem, dizendo que tudo deveria se cumprir conforme estava escrito e que Ele me abençoava pelo esforço, pedindo também que não me preocupasse.

Quando Jesus foi preso e interrogado no Sinédrio, eu, embora pertencente ao Conselho, não compareci. Sabia que meu voto contrário à Sua prisão não teria importância. Todos estavam buscando Sua condenação e nada que fosse feito ali O salvaria. Então fui falar e interceder diretamente com o governador.

Pilatos era um homem rude, já estivera com ele em outra ocasião, mas sempre me pareceu ser justo. Claro que sua justiça sempre favorecia Roma, afinal, como ele mesmo dizia: 'Eu sou o braço de Roma, pronto para recompensar os leais e punir os culpados'. Pilatos já sabia da prisão e disse-me que nada poderia fazer para mudar o veredicto, qualquer que fosse. Disse, também, que Jesus era a sua menor preocupação, pois havia um cheiro de revolta no ar e ela seria esmagada. 'Talvez', ele completou, 'a prisão venha até ajudar em meus planos'.

Saí de sua presença temeroso pelo futuro de meu Mestre. Não havia mais nada a ser feito, fracassara em minha missão de protegê-Lo. Sem a intervenção do governador, nada nem ninguém impediriam Sua condenação e morte.

Tentei visitá-Lo na prisão, mas me impediram de entrar. Fiquei em desespero, já não sabia mais que providências tomar. Convoquei uma reunião com os outros irmãos, para tentarmos, juntos, encontrar uma solução. Mas todos estavam pessimistas. Nicodemos, então, levantou-se no nosso meio e disse que deveríamos ter fé, que naquele momento era necessário orarmos, para que Deus iluminasse nossas mentes e as mentes dos opressores de Jesus, de forma que enxergassem a injustiça que estavam cometendo. E foi o que fizemos, passamos aquela noite em vigília e oração.

Só pude ver Jesus novamente quando foi levado para ser julgado por Pilatos. Não consegui conter minhas lágrimas ao vê-Lo. Estava agrilhoado; com certeza fora açoitado, pois de suas costas vertia sangue e seu rosto e lábios estavam inchados. Colocaram uma placa em seu pescoço. Estava fraco, mal conseguia andar, não sei como conseguiu ficar em pé diante do governador.

Embora Pilatos tenha dado ao povo a oportunidade de salvá-Lo, eles não o fizeram. Quando ouvi a multidão gritando para que O crucificassem, percebi que tudo estava perdido e que não restava mais nada a fazer. Nunca, em minha existência, poderia imaginar ver tamanha humilhação.

Após ser entregue aos soldados, Jesus teve sua roupa arrancada, fizeram-Lhe uma coroa com espinhos e a enterraram em Sua cabeça. Jesus estava nu, enquanto cuspiam e riam dele. Como a maldade pode chegar a tanto! Eles não pareciam seres humanos, mas bestas.

Após assistir a tudo isso, não consegui mais ficar ali e me retirei. Meu sofrimento era imenso, sentia uma dor enorme dentro de meu peito. Mais uma vez fui falar com o governador. Ele me recebeu e disse que o que estava feito estava feito, que não poderia voltar atrás, mesmo porque ele foi julgado e entregue por seus próprios conterrâneos como um anarquista. Sendo assim, não fora ele nem Roma quem condenara Jesus, mas Sua própria gente. Contudo, sua condenação serviria de exemplo a todos os outros que tentassem se rebelar novamente contra a autoridade imperial.

Pedi, então, apenas um favor, que me entregasse o corpo do Mestre, para que eu pudesse dar-Lhe um enterro decente. Pilatos achou estranho o pedido, perguntou-me que interesse eu, um membro do conselho, poderia ter por aquele homem. Para não levantar suspeita, disse apenas que, como não poderia reparar o erro que meu povo cometera ao condenar um inocente, pelo menos Lhe daria um descanso digno. Pilatos concordou, chamou um dos guardas e despachou-o para o local da crucificação, com suas ordens. Agradeci e me retirei.

Fiquei em minha casa aguardando a chegada de meu servo, que enviara ao local onde Jesus seria executado, para me trazer notícias. Passaram-se algumas horas até que ele retornasse e dissesse que Jesus estava morto. Comecei a chorar compulsivamente, era como se minha alma tivesse sido apunhalada. Mesmo assim, enviei um recado a Nicodemos, para que fosse comigo até o local da crucificação, onde deveríamos retirar Seu corpo.

Subimos ao monte, Nicodemos, meu servo e eu. Lá chegando, encontramos as duas Marias e sua mãe. Estava presente também seu irmão Tiago. Retiramos o corpo de Jesus da cruz e o transportamos até seu túmulo, um jazigo de pedra que pertencia à minha família, mas que nunca fora usado. Ao entrarmos, limpamos Suas feridas, que eram muitas, mas não o banhamos, pois havia perdido muito sangue e, como manda nossa Lei, não pudemos purificá-lo, porque o sangue precisa ser enterrado com o corpo.

Ele estava irreconhecível. Nicodemos, então, removeu a coroa de espinhos e colocou um lenço em sua cabeça para que pudéssemos manter o que restava de seu sangue. Após limpo e perfumado, nós o envolvemos em um grande pedaço de linho branco e o colocamos em seu túmulo, para que pudesse descansar pela eternidade.

Nos dias que se passaram, com os corações em prantos, voltamos a nossos afazeres, pois tínhamos de continuar a caminhada. O mais importante agora era manter vivo o ensinamento que Ele havia nos deixado. Somente assim teríamos a certeza de que Sua morte não tinha sido em vão.

Três dias após a crucificação, eu estava em minha casa, quando alguém entrou e disse:

- A paz esteja contigo.

Levantei os olhos para ver quem era e quase perdi os sentidos. Prostrei-me de joelhos e abaixei meu rosto.

- Levanta-te e nada temas - disse Ele -, sou eu mesmo, teu Mestre, não me reconheces?

- Sim, Mestre, eu O reconheço e, embora esteja com o coração radiante por poder vê-Lo, sinto-me confuso e imensamente envergonhado. Como posso olhar para Ti, se me acovardei perante os homens e nada fiz para impedir Tua condenação?

- Não fales assim, sei quanto sofreste por não ter conseguido me salvar. Por tempos, tu foste um de meus discípulos mais queridos e sei quanto me amaste. Por isso, não te culpes, pois o ódio estava plantado dentro do coração de todo o povo, tu nada poderias fazer para impedi-los.

– Obrigado, Senhor, por perdoar minha covardia, mas como podes estar vivo? Pois fui eu mesmo que Te tirei da cruz, limpei Tuas feridas, Te envolvi no linho e fiquei velando por Ti! Como podes então estar aqui em minha frente, falando comigo? Perdoa-me, Senhor, por minha falta de fé.

– Não te repreendas, José. Estou aqui para dizer-te que ainda precisarei muito mais de ti e no momento oportuno tu entenderás.

Ao acabar de pronunciar essas palavras, meu Mestre retirou-se com a promessa de que voltaria. Eu continuei ali, imóvel, sem saber se realmente tudo era real. Passei o dia e a noite nessa confusão, pensei que ia enlouquecer.

Na manhã seguinte, Jesus entrou novamente em minha casa, só então percebi que era verdade, meu Mestre estava ali, diante de mim, vivo. Ele disse:

– A paz esteja contigo.

– Mestre, que alegria poder saber que estás aqui, em minha humilde casa. Minha felicidade é imensa.

– Meu bom José, Eu havia dito a ti que venceria a morte e assim o fiz, para se cumprirem os desígnios de Meu Pai. Mas, antes de partir para sempre da presença de todos, ainda preciso estar com meus discípulos mais uma vez. Depois disso, eles não mais me verão e assim terá de ser, para que possam cumprir sozinhos suas tarefas.

– Mas, Senhor, para onde irás depois? Fica aqui, esta casa é Teu lar, eu tratarei de todas as Tuas necessidades!

– Ah, meu bom José, precisarei realmente de ti, mas não posso permanecer à vista de todos. Tenho de te revelar algo. Eu venci a morte, por essa razão ela não mais me atingirá até que minha missão esteja cumprida totalmente e eu possa novamente retornar ao Pai. Por isso, preciso que me arranjes um local, onde eu possa permanecer afastado dos olhos de todos.

Naquele momento, confesso que não havia entendido suas palavras, mesmo assim eu disse:

— Sim, meu Senhor, prometo que jamais ficarás desamparado. Providenciarei para que sempre tenhas tudo de que necessitares.

Jesus então partiu e durante dias ficou em companhia de Seus discípulos. Enquanto isso, eu me reunia com nossos irmãos para tomarmos as providências de forma a cumprirmos esta última e grandiosa tarefa. E de tudo fizemos para que ela fosse realizada da melhor maneira possível. Sabíamos das dificuldades e dos obstáculos que enfrentaríamos, mas para nós era uma grande honra sermos os escolhidos para zelar por Aquele que era nossa razão de viver.

E assim foi feito. Durante todos esses anos nós O protegemos e cuidamos para que tivesse o necessário para uma vida tranquila. Estou ficando velho e não sei quanto tempo ainda me resta. Mas não posso partir para meu descanso eterno sem antes deixar preparado o caminho de meus sucessores. Saibam que a tarefa é árdua, porém infinitamente recompensadora.

Não acreditei quando percebi que o livro havia acabado. Queria ler mais, saber tudo sobre aquela incrível história. Por alguns minutos fiquei ali, tentando recompor meus pensamentos, até que o barulho da porta me trouxe à realidade.

— Pelo que vejo, já acabou de ler – disse Armand ao entrar.

— Sim, é muito interessante, pena que tenha terminado. Por sorte há outros, como você mesmo disse, mas, se Jesus permaneceu vivo, para onde ele foi?

– Dizem nossos manuscritos que após instruir seus discípulos Jesus ficou com José e seu grupo, orientando-os, e depois partiu de Jerusalém em direção a Damasco, onde permaneceu por um tempo. Inclusive, próximo a Damasco, existe até hoje um local que os nativos chamam de Maqam-I-Isa, ou lugar de descanso de Jesus. De lá, teria seguido a rota da seda em direção a Nisibis e Taxila.

– Mas Jesus empreendeu essa viagem sozinho? – perguntei.

– Não! Foram com ele sua mãe Maria e a irmã de sua mãe, também chamada Maria, o apóstolo Tomé e mais três irmãos que pertenciam ao grupo de José; eram eles Simeão, Efraim e Eleazar. Este último fez o relato dessa viagem de Jesus.

– Eu não sabia que Maria, mãe de Jesus, tinha uma irmã – comentei.

– Sim, ela, assim como sua mãe, também era discípula de Jesus e estava aos pés da cruz durante sua crucificação. Quando Jesus partiu de Jerusalém, sua tia os acompanhou, pois Mãe Maria estava doente e precisava de cuidados. Infelizmente, Mãe Maria não resistiu à viagem e faleceu. Sua irmã, desgostosa pelo ocorrido, partiu com Efraim em direção ao Tibete, onde passou pela transição próximo a Ladakh, em Kashgar, no sopé da montanha Tian Shan, onde seus restos repousam até hoje sob os cuidados de irmãos tibetanos.

– Imaginei que Maria houvesse permanecido com seu filho Jesus por um longo tempo – eu disse.

– Na verdade não. Essa mulher tão especial, a quem Deus escolheu para trazer ao mundo um iluminado, como nosso Mestre Jesus, não conseguiu acompanhá-lo por muito tempo. Infelizmente, um pouco antes de chegar a Taxila, quando saíram em direção à Índia, Mãe Maria, então com 50 anos de idade, passou pela transição em Murree, um antigo povoado no Paquistão. Dizem nossos registros que foi o próprio Jesus quem a enterrou na montanha de Ponto Pindi. E seu túmulo permanece nesse local até os dias de hoje, sendo conhecido como Mai Mari da Asthan, que quer dizer "Local de descanso de Mãe Maria".

– Nossa! Muito interessante, eu nunca sequer li algo que mencionasse tal acontecimento. Mas como podem ter certeza de que é o túmulo dela?

– Primeiro, porque tudo o que estou lhe contando foi registrado por Eleazar, sem esquecer que Jesus continua a ser uma testemunha ocular e, um dia, com certeza, você mesmo poderá perguntar a Ele. Segundo, o túmulo em questão, assim como o de Maria sua tia, é do primeiro século da era cristã, e os dois estão posicionados de Leste para Oeste, conforme manda a tradição judaica. Os indianos cremam seus mortos, já os islâmicos utilizam a posição Norte-Sul. Podem parecer detalhes insignificantes para nós ocidentais, mas que são levados muito a sério pelos orientais, principalmente naquela época.

– Quanto a isso, tenho de concordar com você, os orientais são bem mais disciplinados e dão muito mais importância aos detalhes que nós, ocidentais. Continue, por favor, quero saber mais.

– Depois de sepultar sua mãe, Jesus e sua comitiva voltaram para Taxila, permanecendo ali por mais 40 dias, onde Jesus se retirou em oração, antes de seguirem rumo a Caxemira; aliás, apenas para você saber, a palavra Caxemira quer dizer "paraíso na terra", pois é um dos lugares mais maravilhosos deste nosso planeta. Um vale rodeado por magníficas montanhas. Ao seguir seu caminho, Jesus parou novamente em Murree e chorou diante do túmulo de sua amada mãe. Sua comitiva seguiu para Caxemira, cruzando o vale que até os dias de hoje leva seu nome, chamado de Yusmarg, que quer dizer vale de Jesus.

– Mas Armand – perguntei –, por que Jesus resolveu ir para a Índia, e não para outra região?

– Para responder a essa pergunta, primeiro você precisa saber um pouco mais da história do povo judeu e do próprio Jesus. Diz a tradição que, das 12 tribos de Israel, dez se espalharam por várias regiões depois que foram dispersas. Muitas se estabeleceram no Paquistão e na Índia, principalmente na região da Caxemira. Seus habitantes eram conhecidos pelo nome de Bani Israel, ou filhos de Israel; inclusive muitas palavras do dialeto urdu, falado ainda hoje na região, são de origem hebraica. Além disso, se algum dia tiver a oportunidade de visitar o lugar, notará que seus habitantes possuem traços muito diferentes dos indianos tradicionais. E foi nessa região que Jesus passou sua infância e mocidade, aprendendo, até que estivesse pronto para retornar à sua terra natal e começar sua missão.

– Já ouvi falar nas tribos perdidas de Israel, mas achava que eram apenas lendas.

– Vou abrir um parêntesis aqui, não para criar polêmica, apenas para que você reflita, pois toda a história pode ser vista de diversos ângulos. Quando Jesus nasceu, dizem os evangelhos que ele fora visitado por três reis magos ou sábios do Oriente, que lhe trouxeram presentes. Façamos um paralelo com os budistas, membros de uma religião muito mais antiga que o Cristianismo. Quando um Grande Lama ou Avatar está para vir ao mundo, os sábios procuram sinais através dos astros para saber onde nasceria. Com os dados em mãos, eles saem a peregrinar levando presentes e objetos que devem ser reconhecidos pela criança. Após a localizarem, eles a abençoam e ela permanece com os pais até a idade de 12 ou 13 anos, quando, então, é levada aos mosteiros, para poder começar seu treinamento, e essa prática persiste até os dias de hoje.

– Realmente, a história se encaixaria perfeitamente. Por essa razão, os evangelhos não dizem nada a respeito da infância de Jesus. Inclusive, faz até mais sentido: afinal, por que os evangelistas iriam dizer sábios do Oriente se fossem, como alguns dizem, magos persas?

– Sim, mas o que você não sabia é que ela é verdadeira. Nos grandes templos do Tibete, principalmente no milenar mosteiro budista próximo a Ladakh, existem vários escritos em pali e sânscrito, que contam a história de uma criança divina, filha de uma família judia, que aos 14 anos fora levada a um mosteiro da região, para ser educada, só retornando para Israel aos 29 anos. E você irá concordar comigo que os monges que as escreveram não tinham o menor interesse em inventar tal fato, porque eles não estavam formando religião alguma.

– Com certeza, eles não escreveriam uma história dessas se ela não correspondesse à verdade. Mas Armand, eu tenho uma dúvida: se Jesus era Divino, por que Ele precisaria aprender algo?

– Essa é uma excelente pergunta. Jesus era filho do Deus Altíssimo, porém estamos em um mundo material e, por mais informações que tenhamos, somos limitados por nosso cérebro. Jesus então não foi ser instruído para ter conhecimentos Divinos, porque Ele já os tinha, mas precisava traduzir esse saber para nosso nível de entendimento. Se você ler a história de Buda, por exemplo, verá que, após ter se iluminado, ele próprio pensou em não divulgar a sabedoria adquirida, pois seria muito difícil de ser compreendida pelas pessoas. Mesmo hoje, com toda a tecnologia que temos, não conseguimos sequer entender o que os antigos alquimistas queriam dizer em seus tratados... imagine os conhecimentos Divinos dos quais Jesus era detentor. A princípio parece muito fácil, mas eu lhe pergunto: quantas vezes você quis falar algo e simplesmente faltaram palavras?

– Diversas – respondi.

– Então, pense como deve ter sido árdua sua tarefa, de tentar passar para nós, em linguagem clara, verdades transcendentais. E o pior de tudo é saber que, mesmo depois de 2 mil anos, a maioria das pessoas ainda não as compreendeu.

Naquele momento eu fiquei imaginando como Jesus deveria se sentir frustrado. Tantos sacrifícios, para ver sua mensagem distorcida.

– Jesus então chegou a Caxemira? – perguntei.

– Sim. Ele e sua comitiva estabeleceram morada em Srinagar, onde Ele passou a curar os doentes e pregar sobre o amor de Deus. Tanto que os próprios escritos que narram a volta de Jesus para a Palestina, aos 29 anos, também contam que Isa, nome pelo qual Jesus era conhecido, voltou para a região tendo mais de 33 anos junto ao seu discípulo Ba´bat, que na língua nativa quer dizer Tomé, e que permaneceram ali por muitos anos. Isa então passou a ser chamado de Yuz Asaf ou líder dos purificados.

Que história incrível eu estava ouvindo, pensei comigo.

– E depois, para onde foram? – perguntei.

– Com o passar do tempo, os textos narram que Yuz Asaf não era tomado pelo envelhecimento, e que esse fato causava admiração e assombro. Jesus, então, percebendo que não poderia mais continuar a viver naquele local, precisou voltar para a Palestina. Contam os textos que Ele teria chamado Tomé, revelando sua intenção de deixar a cidade. Tomé, para não levantar suspeita, simulou a morte de Jesus, dizendo que seu último desejo era ser enterrado ali.

– Mas, se existe um túmulo, e se Jesus está vivo, quem foi enterrado em seu lugar?

– Ninguém. Conforme conta nosso escriba, Tomé foi o único responsável por lacrar seu caixão e cuidar de seu funeral. Naquela mesma noite, Jesus despediu-se de seu amigo e discípulo e voltou para Israel com Eleazar.

– E Tomé, o que fez?

– Ele e Simeão cuidaram do suposto funeral, conforme manda a lei judaica, enterrando seu ataúde no centro da antiga cidade, em

Anzimar. O local existe até hoje, conhecido pelo nome de Rozabal, que quer dizer "sepultura de um profeta", e é visitado anualmente por muitos peregrinos.

Enquanto ouvia o relato de Armand, eu tinha certeza de que as pessoas mais poderosas do mundo são aquelas detentoras da informação. Quantas revelações eu estava tendo, das quais nunca ouvira falar. Realmente, a verdade é simples e na maioria das vezes clara, nós é que teimamos em não aceitá-la.

– Tomé, então – continuou ele interrompendo meus pensamentos –, permaneceu por mais alguns dias em Srinagar, partindo com Simeão e Habban, um mercador indiano que se tornou seu discípulo, pelos vilarejos da Índia pregando a boa-nova. Porém, no ano 57, três anos após a partida de seu Mestre Jesus, veio a ser martirizado pelo então rei Milapura, na cidade indiana de Madras (hoje Chennai), onde há uma linda igreja em sua homenagem. Seus restos foram levados por nosso irmão para ser enterrado longe da vista de seus inimigos. Simeão, após a morte de Tomé, foi para o Egito e levou com ele os escritos de seu amigo. Partes desses textos foram encontrados no ano 1945 em Nag Hammadi.

– Eu já os li e são simplesmente fabulosos e profundos – comentei. – Lembro-me de que o evangelho apócrifo de Tomé, como ele é conhecido, foi tema do filme *Stigmata*.

– Exatamente. Por acaso recorda-se de como ele começa?

– Sim, ele inicia com os seguintes dizeres: "Estas são as palavras secretas de Jesus, O Vivo".

– Percebeu o porquê?

– Incrível! Agora ficou muito claro o que ele quis dizer. E quanto a Jesus? – perguntei.

– Nosso Mestre voltou para a Palestina, permanecendo por um curto período de tempo, no local chamado de montanha sagrada.

– Montanha sagrada, onde fica?

– É uma formação ao sul da cidade de Haifa, ao norte de Israel, próximo ao litoral mediterrâneo, hoje conhecido como Monte Carmelo.

– Já ouvi falar nesse lugar. Dizem que foi frequentado por muitos religiosos de várias seitas durante séculos.

– Jesus ficou ali instruindo o grupo de José de Arimateia, que naquela época, embora idoso, ainda vivia. De lá, eles partiram para a

Bretanha, onde José mantinha comércio, e fixaram residência até sua morte. Após a transição de José, que ocorreu no ano 74, Jesus foi retirado de Glastonbury e levado para um local mais seguro. Foi nosso Mestre quem deu origem à lenda, muito conhecida, do Judeu errante.

– Impressionante tudo o que está me revelando, mas confesso que minha mente está confusa. Sou muito racional e todas as informações que me deu até o momento deixaram-me sem palavras.

– Eu sei o que está sentindo, pois não foi muito diferente daquilo que eu ou os outros membros sentimos ao conhecermos essa verdade – respondeu Armand.

Ouvindo Armand me relatar tudo isso, senti-me um verdadeiro privilegiado.

– Nessa época – continuou ele –, o grupo não possuía nome algum, e muito menos alguma regra para admissão. Porém, séculos mais tarde, um cavaleiro da antiga Ordem do Templo de Jerusalém foi aceito em seu seio. Com o passar dos anos, ele fora eleito o Grão-Mestre de nossa Irmandade e passou a se dedicar exclusivamente ao grupo que protegia nosso Mestre Jesus. Alguns anos depois, temendo que o segredo fosse revelado, redigiu um ritual para admissão e criou regras específicas para seu funcionamento. Como cristão fervoroso que era, e por fazer parte de uma ordem religiosa que tinha como símbolo uma cruz, ele instituiu um nome ao grupo de guardiões, que passou a se chamar *Fraternitas Crucis (Irmandade da Cruz)*.

– Você tem razão, nunca ouvi falar deles, e entendo perfeitamente o porquê – eu disse.

– Antes de continuarmos, venha, quero lhe mostrar uma coisa.

Armand então se levantou e eu o segui, imaginando que surpresas ainda me aguardavam. Saímos da sala, cruzamos novamente o salão das armas. Ele parou em frente a uma armadura que estava próxima da parede. Atrás dela havia uma tapeçaria pendurada, e Armand a deslizou deixando aparecer uma porta.

– Vamos – ele disse, abrindo a pequena porta e entrando por ela.

Eu o segui. A abertura dava para uma escadaria estreita e escura. Não havia luz e a pouca claridade que entrava vinha de fora. Armand pegou um lampião pendurado na parede, acendeu-o e nós descemos.

– Faz muito tempo que ninguém desce aqui – disse ele.

Ao chegarmos ao final da escadaria, continuamos a andar por um corredor até que entramos em uma câmara. Armand parou em frente, esticou seu braço para que o lampião clareasse o cômodo, e me disse:

– Olhe.

Dentro da cripta, pude notar um túmulo ricamente adornado e, em sua lápide, estava escrito:

Ioseph ab Arimathaea
Vigil et sanctus
Non Nobis, Domine, Non Nobis, Sed Nomini Tuo ad Gloriam

– O túmulo de José de Arimateia!
– Sim, o primeiro guardião de nosso amado Mestre.
– O que significam os outros dizeres? – perguntei.
– *Vigil et sanctus* quer dizer Guardião Sagrado, que era seu atributo, e a frase escrita logo abaixo é a divisa usada pelos primeiros Templários que faziam parte do círculo interno da Ordem. Foram eles que em 1184, após um incêndio criminoso ocorrido na abadia de Glastonbury, trouxeram seus restos mortais da Inglaterra para este local.

– Agora entendi o segredo que você disse que havia neste castelo, mas que mesmo seus algozes não conheciam – concluí.

– Isso mesmo, ninguém nunca suspeitou que o corpo de José de Arimateia estivesse enterrado aqui. Mesmo que soubessem, eu creio que não faria muita diferença, porque não era atrás dele que eles estavam.

– Concordo com você; se os homens que destruíram este castelo buscavam poder, não seria um simples túmulo que iria detê-los – concluí.

– Sempre houve uma tradição – continuou Armand – que atribuía a ele conhecimentos a que nem mesmo os apóstolos tinham acesso. Na verdade, a Pedro foi confiado o poder temporal da Igreja. Já o poder espiritual dos ensinamentos de nosso Mestre Jesus foi mantido por José de Arimateia e por nós, seus sucessores.

– Estou descobrindo muito mais neste pouco tempo que estamos juntos do que em todos os livros que li até o momento.

Saímos da cripta, subimos pelas escadas. Armand fechou novamente a pequena porta e colocou a tapeçaria em seu lugar. Voltamos ao aposento em que estávamos, sentamo-nos e então eu disse:

– Fico maravilhado com tudo e, mesmo sendo difícil de acreditar, estou fazendo um esforço para que isso ocorra. Eu sou um jornalista e trabalho com fatos concretos, e mudar minha forma de pensar levará um tempo, mas vou ser bem sincero, ainda não consegui entender onde é que eu me encaixo nessa história.

– Tenha mais um pouco de paciência. Sei que está curioso, mas ainda não terminei de relatar o que deve saber. Durante séculos, registramos os passos de Jesus e da Irmandade em pergaminhos, depois em papéis e mais tarde encadernamos em vários livros, que são por nós cuidadosamente guardados. Porém, com o passar dos anos e o advento do computador, tudo ficou mais fácil e os registros foram sendo traduzidos e transferidos para a máquina. O Grão-Mestre anterior a mim criou um programa específico para nosso uso, tornando assim o acesso aos dados muito mais simples. Esse programa possui os registros da história de nossa Irmandade, bem como a ficha completa de todos os membros. Contém também a localização dos escritos originais, que está sob nossa guarda, os registros da movimentação de Jesus durante esses séculos e, o principal, o local onde Ele se encontra agora. Na época, apenas nosso Grão-Mestre e o guardião do programa conheciam a senha de acesso ao sistema, exceto o arquivo onde consta a localização de Jesus.

– Mas, se vocês são seus guardiões, como podem não conhecer sua localização? – perguntei.

– Saber onde Jesus está é uma informação preciosa demais para ser divulgada, mesmo dentro de nossa Irmandade. Jesus tem de ser protegido custe o que custar. Se todos soubessem sua localização, poderíamos colocar em risco a estrutura de nossa organização. Por essa razão, de 30 em 30 anos, os 12 mestres mais o Grão-Mestre e o guardião se reúnem e elegem um membro que a partir daquele momento passará a ser o novo guardião de Jesus. A ele, apenas a ele, é revelado o paradeiro de Nosso Mestre. Sua missão é levar Jesus para outro local, se assim o desejar, pois isso depende exclusivamente dele, e substituir o antigo guardião. Ele só entrará em contato conosco caso haja necessidade.

– Uma forma segura de preservar esse segredo. Realmente, vocês já pensaram em tudo – comentei.

– Contudo – continuou Armand –, quando um irmão passa por nossa iniciação, a ele é concedido o privilégio de conhecer Nosso

Mestre. Antigamente, após nosso novo membro ser apresentado a Jesus, seu guardião o removia para outro local e a informação de sua localização ficava em poder do Grão-Mestre; porém, nos dias atuais, ela está contida em nosso sistema.

– Entendi. Esses são os dados do programa que são protegidos por senha – concluí.

– Isso mesmo. Porém essa senha é o resultado de uma charada, muito parecida com a que você precisou decifrar para ter acesso ao CD, mas com uma diferença: seu texto foi dividido e sorteado a quatro membros de nossa Irmandade, que são mestres dos países onde vivem. Apenas o Grão-Mestre sabia quem eram seus detentores. Todo esse cuidado foi necessário para manter o segredo mais importante do mundo a salvo.

– Pela forma como está me contando em detalhes, acredito que algo aconteceu.

– Infelizmente, sim. O guardião do programa chama-se Alexander. Ele era um dos homens mais leais dentro de nossa Irmandade e durante anos dedicou sua vida a ela. Por essa razão, possuía a função mais importante e de maior responsabilidade, abaixo apenas do Grão-Mestre. Mas, infelizmente, há menos de um ano descobriu-se que sua filha era portadora de uma doença séria. De tudo fizemos para ajudá-la e confortá-lo. Foi levada para a melhor clínica e não foram poupadas despesas para seu tratamento. Porém, seu estado de saúde não apresentou melhoras e os médicos nos informaram que não poderiam fazer mais nada por ela. Alexander se entristeceu de tal maneira que não houve nada que o confortasse. Eu entendi sua dor, Ana é tudo o que ele tem de mais precioso neste mundo, a esposa faleceu ao dar à luz e a menina passou a ser sua razão de viver. A possibilidade de perdê-la, aos 7 anos de idade, é muito dolorosa. Eu sei o que é perder alguém que amamos demais.

– Entendo o que quer dizer, eu também já perdi pessoas que amei e posso imaginar o que ele deva estar sentido – eu disse.

– Pois bem, há duas semanas, Alexander retirou sua filha do hospital e desapareceu. No início, preocupamo-nos muito com ele e com a menina. Não fazíamos ideia do que havia acontecido, pensamos até que eles poderiam ter sido raptados, mas depois descobrimos que não foi o que ocorreu. Três dias após seu desaparecimento, ele telefonou para Cassius, que sempre foi um de seus melhores amigos, informando que estava com uma cópia de nosso programa e exigia que lhe fornecêssemos a senha do arquivo onde consta a localização de Jesus, além de uma grande quantia em dinheiro. Caso não atendêssemos suas exigências, ele iria revelar ao mundo nossa organização.

– O homem realmente é um ser imprevisível – comentei.

– Você tem razão. Cassius nos relatou que Alexander está muito revoltado por achar que toda a sua dedicação à nossa Irmandade foi em vão. Ele não se conforma com o acontecido e está disposto a tudo, porém ele sabe que, se digitar a senha incorretamente, o arquivo será automaticamente corrompido.

– Pelo que me contou até o momento, o maior problema está nas informações que estão em seu poder – eu disse.

– No começo também raciocinamos como você, e por essa razão nos preocupamos apenas em levantar a importância solicitada. Existem muitas vidas em risco e por isso é vital que recuperemos esses dados. Porém, uma semana após sua primeira ligação, um de nossos membros foi encontrado morto em Jerusalém. Pelas investigações preliminares feitas por autoridades israelenses, ele teria sido assassinado. Alexander ligou novamente para Cassius e revelou que havia mudado de ideia, que iria assassinar, um a um, os 12 mestres até que conseguisse o código de acesso.

– Realmente ele se transtornou. Será que acredita que suas atitudes irão salvar sua filha?

– Eu não sei o que se passa em sua mente, porém é difícil pensar que um de nossos membros mais queridos possa ter chegado tão baixo para conseguir seu intento.

– Então Alexander sabe quem são os 12 mestres?

– Sim, o que ele desconhece é quais são os quatro que detêm uma parte da charada e isso é amedrontador, pois, se torturou e assassinou o mestre de Jerusalém, com certeza será capaz de fazer o mesmo com os outros, se for necessário.

– E o que vocês pretendem fazer? Afinal, o que garante que após saber a localização de Jesus ele não acabe revelando da mesma forma o conteúdo dos documentos que possui, lembrando que ele pode manter uma cópia em seu poder?

– Já pensei em tudo e sei exatamente o que fazer, porém neste momento precisamos encontrar os mestres que possuem o texto, decifrá-lo e remover Jesus, antes que Alexander consiga fazê-lo primeiro.

– Eu concordo com você e me coloco à sua disposição para poder ajudá-lo.

– Obrigado. Gostaria que você estivesse sendo admitido em nosso seio em um momento de alegria, e não de tribulação como este; porém, tenho certeza de que sua admissão foi providente, pois tenho uma tarefa para você.

– Quando eu poderei conhecer Jesus? – perguntei.

– Em seu devido tempo você será apresentado a Ele – respondeu Armand.

Eu não conseguia parar de pensar nessa possibilidade, e já começara a ficar ansioso.

– Eu – continuou Armand, interrompendo meus pensamentos – sou um dos quatro mestres que foi sorteado com uma parte do texto. Na época do sorteio, nosso Grão-Mestre ainda vivia. Após seu falecimento, fui eleito para tomar seu lugar, porém continuo detentor do que me foi confiado. Fiz um juramento de que jamais revelaria quaisquer segredos de nossa Irmandade e daria minha vida por isso. Mas Alexander me conhece bem, convivemos muitos anos juntos e ele sabe que não temo por minha vida, mas pela vida de minha família. Tenho medo de fraquejar se souber que qualquer um dos meus está em perigo; sendo assim, passarei minha parte da senha a você. Depois irei para meu descanso eterno.

Aquelas últimas palavras de Armand me deixaram sem chão, achei que não tinha ouvido direito. Não me contive e disse:

– O que quer dizer? Vai tirar sua própria vida? Não pode fazer isso, deve haver outra maneira de deter Alexander! A vida é um dom precioso dado a nós por Deus. Você sabe disso, não podemos dispor daquilo que não nos pertence!

– Não se preocupe, eu partirei feliz por não quebrar meu juramento e jamais colocaria meu Senhor em perigo. Sempre vivi para Ele, será uma grande honra morrer por Ele. Fazendo isso, impeço Alexander de continuar com essa insanidade. Deus saberá me perdoar. Mas, primeiro, deverá ser iniciado em nossa Irmandade.

Senti um desconforto em meu ser. O orgulho e a arrogância tinham me levado a querer, durante toda a vida, fazer parte de uma organização importante e secreta como essa. E agora estava eu ali, prestes a ser iniciado, com o coração nas mãos. Meu Deus, sentia-me um fantoche nas mãos do destino.

Lembrei-me de quando era criança e fantasiava as mais incríveis aventuras na pele de meus heróis favoritos, derrotando todos os malfeitores, mas agora o vilão era real e eu não tinha a mínima ideia de como seria o final da história. Naquele momento, pedi a Deus que me desse sabedoria e coragem.

A imagem de meus pais surgiu em minha mente. Eu me orgulhava deles, tinham sido pessoas íntegras, leais e verdadeiras, durante toda a vida. Então, pensei em Jesus e, por incrível que pareça, senti que todos os meus temores sumiram, como que levados por uma ventania. As palavras de Armand interromperam meu devaneio.

– Agora já sabe o motivo de sua vinda até aqui. Hoje é domingo, sua iniciação ocorrerá nesta noite. Meu motorista o levará para seu hotel. Cassius irá apanhá-lo às 19 horas e lhe dará maiores instruções. Agora vá, não precisará mais da venda.

– Achei que iria voltar comigo – eu disse.

– No momento não, preciso acertar algumas coisas por aqui. Cassius logo virá me apanhar. Não se preocupe.

Após dizer isso, ele se levantou e me acompanhou até o carro onde seu motorista estava encostado, aguardando-nos. No trajeto de volta, fiquei tão absorto em pensamentos, relembrando tudo o que Armand me contara e o que estava disposto a fazer, que, quando me dei conta, já estávamos em frente ao hotel.

Capítulo 4

Iniciação

Eu ainda estava muito agitado pelos acontecimentos do dia e não conseguia relaxar, então resolvi tomar um longo e demorado banho.

Enquanto me banhava, a imagem de Jesus veio à minha mente. Aliás, durante todo o dia foram poucos os momentos em que isso não acontecia. Tudo o que aprendera a Seu respeito tinha caído por terra. "Ele está no meio de nós", agora sim essa frase fazia sentido.

Fiquei imaginando como seria se aparecesse ao mundo agora, nessa época em que vivemos? Será que acreditariam n'Ele ou O colocariam em uma camisa de força como se fosse um maníaco? Ou pior, será que em nome da ciência não O trancafiariam em laboratórios, para fazer experiências e explicar sua longevidade? Muitas pessoas acreditam que Saint Germain, Flamel e tantos outros místicos ainda estariam nesta Terra; porém, se disséssemos que Jesus ainda está vivo, nos chamariam de heréticos ou pior, lunáticos. Cheguei à conclusão de que a Irmandade tinha razão, Jesus precisava ser protegido a qualquer custo.

Embora não soubesse ao certo o que aconteceria à noite, resolvi não jantar. Além do mais, a ansiedade havia tirado meu apetite. Às 19 horas em ponto, Cassius estacionou em frente ao hotel. Não esperei que saísse do carro, aproximei-me e ele abriu a porta.

– Boa-noite! Espero que esteja bem descansado – disse-me.

– Para lhe dizer a verdade, não consegui relaxar. Até pensei em dar algumas voltas para conhecer melhor a cidade, mas achei melhor não fazê-lo.

– Não se preocupe, você terá de retornar a Bruxelas outras vezes e poderá conhecê-la com mais calma.

Embora Cassius fosse um membro da Irmandade, não sabia qual era seu conhecimento sobre a história contada por Armand e, principalmente, até onde eu estava envolvido. Por essa razão, achei melhor não tocar no assunto e durante a viagem conversamos apenas assuntos triviais.

Ao chegarmos a nosso destino, o céu já estava escuro, mas pude perceber que a residência era um maravilhoso *château* e que ao lado dele existia uma capela. Toda a parte externa da casa estava iluminada. Não havia sinais de movimentação, apenas pude perceber a presença de um veículo. Cassius estacionou e me acompanhou até o interior, onde Armand estava à minha espera. Assim que entrei, ele se aproximou e me cumprimentou com um largo sorriso:

– Boa-noite! É um grande prazer vê-lo novamente.

– O prazer é todo meu.

– Está pronto para dar início à sua caminhada para dentro de nossa Irmandade?

– Sim, estou – respondi, tentando não demonstrar meu nervosismo.

– Que assim seja. Venha comigo.

Ao dizer isso, Armand saiu da casa e o acompanhei. Seguimos em direção à pequena igreja e, ao chegarmos ao pórtico de entrada, ele parou e pediu-me para esperar ali. Desejou-me boa sorte e se retirou.

As portas da igreja estavam abertas e pude ver que a capela estava inteiramente iluminada por luzes de velas. Era construída em estilo romântico, e mesmo tendo pouca iluminação dava para se notar os capitéis em sua fachada, com figuras de animais fantásticos e personagens do Antigo e do Novo Testamento.

O caminho até o altar era encimado por arcos bicolores. Como em toda construção romântica, notei também, ao fundo, uma escultura do Juízo Final, em relevo, tendo Cristo como figura central, ladeado por anjos e santos, presidindo a seleção das almas constantemente ameaçadas por demônios. Em frente ao altar, no chão, havia uma almofada vermelha e, entre o altar e ela, um sacerdote vestindo uma batina lindamente ornamentada, que brilhava sob a luz das velas. Dispostos sobre o altar estavam um cálice, sobre ele a patena e o corporal. O sacerdote disse:

– Que o candidato adentre o pórtico e ajoelhe-se.

Sabendo que essas palavras eram dirigidas a mim, entrei, caminhei até a almofada e nela me ajoelhei. Ele continuou:

– *Obsculta, o fili, praecepta magistri, et inclina aurem cordis tui, et admonitionem pii patris libenter excipe et efficaciter conple, ut ad eum per oboedientiae laborem rédeas, a quo per inoboedientiae desidiam recesseras. Ad te ergo nunc mihi sermo dirigitur, quisquis abrenuntians proprilis voluntatibus, Domino Christo vero Regi militarus, oboedientiae fortíssima atque praeclara arma sumis.* (Escuta, filho, os preceitos do Mestre, e inclina o ouvido do teu coração; recebe de boa vontade e executa, eficazmente, o conselho de um bom pai, para que voltes, pelo labor da obediência, àquele de quem te afastaste pela desídia da desobediência. A ti, pois, se dirige agora minha palavra, quem quer que sejas, que, renunciando às próprias vontades, empunhas as gloriosas e poderosíssimas armas da obediência para militar sob Cristo Senhor, verdadeiro Rei.).

Ele aspergiu água benta sobre minha cabeça e perguntou:

– Estás disposto a renunciar à tua vida, se preciso for, em nome de Nosso Senhor Jesus Cristo, que vive e reina pelos séculos dos séculos?

– Sim – respondi. – Estou.

O sacerdote então pegou o cálice e o mostrou a mim, dizendo:

– O cálice é o símbolo do túmulo de descanso de Nosso Senhor Jesus Cristo. A patena simboliza a pedra que fechara seu túmulo, e o corporal representa o sudário, com o qual o corpo de Cristo foi envolvido.

Quando terminou de falar, aproximou-se, pegou a hóstia e me entregou, dizendo:

– Recebe o corpo embebido no sangue de Cristo. Que Ele ressuscite dentro do teu ser e te dê verdadeiramente a vida eterna.

Recebi a hóstia e disse amém. O sacerdote colocou o cálice no altar, desceu novamente, com um pequeno recipiente de vidro nas mãos, e disse:

– Com este óleo eu te purifico e te abençoo.

Aproximou-se mais e com o óleo fez em minha testa o sinal da cruz, dizendo:

– *Confitemini Domino quoniam bonus, quoniam in saeculum misericórdia eius.* (Confessai ao Senhor porque Ele é bom, porque sua misericórdia é eterna.)

E acrescentou:

– Em sinal de obediência, deves permanecer em vigília neste santuário até o amanhecer, confessando seus pecados a Deus Altíssimo e Lhe pedindo proteção.

Assim que acabou de proferir essas palavras, ele saiu, fechando as portas da igreja. Eu continuei ali, ajoelhado, por um bom tempo, sem conseguir fixar meu pensamento. Quanto mais me esforçava para rever minha vida, mais me desconcentrava. Após não sei quanto tempo nessa luta com minha mente, comecei a sentir uma forte dor no joelho e só aí percebi que o desconforto me tirava a concentração. Resolvi sentar-me no banco e relaxar um pouco.

Conforme o tempo foi passando, fui me deixando envolver por aquele lugar mágico e sagrado. Era delicioso "ouvir o silêncio". Aos poucos, várias imagens surgiram em minha mente; comecei a rever toda a minha vida, desde que nascera, e percebi que essa era a primeira vez que me permitia um tempo para pensar em minha existência e refletir sobre quem eu realmente era.

Com a correria do dia a dia, eu me esquecera da pessoa mais importante que existe neste mundo. Eu me esquecera de mim mesmo. Tenho sempre tanta pressa, preciso de tantas coisas para poder manter a posição social e para alcançar isso tenho me desdobrado, para ganhar mais dinheiro, ser bem-sucedido profissionalmente, ter o carro do ano e tantas outras coisas! Meu ego só vive a pedir, e eu nunca parei para perguntar à minha alma se era isso o que ela queria.

Comecei a entender que era essa a razão por que a maioria dos seres humanos, mesmo possuindo tantos bens materiais, continua infeliz. Embora consigam tudo, não se satisfazem e continuam nessa busca desenfreada para satisfazer o ego. Nessa hora pedi, do fundo de meu coração, que Deus perdoasse minha ignorância, por não ter dado o devido valor à minha alma. Por não tê-la escutado nos momentos em que me aconselhou, por ter brigado com o mundo pelas coisas que deram errado em minha vida, quando na verdade o grande culpado fora eu mesmo.

Nesse momento, senti uma força imensa invadindo meu coração e depois todo o meu ser. Como se minha alma tivesse escutado o que eu acabara de dizer e sorrisse. Uma imensa felicidade inundou-me e fiquei tão absorto nesse sentimento que acabei pegando no sono.

Quando acordei, o dia já estava clareando. Naquele momento, naquele lugar especial, perante Deus que eu sempre acreditei existir, jurei para mim mesmo que nunca mais deixaria que o ego tomasse conta de minha vida, que eu ouviria mais vezes minha alma. Não sabia o que mais aconteceria comigo, mas de uma coisa eu tinha certeza absoluta, que a vigília que acabara de fazer, embora incompleta, servira para que despertasse minha alma, e só isso já valera todo o esforço de ter chegado até ali.

Não sabia que horas eram, continuei ali sentado até que as portas da igreja se abriram e por ela entraram dois homens. A visão era inusitada. Ambos trajavam um manto branco decorado com uma cruz de espinhos vermelha, e traziam cada um uma espada.

Eles se aproximaram e pediram, gentilmente, que eu os seguisse. Um deles foi à minha frente e o outro atrás de mim, como se me escoltassem. Achei que sairíamos pela porta da frente da igreja, mas me enganei. Seguimos em direção ao altar. Atrás dele havia uma pequena porta. Entramos por ela e descemos uma escada esculpida em pedra e em formato de caracol. Archotes iluminavam todo o caminho.

O último degrau terminava em um enorme salão, cujas paredes eram de pedras rústicas. A iluminação era feita por candelabros. Na parede à frente da escada, podia-se ver uma grande cruz com oito pontas, a mesma bordada nos mantos. Havia várias pessoas lá, e percebi que se preparavam para participar de uma cerimônia.

O ambiente era muito parecido com o de minha fraternidade. As cadeiras eram dispostas de maneira que os membros, quando sentados, ficassem de frente para o corredor. Era uma única fileira de cadeiras de cada lado, com um brasão diferente encimando cada uma delas, fixados à parede. Quatro desses assentos estavam vazios, os demais eram ocupados pelos membros que permaneciam sentados.

No altar, ficavam três cadeiras, ocupadas por três homens. Dois deles eu reconheci de imediato. O que estava ao centro era Armand e à sua direita o padre que dirigira minha iniciação na noite anterior. Todos os presentes, inclusive o padre, usavam uma túnica branca.

Aquela visão me fez voltar no tempo, parecia que eu estava em outra época. A apreensão que sentira antes dera agora lugar a uma sensação de paz. Aquele local possuía vibrações mágicas e contagiantes. Voltei à realidade quando Armand disse, em voz alta, dirigindo-se a mim:

– Aproxime-se, por favor.

Obedeci. Nesse momento, os dois homens que haviam me acompanhado dirigiram-se para seus assentos. Enquanto eu caminhava, os demais membros se levantaram e ficaram observando. Quando estava chegando ao altar, Armand pediu-me que parasse no centro do círculo. Só nesse momento dei-me conta de que havia um, pintado no chão da sala. Fiz exatamente o que me foi solicitado. Ele e os outros dois homens do altar saudaram-me, inclinando o corpo. O padre e o homem à direita de Armand saíram então de seus lugares e se puseram à minha frente, enquanto Armand acendia um círio. Depois de fazer isso ele se voltou para mim e disse:

– *Probasti nos, Deus, igne nos examinasti sicut igne examinatur argentum; induxisti nos in laqueum; posuisti tribulationes in dorso nostro. Et us ostendat sub priore debere nos esse, subsequitur dicens: Inposuisti homines super capita nostra. Sede te preceptum Domini in adversis et iniuriis per patientiam adimplentes, qui percussi in maxillam praebent et aliam, auferenti tunicam dimittunt et pallium, angarizati miliario vadunt duo, cum Paulo Apostolo falsos fratres sustinent et persecutionem sustinent, et maledicentes se benedicent.*

(Ó Deus, provaste-nos, experimentaste-nos no fogo, como no fogo é provada a prata: induziste-nos a cair no laço, impuseste tribulações sobre nossos ombros. E, para mostrar que devemos estar submetidos a um superior, impuseste homens sobre nossas cabeças. Cumprindo, além disso, com paciência, o preceito do Senhor nas adversidades e injúrias, se lhes batem em uma face, oferecem a outra; a quem lhes toma a túnica cedem também o manto; obrigados a uma milha, andam duas, suportam, como Paulo Apóstolo, os falsos irmãos e abençoam aqueles que o amaldiçoam.)

E depois de uma breve pausa, continuou:

– Estás hoje aqui para fazer parte de nossa Irmandade. As palavras que ouviste podem se resumir em apenas uma: **HUMILDADE**. Esse é nosso lema e nossa diretriz, é isso que falta em nosso mundo. Lá fora, longe dessas paredes sagradas, irão de todas as maneiras tentar provar-te o contrário. Tentarão mostrar a ti que ter poder é o principal objetivo do homem. Quando isso acontecer, quando essa força vier dentro de ti, tentando tirar-te do caminho, lembra-te do que nosso Mestre Jesus nos disse: "De que adianta ganhar o mundo e perder a Alma?". A Paz por todos sonhada não está na ausência da guerra, como muitos supõem, mas, sim, na presença de Deus dentro de cada um de nós. Agora, na presença de nossos irmãos, te pergunto: Juras, solenemente, estar disposto a renunciar a tudo, inclusive à tua vida, se assim for preciso, para fazer parte de nossa Irmandade?

– Sim, eu juro – respondi.

– Que assim seja. Recebe então nosso manto branco, símbolo da pureza de alma.

Enquanto Armand dizia essas palavras, o padre, que estava à minha esquerda, colocou o manto em minhas costas. Armand então continuou:

– Veste agora a armadura de Deus para que, nos dias maus, tu possas resistir e permanecer firme, superando todas as provas e adversidades que a vida ainda te reserva. Estejas, portanto, firme e cingido com o cinturão da verdade, vestido com a couraça da justiça e, aos pés, calçado com o zelo para propagar o infinito amor de Deus. Tenhas, também, sempre em tuas mãos o escudo da fé, só assim poderás apagar as flechas inflamadas do mal que a todo instante irão tentar atacar-te em tua caminhada rumo ao Criador. Coloca o capacete da salvação e, por último, leva sempre contigo a espada do espírito, que é a Palavra viva de Deus.

O Grão-Mestre pegou uma espada embrulhada em um pano branco, retirou-o, estendeu-a para mim e disse:

– Agora pega. Que esta espada, que agora recebes, sirva para lembrar-te de tua responsabilidade e das lutas que deverás travar dentro de ti.

Nesse momento, o homem à minha direita desenrolou um pergaminho e começou a ler:

"Irmão:

Que essa espada que acabas de receber seja teu conhecimento. Que corte as trevas de teu coração e reflita a luz. Que seu fio transcenda a matéria e se ligue às emanações de teu espírito. Que ela honre seu condutor e seja por ele honraba. Que, fincada ao chão, demonstre a determinação de quem a conduz. Que, erguida com sua ponta para os céus, seu braço não trema, pois estará honrando a alguém de muito merecimento.

Posta à sua frente, com o braço em ângulo reto, demonstre a retidão e a significância do teu ser. E que, afinal, nunca precises apontá-la a ninguém, porque, chegado esse momento, não há volta possível. E chegado o dia de tua morte, possa ela estar voltada para baixo, entre teu tórax e tuas pernas, descansando, pousada sobre teu corpo e demonstrando que combateste o bom combate, e agora a devolves à terra, em um processo sinérgico, teu corpo que era tua espada e tua espada que era teu corpo.

Ambos viverão, então, apenas como símbolos para novas gerações, pois tua batalha agora é outra e com certeza tua nova espada de luz te espera do outro lado. Tua missão é a Luz, buscada, percebida e desejada. É por ela e somente por ela que deves combater. Outro tipo de inimigo é ilusão das trevas. Joga a luz de tua espada sobre teus inimigos e verás se de fato existem ou se as trevas colocaram amigos e inocentes em teu caminho para que, confundido, peques e resvales para a ignorância.

E nunca esqueças que na ignorância tua espada perde força, teus lamentos crescem e tua escuridão aumenta. Fecha teus olhos, respira fundo e pede, Àquele que é a própria Luz, que te ampare nas sendas do abismo, até que reencontres a claridade que alumiará teu caminho."

Nunca em minha vida havia sentido tamanha emoção. Suas palavras calaram profundamente em meu ser e senti gotas de lágrimas rolarem por meu rosto. Eu não estava ali sendo iniciado, apenas para fazer parte de uma organização. Eu estava recebendo mais que uma espada e um manto, naquele momento eu recebia a responsabilidade de proteger, com minha vida se assim fosse preciso, o maior Homem que já andara neste mundo. Não era uma brincadeira de criança, tampouco uma posição que me daria privilégios ou poder. Ao contrário, eu sabia que daquele momento em diante eu precisaria ser o mais desconhecido possível.

Armand interrompeu meus pensamentos ao dizer:

– Todo novo membro necessita morrer para o mundo e renascer para o espírito. Sendo assim, deste momento em diante, serás chamado de *Hieronymus* (foi dado meu novo nome, o qual eu não posso revelar). Esse nome pertenceu a um digníssimo membro de nossa fraternidade, que cumpriu sua tarefa e já nos deixou. Seu lugar está vago há alguns anos e a partir de hoje será ocupado por ti. Junto dele está seu brasão, que a partir de agora passa a te pertencer. Que sejas digno desse símbolo!

Dizendo isso, pediu-me para estender a mão direita e, segurando-a, proferiu as seguintes palavras:

– *Quae Dominus iam in operarium suum mundum a vitiis et peccatis Spiritu Sancto dignabitur demonstrare.* (O operário, já purificado dos vícios e dos pecados, se dignará o Senhor manifestar por meio do Espírito Santo.)

Colocou então em meu dedo um anel igual ao que ele e Cassius usavam. Depois, fez um sinal da cruz com água benta no ar e sobre minha cabeça, enquanto dizia:

– *Dominus Vobiscum.* (O Senhor esteja convosco.)

Saudou-me, assim como os dois membros que estavam ao seu lado, e completou:

– Tome seu lugar conosco. A partir de hoje, você é um Cavaleiro do Graal.

Saí do círculo e caminhei em direção à cadeira que estava vazia. Armand, o padre e o outro homem voltaram para seus lugares. Todos nos sentamos. Na parte da frente de cada uma das cadeiras, à direita, havia um espaço onde a espada se encaixava perfeitamente.

– Caríssimos irmãos – disse Armand –, hoje é um dia de alegria para todos nós. Não só comemoramos o ingresso de mais um membro dentro de nosso círculo, mas também, e o mais importante, é que tenho a certeza em meu coração de que nossas preces foram atendidas. Sempre nos colocamos aos cuidados da Providência Divina e ela sempre nos amparou. Desta vez não será diferente. Embora os acontecimentos recentes nos tenham trazido grande pesar, temos de acreditar, como sempre o fizemos, que tudo isso tem um propósito maior, que à primeira vista não compreendemos. Peço a todos que por um momento silenciem sua alma e orem para que o Altíssimo possa, mais uma vez, nos encher com sua força.

Nesse momento, todos silenciamos e ficamos em profunda meditação. Passados alguns instantes, ouvimos a voz de Armand nos pedindo para abrirmos nossos olhos.

Armand se levantou, estendeu os braços em nossa direção e disse:
– Que Deus Nosso Senhor nos abençoe e nos guarde.

Desceu os poucos degraus que conduziam ao altar, caminhou até a lateral direita do salão, onde havia uma pequena porta, e saiu. Todos os outros membros se levantaram e o seguiram, inclusive eu. A porta por onde ele saíra abria-se para uma escadaria. Subi, acompanhando os demais, e vi que ela terminava em um corredor iluminado. Esse corredor se estendia por uns 200 metros. No final, havia outra porta que se abria para o salão onde Armand conversara comigo pela primeira vez. Só que agora havia ali uma grande mesa, à qual todos foram se assentando. A porta por onde passáramos para entrar no salão era uma parte falsa da parede, por isso eu não a tinha percebido na primeira vez em que estivera ali.

Armand sentou-se à cabeceira da mesa e disse-me para ficar na cadeira à sua direita. Apresentou-me, um a um, todos os membros. Alguns deles eram pessoas conhecidas do chamado "cenário internacional". Tomamos então um vinho, do qual jamais esquecerei o sabor. Era completamente diferente de todos os que eu já havia experimentado; era forte ao paladar, mas descia suavemente e proporcionava quase uma dormência na garganta. Seu aroma era indescritível. Foi a primeira vez que tomei um café da manhã regado a vinho.

Depois de um bom tempo à mesa, onde a conversa oscilou entre diversos assuntos, os membros foram se levantando e formando grupos menores. Não sei se foi o vinho, ou a noite na igreja, ou mesmo minha iniciação, ou ainda a mistura de tudo isso, só sei que acabei me encostando à janela e contemplando o jardim, em um misto de nostalgia e admiração, e sua beleza fez meu pensamento voar. Nem sei ao certo tudo o que pensei naqueles minutos em que fiquei ali, mas parecia uma eternidade.

Ainda me perguntava se aquilo era real. Tinha a impressão de que estava lendo um livro. "Como será que é Jesus hoje? Aquele homem extraordinário que pregou o amor com toda a força de seu coração estava em algum lugar do mundo, neste mesmo instante. Talvez andando por estradas onde muitos de nós passamos a todo instante. O que estaria fazendo neste momento? Também observando algum jardim? Ou estaria lendo? Qual seria sua comida preferida, qual o tipo de literatura mais o agradava... Como veria o mundo de hoje, depois de 2 mil anos de existência?"

Senti uma mão apertando meu ombro. Olhei para trás e vi que era Armand. Ele sorriu e disse:

– Acho que o vinho fez mal para você, está tão quieto e isolado.

Contei a ele o que se passava em minha mente naquele instante. Simpático como sempre, sugeriu-me que tentasse esquecer um pouco tudo aquilo e aproveitasse o momento.

– Amanhã é outro dia – disse. – Hoje ficará hospedado aqui e amanhã daremos início às nossas conversas. Por enquanto, tente relaxar e beba mais um pouco de vinho.

– Por falar em vinho – disse eu –, esse é um dos melhores que já provei.

– Realmente, é um Grand Cru. Nós o trazemos da região de Borgonha, na França. Já que gosta do assunto, vou lhe apresentar K., que é um especialista.

K é a inicial do homem que estivera ao meu lado direito na iniciação, aquele que lera o pergaminho. Era uma pessoa extremamente simpática, aliás, como todos ali.

– Então você é um apreciador de vinhos? – perguntou-me K.

– Sim – respondi –, mas não quer dizer que conheça muito sobre o assunto.

– Não seja por isso, desde já está convidado a visitar comigo a França. Eu lhe mostrarei as melhores *maisons* existentes. Adoro todos os tipos de vinhos.

K. falava com tanto entusiasmo que não demorou muito para que outros se juntassem a nós e, ao final da conversa, eu tinha aprendido sobre as uvas usadas para se fabricarem os vários tipos de vinhos e também o porquê de o *wiskhy* escocês ser o melhor do mundo, tendo sabor inigualável. Fiquei impressionado por saber que até a brisa do Mar da Escócia influencia o sabor do malte.

Nossa conversa fez com que o tempo passasse mais depressa e só foi interrompida porque Armand avisou-nos que estava na hora do almoço e que o mesmo seria servido na sala de jantar, ao lado do salão onde nos encontrávamos. É impressionante como perdemos a noção do tempo quando fazemos algo agradável.

Eu não conhecia a sala de jantar e, quando a vi, fiquei admirado com tamanha beleza. Os lugares à mesa tinham sido dispostos da mesma forma que as cadeiras no salão de iniciação, a única diferença era que o padre e K., que na iniciação ficavam respectivamente do lado direito e esquerdo de Armand, agora estavam no começo de cada fileira.

Armand dirigiu-se a mim e disse:

– Hieronymus (pela primeira vez fui chamado por meu novo nome), antes de começarmos cada refeição, possuímos o hábito de agradecer ao Senhor com a oração que nosso Mestre nos ensinou.

Ao dizer isso, ele se levantou e todos nós o acompanhamos. Dirigiu então a seguinte prece:

Pai nosso que estais no céu...

Fiquei emocionado. Desde a infância, sempre soube essa oração; mas ali, naquele local, ouvindo aqueles homens orando juntos e sentindo que eles o estavam fazendo de coração, ela tomou novo significado para mim.

Depois de alguns segundos de silêncio, Armand finalizou dizendo:

– Senhor, abençoa este alimento que iremos comer. Que nós sejamos dignos dele, e olha por aqueles que neste momento não possuem um pedaço de pão sequer. Ajuda-nos, Senhor, a sermos mais justos com nossos semelhantes.

Ao terminar, todos dissemos amém. Armand sentou-se e nós o acompanhamos. A refeição começou a ser servida, novamente regada ao vinho da manhã. Como já estava me sentindo um pouco atordoado, não o tomei desta vez.

Diferentemente do café da manhã, o almoço transcorreu em silêncio. Realmente, eles viviam o momento da refeição como algo sagrado. Fez-me lembrar dos bons tempos em que todos os membros da família almoçavam e jantavam juntos. Um gesto tão simples, mas de uma importância tão grande que nos desperta saudades. A união é tudo, até o sabor dos alimentos parece ser influenciado por ela. O ato de estarmos todos ali, deixando as tribulações do dia a dia do lado de fora, é realmente algo especial, que nos coloca muito mais próximos de Deus.

Quando todos já haviam terminado a refeição, Armand se levantou e disse:

– Agradecemos novamente, Senhor, por esta dádiva.

Dissemos amém mais uma vez e nos retiramos.

Voltamos à sala onde estávamos pela manhã. Os convidados começaram a ir embora, aos poucos. Em um gesto de extrema educação e gentileza, nenhum deles deixou de se despedir de mim pessoalmente. Muitos dos que estavam ali eram pessoas proeminentes e provavelmente estavam com suas agendas lotadas.

K. reiterou o convite que havia feito pela manhã e também foi embora. "Será ótimo conhecer os vinhedos da França", pensei.

Ficamos somente eu, Armand e Cassius.

– Cassius irá até o hotel buscar suas coisas – disse Armand. – A partir de hoje, até sua partida, será meu hóspede aqui. Mandei preparar um dos quartos para você. Venha comigo, eu o levarei até lá.

Saímos da sala por uma porta que se abria para outro salão, onde havia uma escadaria em direção ao andar superior. Ela terminava em um corredor, com vários quadros enfeitando as paredes. Enquanto caminhávamos, como se tivesse lido meu pensamento, Armand disse:

– Esta casa pertence à minha família há mais de 300 anos. Gosto muito dela – continuou ele –, toda a nossa história está guardada neste lugar, cada detalhe conta uma parte importante de nossas vidas.

– Devem ter acontecido coisas maravilhosas sob este teto – eu disse.

– Sim – continuou Armand –, mas muitas situações tristes também ocorreram aqui. Um dia eu lhe conto tudo. Pronto, aqui está seu quarto. Aproveite o restante da tarde para descansar. Se precisar de algo, basta tocar essa sineta e alguém virá para lhe servir. Se quiser usar o telefone, fique à vontade, acredito que queira ligar para alguém em seu país. E, se precisar de mim, estarei na biblioteca lendo um pouco. Faço isso todas as tardes, é meu hobby. Caso queira algum livro, pode ir até lá e escolher o que mais lhe agradar. Porém, sugiro que descanse. Sei que tem muitas perguntas a fazer, mas isso ficará para amanhã. Deixe que as coisas sigam seu fluxo natural. Bom descanso.

Saiu em seguida, fechando a porta atrás de si. Ele tinha razão, havia mil perguntas em minha mente, que precisavam ser respondidas, mas achei melhor seguir seu conselho e descansar um pouco. Eu, realmente, estava precisando. Tirei os sapatos e deitei na imensa cama que havia no quarto. Não demorou muito para que eu pegasse no sono. Para ser sincero, foi quase que instantâneo.

Capítulo 5

Revelações

Quando acordei, ainda estava claro lá fora. Olhei para o relógio e vi que marcava 6 horas. Achei estranho, dormira tão pouco e me sentia totalmente revigorado. Olhei novamente as horas e só então me dei conta de que eram 6 horas da manhã. Saltei da cama desesperado, como se estivesse perdendo a hora para algum compromisso. "Espere um pouco", pensei, "o que estou fazendo? Não tenho compromisso, não preciso ir a lugar algum, por que essa pressa?" Ri de mim mesmo. Ainda estava contaminado pelo corre-corre da redação do jornal.

Voltei à cama, sentei e relaxei. O sono foi realmente profundo, pois minhas malas estavam dentro do quarto e eu nem percebi alguém entrar.

"Bom", pensei, "já que estou acordado, vou aproveitar e apreciar o dia". Tomei uma boa ducha, coloquei uma roupa menos formal e desci. Ângelo, o mordomo, cumprimentou-me e disse que o sr. Armand estava tomando o café da manhã na varanda. Fui ao seu encontro. Ao ver-me, ele disse:

– Bom-dia, nem preciso perguntar se estranhou a cama – e ao dizer isso sorriu.

Pela primeira vez o via mais descontraído.

– Dormi o sono dos anjos – respondi –, nem vi entrarem em meu quarto para deixar as malas.

– Isso é bom – continuou ele –, mostra que o lugar está lhe fazendo bem.

– Quanto a isso não tenho dúvida alguma, acho difícil de acreditar que alguém não se sinta bem em um lugar maravilhoso como este. O silêncio, o ar puro...

– Pois então, sente-se e tome café comigo.
– Obrigado.
Ângelo apareceu para me servir.
– Temos de continuar aquela conversa interrompida antes de sua iniciação – disse Armand.
– Que bom. Tenho, realmente, muitas perguntas a lhe fazer.
– Antes, pegue isso, pertence-lhe.
Armand entregou-me um envelope, eu abri e havia alguns documentos e dois cartões de crédito.
– O que é isso? – perguntei.
– São documentos de sua conta numerada na Suíça. Junto está a senha de seus cartões. Assim como o castelo, você também é o novo guardião dessa conta. Não vou lhe revelar o valor que há depositado, mas tenha a certeza de que não precisará se preocupar com dinheiro.
– Obrigado, Armand, mas não posso aceitar. Não quero mudar minha maneira de ser, nem meu trabalho. Por tudo o que me revelou até o momento, a melhor forma de ser incógnito é continuar com a rotina normal de vida. Sendo assim, fique com isso. E continue a tomar conta do castelo, não me vejo mudando para lá.
– É você quem decide. Agora estou à sua disposição, pode fazer todas as perguntas que desejar.
– Em primeiro lugar, gostaria de saber mais sobre Hieronymus, o membro a quem pertenceu a cadeira que agora ocupo.
– Hieronymus foi um grande homem que serviu nossa Irmandade com dedicação e contribuiu muito com nossa causa. Era bem conhecido nos chamados círculos esotéricos da Europa. E seu antecessor foi um filósofo respeitado. Caso não tenha notado – continuou Armand –, nosso círculo, que você conheceu ontem, possui 22 membros, além do Mestre. Não há como fazer parte dele enquanto essas cadeiras tiverem seus respectivos donos vivos. Cada assento tem uma história; por essa razão, em cima de cada um há um brasão. As iniciais de seu sobrenome profano serão incorporadas ao brasão de sua cadeira. Assim vem sendo feito desde que os mesmos foram instituídos. Como vê, você não herdou apenas um assento, mas toda a história que ele carrega. É um raro privilégio nos dias de hoje e, graças a nosso bom Deus, não causa problema algum. Mas antigamente, sobretudo na época da Inquisição, se alguém suspeitasse que

você fosse membro de qualquer grupo secreto, provavelmente seria denunciado aos inquisidores, julgado como bruxo ou herege e, com certeza, acabaria queimado em uma fogueira. Imagine quanto se arriscaram nossos antecessores! Às vezes, fico olhando para o brasão sobre minha cadeira e imaginando como devem ter sofrido aqueles membros, quantas dificuldades encontraram e quantos riscos correram para poder levar adiante a missão a eles designada. Mas tenho a certeza de que o fizeram com o maior prazer, mesmo pondo em risco suas próprias vidas.

Armand tinha razão, quantas pessoas haviam sido assassinadas naquela época, apenas por terem modos de pensar ou por serem diferentes. Quantas vidas perdidas por ignorância dos detentores do poder, quanto mal foi feito em nome de Deus. Diz a história que em países protestantes, após a Reforma, essa tortura foi intensificada, inclusive chegou-se ao cúmulo de achar que toda felicidade era pecado e aceitação do poder satânico. Realmente, nossos antecessores foram pessoas de muita coragem.

– A partir de hoje – continuou Armand – será conhecido apenas por seu novo nome. Quando falar com um irmão, seja por telefone, carta ou qualquer outro meio, deverá identificar-se como Hieronymus. Ser-lhe-á providenciada também uma chancela que deverá sempre acompanhar suas correspondências oficiais. Nós, normalmente, não usamos e-mails. Todos os membros que você conheceu aqui ontem possuem nomes secretos, que você passará a conhecer com o tempo – concluiu Armand.

– Jesus está vivo e, se isso for realmente verdade, é o maior de todos os milagres que já aconteceu neste mundo. Perdoe-me pela minha descrença, estou tentando assimilar essa realidade. Tenho ainda várias perguntas e nem sei por onde começar. Você disse em minha iniciação que eu, daquele momento em diante, seria um Cavaleiro do Graal. Queria saber, então, qual é o significado dessa palavra?

– Como já lhe falei anteriormente, a lenda do Graal sempre foi incentivada por nós. Quando ela surgiu pela primeira vez, os antigos irmãos de nossa Ordem encontraram uma excelente forma de desviar a atenção da humanidade e, por essa razão, nunca saíram desmentindo; ao contrário, contribuíram, propositalmente, para que ela crescesse.

– Concordo com você, o Graal já foi considerado um cálice, uma bandeja, uma pedra, enfim, essa palavra já teve vários significados – argumentei.

– Em primeiro lugar – continuou Armand –, você deve lembrar que a palavra Graal nunca foi mencionada na Bíblia. O manuscrito mais antigo conhecido, que a contém, é um poema de Chrétien de Troyes, datado do século XIII. Porém, Chrétien não sabia qual era sua real origem, tampouco seu significado oculto. Foi só através de Wolfram, em sua obra *Parsifal*, que a palavra Graal tomou o significado de pedra. Tanto que em seu poema ele escreve que o poder do Graal é o mesmo que permite à fênix se autoimolar e renascer de suas cinzas.

– Nossa! Realmente uma alusão a Jesus, que, assim como a fênix, morre e ressuscita. Mas, pelo que me consta, Wolfram era um Templário.

– Isso mesmo, ele era um Templário e conhecia nosso segredo. Seu iniciador foi um provençal, conhecido como Kyot. Porém, o que poucos sabiam é que Kyot ou Narbonenfis Guillelm eram pseudônimos usados por outro cavaleiro nobre, membro de uma das famílias mais importantes da região do Piemonte, ao noroeste da Itália, Guglielmo V, marquês de Monferrato.

– Se bem recordo em minhas leituras sobre o Graal, Guglielmo teria participado da Segunda Cruzada.

– Correto, ele seguiu para Jerusalém, motivado pelo ardor religioso da época. Por se tratar de um homem de muita fé e imensa bondade, Guglielmo foi aceito no seio interno dos Templários, que tinha sua sede em Antioquia. Essa era uma das únicas ramificações templárias que conheciam a verdade. Tanto que, ao saber de nosso segredo, nunca mais regressou à sua terra natal, preferindo continuar na Palestina, ajudando a proteger o que lhe fora confiado.

– Deve ser por esse motivo que os filhos de Guglielmo seguiram os passos do pai, indo para a terra santa, sem jamais regressar para o Piemonte. Eles também deveriam ter conhecimento desse segredo.

– Isso mesmo. Agora olhe para seu anel, o que está escrito nele? – perguntou-me Armand.

– As mesmas palavras descritas no brasão que há na parede de seu salão.

– *Grandis Rex Ab Aeterno Laudetur* – eu respondi.
– Esse é seu significado. A palavra Graal não é um objeto, mas um codinome, uma sigla, que traduzida quer dizer: *Grande Rei pela eternidade assim seja*. Por isso, somos chamados de Ordem dos Cavaleiros do Graal.

O tempo todo eu estava com o significado à minha frente e nem me dei conta disso, pensei.

– Nos poemas medievais – continuou Armand –, diziam que o Graal falava com José de Arimateia. Só que ninguém entendeu como um cálice poderia se comunicar ou mesmo andar ao seu lado. Agora, sabendo seu significado, você entenderá os textos antigos com muito mais clareza.

– Mas já apareceram muitas outras histórias falsas a respeito do Graal. Vocês realmente, em nenhum momento, se preocuparam em provar que elas não correspondiam à verdade? – perguntei.

– Provar? – disse Armand, espantado com minha pergunta. – Sempre fizemos de tudo para que nunca, em momento algum, ninguém sequer suspeitasse da verdade, e assim ela deve permanecer. Quando juramos entregar nossa vida, estamos fazendo isso, sinceramente. Se algum dia você estiver em uma situação na qual seja obrigado a fazer uma escolha entre ficar vivo e revelar nosso segredo, com certeza deverá preferir a morte. Por isso, o nome que agora carrega pertence a uma linhagem que sabia muito bem da responsabilidade assumida ao fazer parte da Irmandade, e que estava preparada para morrer, se assim fosse preciso. Para tudo na vida existe um preço a se pagar; achamos que o nosso é mínimo, em se tratando da grandiosa tarefa de proteger Jesus.

Ouvindo Armand falar daquela maneira, senti-me envergonhado por minha pergunta. Lembrei-me dos códigos dos antigos samurais, que davam a vida por seu senhor. Estávamos fazendo a mesma coisa, a única diferença era que os samurais viveram em uma época distante, e nós estávamos ali, em pleno século XXI, com toda a tecnologia a nosso dispor, falando sobre algo que praticamente não existe mais: **honra**.

– Desculpe-me, Armand, foi um impulso de jornalista. Tantos segredos foram descobertas no último século que é difícil acreditar que ainda exista algum a ser desvendado.

– Não pense você que foi fácil mantê-lo tão bem guardado. Muitos chegaram a esbarrar em seu véu. Felizmente, conseguimos evitar que levantassem para o mundo a cortina que o encobre, pelo menos até agora.

– Mas acredito que chegaram muito perto – completei.

– Sim – respondeu-me. – Por muitos anos os Templários fizeram escavações no antigo estábulo do templo de Salomão. Alguns historiadores sustentam que eles estavam escavando em busca de relíquias do Cristianismo ou pelos famosos tesouros que Salomão possuía, especialmente a Arca da Aliança, mas na verdade eles procuravam era outra coisa. Existe inclusive uma história onde se relata que eles conseguiram encontrar a Arca e que a teriam escondido dentro da catedral gótica de Chartres, na França, pois nela há uma réplica da mesma, esculpida na coluna direita do portal norte, com as seguintes inscrições "HIC AMITTITUR, ARCHA CEDERIS", que pode ser interpretado como "Se aqui foste enviado, encontrarás o tesouro", mas isso é pura fantasia. Pois uma escultura idêntica, do transporte da arca, pode ser encontrada nas ruínas de uma sinagoga em Cafarnaum.

– Pelo jeito como fala, parece-me que você não gostava muito da Ordem do Templo.

– Ao contrário, os verdadeiros Templários foram heróis e deram suas vidas para preservarem seu segredo. O que eu não concordo foi o que ela se tornou externamente. Serei sincero com você, eu não posso de forma alguma compactuar com a violência. A Ordem do Templo era uma organização militar e originou-se com o propósito de proteger os peregrinos. Ao menos essa foi a desculpa usada para sua formação. Estranhamente, os nove primeiros cavaleiros nunca pegaram em armas e muito menos protegeram alguém, fato intrigante, inclusive. Os fundadores levavam uma vida austera e digna, observavam a regra de Santo Agostinho. Mas, infelizmente, os homens que deram continuidade a ela esqueceram-se de seu juramento inicial e começaram a agir como mercenários, eliminando os que chamavam de "hereges" em nome de Deus. Isso é histórico, eles matavam mulheres e crianças pelo simples fato de os mesmos serem de outra religião e, para piorar, o faziam com o aval da Igreja. Nem mesmo a bula de Inocêncio II de 1139, que consolidou a

Ordem para o mundo da cristandade, fez qualquer menção em relação a seu propósito inicial, que era a proteção dos peregrinos. Seus interesses, está bem claro, eram outros. Mas, para mim, o mais chocante é saber que a regra templária fora escrita por São Bernardo, membro da Ordem de Cister e um dos homens de mente mais brilhante em seu século. Porém, Bernardo tinha um problema sério: seu ardor religioso era tão extremado que, nos dias de hoje, ele seria considerado um fanático louco. Só para que você se inteire um pouco mais sobre esse homem, em sua época vivia um grande mestre chamado Pedro Abelardo. Tão inteligente e notável quanto Bernardo, Abelardo possuía uma mente extraordinária, além de ser um grande orador. Não admitia que se escondessem atrás da frase "Isso é um mistério". Para ele, devíamos usar nossa racionalidade. Portanto, crer sem discutir era inconcebível. Foi um dos eruditos mais influentes de sua época, o que causou em Bernardo uma ira avassaladora. Bernardo redigiu um documento contendo, o que, ao seu modo de ver, seriam os erros de Abelardo e os entregou ao papa Inocêncio III. Abelardo foi condenado no concílio de Sens em 1141, vindo a falecer poucos meses depois no priorado de Saint-Marcel. Resumindo, Bernardo não descansou até que seu "inimigo" fosse literalmente destruído.

– Eu pensei que São Bernardo era, realmente, um homem santo, mas estou começando a mudar de ideia.

– Bernardo também foi o autor deste documento.

Armand, então, tirou uma folha que estava dobrada dentro do livro para que eu pudesse ler.

– Este texto chama-se *Sermo exhortatorius ad milites Templi*. É um pouco extenso, por isso copiei apenas uma parte; veja:

> 4. At vero Christi milites securi praeliantur praelia
> Domini sui, nequaquam metuentes aut de hostium caede
> peccatum, aut de sua nece periculum, quandoquidem mors
> pro Christo vel ferenda, vel inferenda, et nihil habeat
> criminis, et plurimum gloriae mereatur. Hinc quippe
> Christo, inde Christus acquiritur, qui nimirum et libenter
> accipit hostis mortem pro ultione, et libentius praebet
> seipsum militi pro consolatione. Miles, inquam, Christi

securus interimit, interit securior. Sibi praestat cum interit, Christo cum interimit. Non enim sine causa gladium portat: Dei enim minister est ad vindictam malefactorum, laudem vero bonorum.
Sane cum occidit malefactorem, non homicida, sed, ut ita dixerim, malicida, et plane Christi vindex in his qui male.

– O texto está em latim, não entendo o que está escrito – comentei.
– Perdoe-me – respondeu ele.
Armand pegou o papel em suas mãos e disse:
– Sua tradução é a seguinte:

Na verdade, os cavaleiros de Cristo travam as batalhas para seu Senhor com segurança, sem temor de ter pecado ao matar o inimigo, nem temendo o perigo da própria morte, visto que, causando a morte ou morrendo, quando em nome de Cristo, nada praticam de criminoso, sendo antes merecedores de gloriosa recompensa. Aquele que, em verdade, provoca livremente a morte de seu inimigo como um ato de vingança, mais prontamente encontra consolo em sua condição de soldado de Cristo. O soldado de Cristo mata com segurança e morre com mais segurança ainda. Não é sem razão que ele empunha a espada! É um instrumento de Deus para o castigo dos malfeitores... Na verdade, quando mata um malfeitor, isso não é homicídio... e ele é considerado um carrasco leal de Cristo contra os malfeitores.

– Se excluíssemos a palavra "Cristo" do texto, teríamos a nítida impressão de ter sido escrito por um terrorista dos dias atuais. A palavra é, realmente, uma arma muito poderosa e perigosa. Jesus foi crucificado por pregar o amor, mas os que se dizem seus seguidores continuam a fazer o mesmo que fez seu povo quando gritaram para crucificá-lo. E, com um agravante, dizem que estão fazendo a obra de Deus. Como pode um homem de Deus dizer que matar é um "trabalho divino"?

– Para mim, só os ignorantes pensam assim – respondi.

– A verdade é que Bernardo sabia que Jesus, após a crucificação, havia se retirado para a Índia. Ele era um homem culto e tinha acesso a vários manuscritos. Em sua época, começaram a aparecer vários textos árabes que relatavam essa história. Um dos mais conhecidos chamava-se *Ikmaul-ud-Din*, escrito no século X pelo estudioso muçulmano Al-Shaikh Al-Said-us-Sadiq. Só que, para os islâmicos, Jesus não havia ressuscitado, mas, sim, teria sido retirado da cruz com vida e se refugiado em outro país. Você imagine, um homem com a personalidade de Bernardo, lendo um manuscrito com tais informações! Para ele, essa era a maior heresia que poderia haver. Ela não só denegria a imagem de Jesus, como também acabaria com a crença em uma Igreja que foi fundamentada com base em Sua divindade. Como dizia São Paulo, se Jesus não ressuscitou, é vã a nossa fé. Você irá notar que a ordem de Cister, à qual pertencia Bernardo, era a mais radical de sua época, em relação a tudo o que fosse de origem islâmica, mas o propósito desse preconceito está claro.

– Entendi, caso essas informações vazassem, quem iria acreditar nelas, se seus escritores eram os chamados hereges?

– Isso mesmo. Infelizmente, Bernardo não sabia da verdade e por essa razão é que fundou a Ordem do Templo, para que pudessem verificar a veracidade dessas informações. Os nove primeiros cavaleiros eram homens de sua extrema confiança. Porém, se você notar, a regra primitiva templária, que ele escreveu posteriormente, dizia que os cavaleiros deviam ser recrutados entre os excomungados. Agora, eu lhe pergunto, por que entre os excomungados?

– Realmente, não faz sentido – respondi.

– A princípio, sentido algum, mas se pensar melhor verá que eles eram perfeitos, pois fariam o trabalho e, mesmo que descobrissem a verdade, não poderiam usá-la, já que, mesmo reabilitados, possuíam um passado herético, o que na época era uma mancha negra em suas vidas. Quem acreditaria em homens assim?

– Com certeza as pessoas certas.

– Só que os planos de Bernardo não funcionaram como ele imaginou. Quando alguns Templários, que eram realmente homens puros de coração, começaram a procurar, acabaram por encontrar a verdade, e, diferente do que Bernardo previu, fundaram uma ordem dentro da Ordem.

– Agora ficou claro, a maioria dos historiadores diz que os Templários possuíam um segredo e que nem todos os membros eram conhecedores dele. Há inclusive informações de cismas internos.

– Sim, esses cavaleiros, mesmo pertencendo à Ordem, o faziam apenas por fachada, mas não participavam das carnificinas. Tanto que, quando o papa autorizou a cruzada albigense, alguns Templários não aceitaram lutar contra os cátaros. Eles constituíram seu quartel-general em Antioquia, onde Jesus estava na época, e ficaram conhecidos como Templários Marcionistas.

– Templários Marcionistas? Nunca li nada a respeito – eu disse.

– Na verdade, o que estou revelando para você é algo que a maioria das pessoas desconhece, mesmo as ordens que hoje se dizem herdeiras dos Templários, porque essas informações pertenciam ao seu círculo interno.

– Mas por que esse nome, marcionistas?

– Eu já lhe disse que os primeiros cavaleiros foram para a Palestina com a intenção de conseguirem informações. Quando escavaram embaixo do templo, encontraram fragmentos de escritos hebraicos, aos quais a princípio não deram muita importância, pois não sabiam seu significado.

– Não me admira eles não terem dado valor aos documentos, afinal os Templários eram, na sua maioria, analfabetos, tanto que a Bíblia precisou ser traduzida do latim para o francês, para que eles pudessem lê-la – eu disse.

– Exatamente. Quando cinco dos nove cavaleiros regressaram para a França, eles entregaram esses fragmentos para Etienne Harding, abade de Citeaux, durante o concílio de Troyes. Etienne traduziu os textos e se deparou com uma revelação assustadora. Os fragmentos eram escritos dos chamados eschaimins, homens contratados pelo Sinédrio para seguirem e espionarem Jesus. Etienne, então, relatou o fato a seu amigo Bernardo e eles, com Mathieu d, Albano, legado papal, reuniram-se secretamente com os Templários, revelando apenas uma parte do que dizia o documento encontrado. Foi nessa época que Bernardo redigiu as regras templárias de que lhe falei, pois agora, além do perigo dos escritos islâmicos, surgia outro problema muito mais sério para a Igreja, que precisava ser oculto a todo custo.

– Os ditados, realmente, têm um grande fundo de verdade, afinal, quem procura acha – concluí.

– Tem razão. Os cavaleiros foram ordenados a continuarem com suas buscas e a enviarem diretamente a Bernardo quaisquer outros documentos que encontrassem. Por terem jurado obediência à Igreja, e sem saber de todo o teor dos fragmentos que haviam trazidos consigo, eles concordaram.

– Mas o que continham esses manuscritos que eram tão perigosos assim? – perguntei.

– Os verdadeiros ensinamentos de Jesus, preservados por grupos marcionistas remanescentes.

– Verdadeiros ensinamentos de Jesus? – indaguei.

– Sim, era esse o segredo revelado nos textos que foram ocultos dos primeiros Templários e do restante da humanidade. Alguma vez você já se perguntou qual era realmente a principal missão de Jesus, e por que Ele foi perseguido pelos sacerdotes do Sinédrio?

– Sinceramente – eu disse –, nunca entendi o que Jesus fez de tão grave para que sentissem tanto ódio dele, principalmente porque em sua época havia tantas seitas, e todas eram toleradas. Por que perseguirem e condenarem à morte um homem que estava ali pregando o amor? Isso nunca fez sentido para mim!

– Não o culpo por ter essa dúvida, creio que muitas pessoas já fizeram essa mesma pergunta. O que eu vou lhe revelar agora com certeza irá chocá-lo, porque a maioria da humanidade foi criada ouvindo uma versão da história, e já foi dito que uma mentira contada diversas vezes acaba se tornando uma verdade – concluiu Armand.

Não fazia a menor ideia do que Armand me revelaria. Porém, depois de tudo o que já ouvi, nada mais me espantaria nesse momento.

– Diz a história – continuou ele – que Jesus foi enviado por Deus Pai para pregar ao povo judeu a boa-nova, a crença em um Deus único. Agora eu lhe pergunto: já não seguiam os judeus os preceitos de seus profetas? Não praticavam eles a lei mosaica, desde que a mesma fora instituída por Moisés?... Então por que Jesus nasceria na Judeia e pregaria ao povo judeu algo que eles já vinham fazendo por milhares de anos? Por que Jesus não nasceu em Roma, para levar essa boa-nova aos romanos, que tinham uma multiplicidade de deuses?

– Às vezes, você me espanta com essas perguntas, porque elas são de uma simplicidade imensa, mas, mesmo assim, parece que nunca nos passam pela cabeça; porém tem razão, se pensarmos friamente, não faz sentido – eu disse.

– Vou lhe fazer outra pergunta. Quantas vezes Jesus disse "Meu Pai Iahweh", ou "Meu Pai Jeová"? Você se recorda de Ele ter mencionado isso em algum lugar?

– Ele dizia apenas Meu Pai – respondi.

– Exatamente, Ele nunca disse. E sabe por quê?

– Já pensei nisso, e a conclusão a que cheguei é porque Ele queria que nos sentíssemos mais íntimos de Deus.

– O que acaba de dizer é uma verdade, porém não era o principal motivo. Jesus veio pregar ao povo judeu que eles haviam feito um pacto com o deus errado e não com o Deus verdadeiro.

– Agora você me deixou confuso – eu disse.

– Moisés era um iniciado egípcio, tanto que seu nome "Moisés", que dizem vir da palavra hebraica *Moshe*, que significa "tirado das águas", na verdade não é. Moisés é um nome egípcio, afinal a filha do faraó, que o recolheu do rio e o adotou, jamais lhe daria um nome hebraico. Moisés vem da palavra egípcia, conhecida em sua abreviação como *mosés*, que quer dizer "nasceu", ou em sua forma completa *thutmosés* ou "o deus Thot nasceu".

Eu acreditava que não haveria mais surpresas. Confesso, porém, que estava enganado.

– O tetragrama – continuou Armand – que todos conhecem como o nome sagrado dado por Deus a Moisés na sarça ardente, na verdade era o nome YHW do deus da guerra dos midianitas. Jetro, sogro de Moisés e sacerdote da terra de Midiã, passou para ele não apenas a forma como deveria legislar para seu povo, mas também deu-lhes um deus para cultuar.

– Agora algumas passagens do Êxodo começam a fazer sentido – comentei.

– Isso mesmo, existe um texto chamado de "O livro de Jasher" ou o livro do Justo, que narra toda a história dos hebreus desde sua saída do Egito até o encontro da famosa terra prometida. Ele tem esse nome porque quem o escreveu era considerado por seu povo como um homem correto. Jasher era maceiro de Moisés e acompanhou toda sua história, deixando-a registrada para a posteridade.

– Confesso a você que nunca ouvi falar sobre esse livro.

– Não creio que seja só você, ao contrário, poucas pessoas o conhecem, porém a própria Bíblia faz menção a ele duas vezes, em Josué 10:13 e no segundo livro de Samuel 1:18.

– Então, agora começo a entender a verdadeira missão de Jesus e o porquê de tanto ódio dos sacerdotes em relação à sua pregação.

– Isso mesmo, Jesus era O Messias que o povo judeu estava esperando, mas não entenderam sua missão. Jesus tentou dizer a eles que o deus do Velho Testamento não era o verdadeiro Deus Criador de tudo. Que eles estavam cultuando o deus errado. Tanto que Jesus era chamado pelos sacerdotes do Sinédrio de *mamzer*, ou bastardo. Por essa razão Ele foi perseguido, condenado e morto.

– Agora entendi a passagem da Bíblia na qual Jesus diz aos judeus "tendes por pai ao Diabo". O que acabou de me revelar tem lógica. Há, realmente, algo muito diferente entre Jesus, um homem que pregava o amor, e o deus do Velho Testamento, cheio de ira, inveja, ódio, enfim, tantos sentimentos estranhos para um verdadeiro Deus, que deveria estar acima dessas coisas.

– Isso mesmo. Se você ler o Antigo Testamento com atenção, verá uma série de discrepâncias em seus textos. Por exemplo, no primeiro capítulo do Gênesis está escrito que Elohim criou o mundo e o homem. No capítulo segundo do mesmo livro, você notará que foi adicionado, arbitrariamente, o nome Iahweh com Elohim. Se o nome fosse esse, deveria estar escrito desde o começo da criação e não depois dela.

– Tem razão, o problema é sabermos onde estão as alterações – respondi.

– Quando você ler no Antigo Testamento qualquer passagem onde deus possua sentimentos mesquinhos, tenha a certeza, não é o verdadeiro Deus quem está falando. O mal sempre se infiltra e utiliza do que é santo para poder corromper o povo. Foi isso que Jesus pregou na parábola do joio e do trigo. Lembre-se: "Pelo fruto se conhece a árvore".

– São alterações tão sutis que nem nos apercebemos – eu disse.

– Sim, mas precisamos fazê-lo para não cairmos no erro. Vou dar alguns exemplos do que estou falando.

Armand começou a procurar a página na Bíblia em que estava o texto que queria me mostrar.

– Aqui está – disse ele –, preste atenção. No segundo livro de Samuel, capítulo 24, versículo 1, está escrito: "A ira de Iahweh se acendeu contra Israel e incitou Davi contra eles: 'Vai': disse ele, e faz o recenseamento de Israel e de Judá"... Prestou bem atenção no que acabei de ler?

– Sim, é estranho um deus sentir ódio de alguém.

– É verdade, porém não é apenas isso. Vou ler para você outra passagem que está no primeiro livro de Crônicas, capítulo 21, versículo 1: "Satã levantou-se contra Israel e induziu Davi a fazer o recenseamento de Israel"... entendeu agora?

– Eu ouvi bem? Iahweh é chamado de Satã!

– Você já percebeu que Moisés nunca chamou seu deus de Pai, como fazia Jesus. Os hebreus chamavam Iahweh de El Schaddai, tanto que no texto original da Bíblia, capítulo 17, versículo 1, Iahweh se dirige a Abraão da seguinte forma: Ani ha El Schaddai, ou Eu sou El Schaddai. Se observar bem, verá que El Schaddai e El Scheitan, que quer dizer "o anjo caído", são muito parecidos, porque ambos provêm da mesma raiz.

Eu estava perplexo com todas essas revelações, minha mente tentava assimilar tudo isso.

– Como poderíamos seguir o que Jesus sempre pregou – continuou Armand –, que era ser perfeito assim como nosso Pai que está no céu é perfeito, se o deus que estamos acostumados a venerar é cheio de imperfeições?

– Com certeza, pensando friamente, e depois de tudo o que me revelou, você percebe que o antigo e o novo testamento são extremos.

– Você entendeu agora por que não há paz em Israel? Infelizmente, o povo judeu consagrou seu país ao deus da guerra e fizeram daquele local seu lugar de habitação. Eles sempre invocaram esse nome voltando-o para a guerra, tanto que Iahweh é conhecido como o deus dos exércitos. Se prestar atenção, no Apocalipse está escrito que o Anticristo sentará no trono de Deus, no templo de Deus, querendo se passar por Deus. Muitos relacionam essa passagem com o fim dos tempos e com a Igreja Católica, mas João estava alertando aos judeus. Tanto que o templo de Deus ficava em Jerusalém, não em Roma. Sendo assim, isso não irá acontecer um dia, mas já aconteceu.

– Então os ditos "profetas atuais", que tentam interpretar o Apocalipse, estão equivocados?

– Hieronymus, entenda bem, quando João escreveu seu livro, o fez em um momento de grande tribulação. Como ele não podia deixar registradas, explicitamente, as pregações de Jesus, pelos motivos que você já sabe, o fez em código.

– Se o que está dizendo é verdade, então o número 666 era de alguém que já apareceu – concluí.

– Vou explicar para você o que significa e creio que novamente vai se espantar. Na passagem em que João o menciona, ele diz que é para se calcular o número da besta, porque é um número "de" homem. Você percebeu que ele não diz que é o número de "um" homem?

– Tem razão, sempre questionei isso.

– Pois bem, existe uma diferença; se fosse o nome de alguma personalidade, como alguns acreditam, ele teria dito "um" homem, mas ele disse "de" homem. Sendo assim, deve ser o número que a humanidade obteria calculando alguma coisa.

– Sim, e não o número de alguém, como todos acreditam – concluí.

– Isso mesmo. Agora, vou dizer o que João estava tentando passar quando escreveu. Ele se referia à Arca da Aliança ou à Arca do Pacto, como também é conhecida.

– A Arca da Aliança? – eu disse de sobressalto.

– Exato. Você sabe qual é sua dimensão?

– Para ser honesto com você, não me recordo – respondi.

– Pois bem, a medida da Arca era de 2,5 côvados por 1,5 côvado, ou seja, 111 centímetros por 66,6 centímetros. Se ler qualquer manual de bruxaria, verá que ela tem as mesmas dimensões do quadrado mágico chamado Kamea do Sol, usado para rituais de magia. O nome divino desse Kamea é Yehovah, e a arca é revestida do mesmo metal correspondente ao Sol, que é o ouro. Aliás, esse pantáculo foi muito utilizado pelo rei Salomão, que praticava magia e usava demônios em suas invocações.

– São interessantes esses números, porque além do 666, o número 111 é exatamente a quantidade de membros admitidos dentro do Grupo de Bilderberg e muitos de seus integrantes são maçons, que, todos sabem, veneram o rei Salomão – concluí.

– Salomão – continuou Armand – é cultuado dentro de todos os grupos ocultistas; porém, a maioria dos membros não sabe o que ocorre após o 33º Grau.

– Se me recordo, sempre se usou o tetragrama, como é chamado o nome de Deus, como proteção – argumentei. – Inclusive a Cabala o usa em quase todas as operações de magia.

– Cabala... Se as pessoas que se servem dessa prática soubessem o que ela realmente faz, tenho certeza de que nunca a usariam.

– Mas a Cabala é algo ruim? – perguntei.

– As operações ditas cabalistas usam o poder da palavra para conjurar energias negativas, ou demônios, se preferir. E isso continua a ser feito até os dias de hoje, por vários grupos ocultistas.

– E eu que achava que a Cabala era algo divino, porém, com essas informações, tenho de concordar com você, sua prática é muito perigosa.

– Continuemos. Leia a passagem do Apocalipse onde João escreve sobre o 666 e depois faça uma correspondência com Moisés, recebendo o nome divino e a construção da arca. Verá que são idênticas, pois nos trechos do Apocalipse, verá escrito: "fazendo descer fogo do céu", e em outra parte está narrado: "fazer uma imagem, de modo que ela pudesse falar e morressem todos os que não a adorassem" – Armand concluiu.

– Realmente, é muito semelhante à Arca, onde dizem os textos que deus falava através dela.

– Lembrando que em sua tampa foram esculpidos querubins, mesma ordem angélica à qual pertencia Lúcifer, conforme está narrado em Ezequiel 28, e, para consagrá-la e purificá-la, eram feitos rituais de sangue. Tanto que, quando os sacerdotes deixaram de fazê-los, o povo foi vencido por outra nação. E o Deus verdadeiro jamais aceitaria tal ato.

– Começo, então, a compreender o que há dentro da arca. Na verdade, em seu interior não estão as tábuas da lei como dizem, mas, sim, que ela é um recipiente com o qual Moisés pôde transportar a energia que estava no Monte Horebe.

– Exato, por isso é que apenas o sacerdote podia chegar perto dela, e mesmo assim precisava estar usando em seu peito a placa de ouro com várias inscrições, para proteção – continuou Armand.

Estava perplexo com o que acabara de ouvir. Tudo o que aprendera até esse momento estava caindo por terra. Senti-me o homem mais ignorante do mundo, e o maior problema de todos é que eu não tinha argumentos para rebater o que Armand estava me relatando. Sempre fui um homem cético, mas como discordar de provas tão convincentes?

– Mas a maior façanha dos detentores do poder – continuou Armand – foi juntar Iahweh com o Deus verdadeiro e de amor. Quando eles fizeram isso, conseguiram perpetuar o culto ao deus do Velho Testamento, criando um dilema interior nos homens. Afinal, como um cristão pode venerar e seguir Jesus e ao mesmo tempo rejeitar aquele que eles creem ser seu pai?

– Você tem razão, só de ouvir todas essas revelações sinto um desconforto em meu interior, como se estivesse cometendo alguma heresia – comentei.

– Entendeu agora? É exatamente esse sentimento que eles queriam causar dentro das pessoas.

– Tenho uma pergunta para lhe fazer: se tudo o que está me revelando é verdade, como foi que ninguém, nestes 2 mil anos, mencionou ou escreveu sobre esse fato?

– Os verdadeiros donos do poder jamais permitiram que essa verdade viesse à tona. A religião sempre foi e sempre será a forma mais poderosa de manipulação das massas, mas não pense que ninguém sabia disso, ao contrário. Nos primórdios do Cristianismo, havia um homem que se levantou contra esse engodo, seu nome era Marcion.

– Marcion?

– Sim, ele viveu na época de João, o Evangelista, e foi o primeiro a discordar da farsa corrente. Alguns escreveram que ele se dizia discípulo de Paulo, mas isso era apenas história. Marcion nasceu em Sinope, na Ásia Menor, e era considerado um grande mestre cristão. Mesmo sendo um homem de posses, percorreu todo o Oriente revelando essa mentira e levando a verdadeira mensagem de Jesus. Inclusive seus seguidores eram em maior número do que os cristãos ditos ortodoxos, muitos dos quais foram martirizados, sem, no entanto, negarem sua fé.

– Por que nunca ouvimos falar a seu respeito?

– Quando Marcion morreu, os marcionistas foram perseguidos e mortos e seus escritos, destruídos, afinal eles eram perigosos para os primeiros chamados "pais da Igreja" que estavam buscando poder. Tertuliano, um teólogo que viveu no século II do Cristianismo, redigiu um documento chamado *Adversus Marcionem* (Contra Marcion), onde atacava as doutrinas marcionistas e seus seguidores. Difamados e perseguidos por todo o Oriente, os marcionistas foram aos poucos desaparecendo e apenas alguns grupos fechados sobreviveram.

– Por isso, esses Templários chamavam-se marcionistas, porque descobriram essa verdade – concluí.

– Exatamente, imagine um grupo de homens que tinham uma fé que nós, nos dias de hoje, desconhecemos, deparando-se com essa verdade! Como deve ter sido difícil para eles, afinal o deus que eles protegiam era o mesmo deus que Jesus veio a combater.

– Realmente, não imagino quão decepcionante deve ter sido. Eu, que tenho uma fé tão pequena, estou me sentindo traído. Fico imaginando eles, que deixaram suas terras, famílias e toda uma vida para lutar em nome de uma mentira.

– Mas, como sempre, os verdadeiros buscadores e homens de fé acabam descobrindo a verdade. Alguns ficaram conhecendo nosso segredo e obtiveram uma recompensa maior do que imaginaram encontrar.

– Uma pergunta: como eles poderiam saber quem eram os conhecedores desse segredo, em uma terra onde havia milhares de cruzados e centenas de Templários?

– Eles se reconheciam através de um artefato simples, seus escudos!

– Escudos, mas como?

– Os Templários Marcionistas usavam o escudo com a cruz de espinhos de oito pontas, a mesma que nós usamos até hoje. Alguns diziam que essa cruz era o símbolo dos primeiros marcionistas, porque João havia confeccionado uma cruz com espinhos para Maria, mãe de Jesus, porém não é verdade.

Armand então pegou uma caneta e um pedaço de papel e começou a desenhar a cruz. Depois me perguntou:

– O que você vê aqui?

– Apenas a cruz com oito pontas, nada mais – respondi.

– Percebeu como um símbolo simples pode ocultar um segredo imenso? – argumentou Armand, e continuou. – Olhe para apenas uma das hastes da cruz. Será que conseguiu perceber algo?

Peguei o papel e com uma das mãos cobri o restante da cruz, deixando apenas a haste de cima descoberta e, ao fazer, percebi nitidamente o formato de uma letra.

– M... é um M!

– Exato, a letra M dos marcionistas. Era assim que eles sabiam quem pertencia ao círculo interno. Os Templários Marcionistas possuíam a cruz de espinhos estampada em seus escudos. Dessa forma, seus irmãos os reconheceriam onde quer que estivessem, pois os outros cavaleiros usavam a cruz simétrica. Eles eram os verdadeiros Cavaleiros de Cristo e foi graças à estrutura e poderio adquirido que Jesus pôde permanecer a salvo por todos estes anos. Por essa razão, ninguém conseguiu colocar as mãos em seus tesouros, porque ele sempre permaneceu sob nossa guarda.

– Estou espantado com todas essas informações que me passou até o momento. São revelações fortes demais.

– Sei disso. Entendeu agora por que nossa organização precisa ser a mais incógnita possível?

– Não tenho mais dúvida nenhuma. Tenho outra pergunta a lhe fazer!

– Hoje responderei a todas elas – disse Armand.

– Além da localização de Jesus, o que mais existe nesse arquivo que Alexander tem e que exige tanto cuidado para não cair em mãos erradas? Afinal, apenas uma lista de nomes, ou traduções de documentos antigos, não serviria para provar a existência de uma organização!

– Antes de responder a essa pergunta, vou lhe colocar a par de outros fatos que talvez o levem a respondê-la por si só. Você deve ter lido sobre o Priorado de Sião, afinal esse nome passou a ser muito conhecido de alguns anos para cá.

– Sim – respondi –, eles seriam os guardiões do segredo de Jesus.

– Você notou que, de repente, um grupo, até então completamente desconhecido, ganhou um destaque imenso como uma organização que tem por missão guardar fatos inéditos sobre a vida de Jesus. No mesmo instante, e quase com a mesma intensidade, também surgiu o nome de outra organização denominada de Conselho das Sombras. Essa, entretanto, estaria sediada dentro do Vaticano e teria como encargo se opor contra qualquer nova revelação sobre Jesus. Se fôssemos colocá-las em uma balança, o Priorado de Sião estaria ao lado do bem, enquanto o Conselho das Sombras, ao lado do mal.

– Correto, mas, ao que tudo indica, são apenas organizações inventadas para dar mais emoção à trama – concluí.

Nesse momento, percebi que Armand demonstrou certa desconfiança quanto ao que acabara de ouvir, pois levantou os olhos e inclinou a cabeça, como querendo dizer "será?". E falou:

– Meu bom amigo, você melhor que ninguém sabe que um dos maiores problemas da humanidade é se deixar manipular. Isso porque os homens acreditam no que lhes é passado pelos detentores da informação, pois estão tão preocupados com eles mesmos que não param para olhar à sua volta, e se esquecem que tudo o que acontece ao seu redor, em um momento ou outro, irá influenciar sua vida.

– Eu concordo com você quanto a isso. Em meu trabalho já presenciei vários exemplos do que está me dizendo, porém não consegui entender a relação.

– Vou lhe explicar. Na verdade, existe, realmente, um grupo dentro da própria Igreja que é chamado Conselho das Sombras. Porém, ao contrário do que já foi escrito, eles são os guardiões que preservam os verdadeiros ensinamentos de Jesus. É graças a eles que a Igreja ainda não caiu na escuridão total. Já o Priorado de Sião é, na verdade, a organização que elaborou séculos atrás os manuscritos intitulados Protocolos de Sião, que tem como principal objetivo controlar o mundo e manter as pessoas na obscuridade. Entendeu agora?

– Você está querendo dizer que esses grupos existem e que seus papéis foram invertidos?

– Sim. Fazendo isso, foi implantada no consciente da maioria das pessoas uma inversão de valores. Afinal, quem acreditaria, hoje, que o chamado Priorado de Sião é uma organização maligna?

– Certamente, poucas pessoas. Não estou admirado com o que acabou de me revelar, a mídia é a arma mais poderosa que existe neste nosso mundo. Infelizmente, os homens estão perdendo o hábito de raciocinar e acreditam em tudo o que é veiculado.

– É exatamente isso que já vem acontecendo há muito tempo – continuou Armand –, e as pessoas não estão se dando conta. Tanto que, para comprovarem a existência do Priorado de Sião, se usou um vitral da igreja de Saint-Suplice, onde se podem ver as letras PS, porém elas não querem dizer Priorado de Sião e sim *Pistis Sophia*, ou Fé e Sabedoria.

– Realmente, estamos perdendo o costume de olhar para os detalhes – eu disse.

– Você conseguiu responder à pergunta que me havia feito anteriormente? – perguntou-me.

– Sinceramente, não – respondi.

– Dentro de nossos arquivos estão registrados os nomes e os dados profanos de todos os membros de nossa Irmandade, desde sua fundação. Alguns de nossos membros estão infiltrados dentro de organizações poderosas, como a Maçonaria, a Loja P2, o Grupo de Bilderberger, na Trilateral Comission, no CFR, no grupo Bohemian e vários outros que são completamente desconhecidos. Nós precisamos saber as decisões tomadas por essas organizações, assim conseguimos estar sempre um passo à frente, pois todas elas cultuam o poder negro e se utilizam dele para manipular a massa.

– Eu deveria ter imaginado. Agora entendi como vocês conseguiram todos os dados que estão no CD que me entregaram.

– Exatamente, e aquelas informações são pequenos fragmentos de todas as que possuímos. A maioria dos grupos ocultistas serve aos illuminatis, mas o que eles mesmos ignoram é que também são fantoches nas mãos dos verdadeiros senhores do poder. Os illuminatis são os chamados "testas de ferro" da organização mais poderosa deste mundo e que trabalha nos bastidores. Ela se denomina Confraria da Serpente.

– Mas, Armand, a maioria da população não acredita nisso, acha que essas histórias de conspiração são apenas fruto de imaginações muito férteis. Eu mesmo pensava dessa maneira, antes de conhecer as reais intenções desses grupos.

– É só o homem pensar um pouco – continuou Armand – para perceber que algo de estranho está acontecendo no mundo. Mais de 50% da riqueza mundial está nas mãos de apenas 1% da população. Empresas bilionárias produzem os mais diversos tipos de produtos que a maioria das pessoas usa, sem ao menos saberem se existem contraindicação ou não. Quando tiver um tempo, pesquise, por exemplo, o que o hormônio recombinante do crescimento, rBGH, mais conhecido como BST, que é aplicado no gado, pode causar ao homem; talvez você fique espantado. Por essa razão, não importa se a população acredita ou não. O que importa é que eles acreditam, por isso são poderosos. Você já imaginou se esses nomes fossem divulgados? A maioria desses nossos membros seria morta. Tenho a certeza de que não se importariam se fossem apenas suas vidas que estivessem em jogo, até porque elas já não lhes pertencem mais. Infelizmente, esses grupos são mais poderosos do que a população imagina e nossos membros sabem muito bem do que são capazes. Todos nós possuímos família e elas, assim como Jesus, devem ser protegidas a todo custo. Alexander sabe muito bem disso, é por essa razão que está nos chantageando. Entendeu agora a importância em recuperarmos as informações que estão em seu poder?

– Entendi, mas... E eu? Há algo mais que devo fazer, além de guardar uma parte da senha do programa?

– Sim, Hieronymus. Há outra tarefa a ser designada a você. Acredito que conheça alguma coisa sobre o código de honra dos samurais.

– Parece que lê pensamentos, Armand, pois estava justamente pensando nisso enquanto você falava sobre a responsabilidade dos membros que assumiram as 22 cadeiras da Irmandade.

– Pois é chegada a hora de alguns cumprirem o juramento que fizeram diante dos irmãos. Eu, como Grão-Mestre da Irmandade, vou solicitar suas vidas.

– O que quer dizer com isso? Vai pedir que eles cometam suicídio?

– Sim, é a única maneira de pararmos com a loucura de Alexander. Todos eles, assim como eu, o farão de bom grado. Por essa razão, você está aqui. Eu lhe darei minha parte do código e uma carta selada da Irmandade, solicitando aos outros membros detentores de seus respectivos códigos que façam o mesmo e depois cumpram seu juramento. Sua tarefa é decifrar a charada e remover Jesus de sua localização atual. Alexander não sabe de nosso plano. Por essa razão, quando terminarmos de executá-lo, tudo voltará ao normal.

Aquilo tudo parecia muito bizarro, mas foi naquele momento que me dei conta de que também fizera o juramento. Fiquei me perguntando se recebesse uma carta com esses dizeres, o que eu faria? Acho que comecei então a compreender Armand. Ele tinha razão, quando as pessoas que amamos são ameaçadas, fazemos de tudo, inclusive dar a vida, se assim for preciso, para salvá-las.

– Diga-me uma coisa, Armand, se o círculo interno é formado por 22 membros e se todos estavam em minha iniciação, por que você não lhes entregou a carta pessoalmente, ou melhor, por que não conversou com eles?

– Na verdade – respondeu Armand –, nossa Irmandade está espalhada por diversos países. Eu sou Grão-Mestre da Irmandade no mundo. Nós temos outro local, onde se reúne o círculo do círculo. Para você entender melhor, de todos os membros da Irmandade, além do Grão-Mestre, 12 são escolhidos para fazer parte desse círculo mais fechado. Na verdade, eles são os mestres de seus respectivos países. Só eu tenho acesso à identidade de todos os membros de todos os países. Isso porque, quando um dos mestres passa pela transição, outro é escolhido por mim e, para isso, preciso ter conhecimento de seus registros. Uma das características básicas para a escolha do mestre é que pertença a uma família tradicional e abastada. Isso pode parecer estranho a princípio, mas tem um propósito. Embora a Irmandade tenha um fundo único para arcar com as despesas operacionais, o mestre de cada país precisa, caso aconteça algo imprevisto, ter condições de manter sua estrutura, sem necessitar de donativos ou qualquer outro meio que implique o risco de revelar nossa identidade e existência. Isso já aconteceu em diversas ocasiões. A mais recente foi durante a Segunda Guerra, quando o mestre da Alemanha ficou impossibilitado de se comunicar conosco. Como nossa Irmandade sobreviveria em seu país, se ele não possuísse recursos próprios? Por essa razão, os membros da Bélgica não sabem quem são os membros da França, e assim acontece com todos os outros. Isso foi feito para preservar ao máximo a todos e para que a Irmandade pudesse trabalhar incógnita, sem risco de ser completamente descoberta. E foi dentro desse círculo que nosso antigo Grão-Mestre sorteou os códigos para os quatro membros. Eu, na época, era apenas mais um membro. Com a morte dele, fui eleito seu sucessor e tive acesso aos nomes dos demais que possuíam os códigos. E só eu, como Grão-Mestre, posso pedir que cumpram o juramento prestado. Você consegue imaginar o que aconteceria se Alexander revelasse as informações que estão em seu poder? Exporia o nome de todos os membros da Irmandade em todos os países desde sua fundação, o que destruiria totalmente aquilo que levou séculos para ser construído.

– E o que lhe dá a garantia de que eu não faria a mesma coisa que Alexander está fazendo? Como você pode ter tanta certeza de que com a posse dos códigos eu não trairia o juramento feito aqui? Mesmo que tenham observado minha vida, acho estranho confiar algo tão importante a alguém que acabou de ingressar em sua Organização. Com certeza, há dentro dela vários outros membros que já provaram seu valor e que mereceriam muito mais essa tarefa.

– Até o momento você não se deu conta do que está acontecendo – disse-me Armand. – Eu até entendo! Seu cérebro ainda está tentando assimilar o que ouviu, por essa razão está cheio de dúvidas. Os acontecimentos que lhe contei, passados e presentes, são governados pela Lei Divina. Deus tem sempre um propósito para tudo, nada acontece sem Sua intervenção, principalmente para aqueles que acreditam n'Ele e sabem olhar os fatos por outro ângulo. Vou dizer a você novamente: JESUS ESTÁ VIVO, qualquer descrença que alguém possa ter em relação a Deus ou à morte deixa de existir. Essa informação nos mostra que temos um Pai Eterno que vela por nós, que nos guia e ampara nos momentos difíceis. Mesmo que você fosse um assassino, escolhido dentro de um presídio de segurança máxima, não me faria voltar atrás, tudo seria feito da mesma forma, pois não fui eu, tampouco você, que escolheu estar aqui.

As palavras de Armand me deixaram mudo, ele tinha razão. Como podia ter dúvidas? "Jesus está vivo. Só isso basta para afugentar todo e qualquer medo que ainda possa existir dentro de mim." Enquanto pensava nisso, fui sendo preenchido por uma sensação de força e meus medos foram se dissipando mais uma vez. Estava começando a me transformar em um novo homem, e a confiança que Armand depositava em mim dava-me mais força ainda.

– Você deverá ir à França, onde se encontrará com Julius, que é o mestre da Irmandade naquele país. Ele também possui uma das partes do código. Levará minha carta consigo e a entregará a ele. Cassius irá com você, para ajudá-lo. Ele não sabe sobre Julius, mas tem demonstrado ser um membro fiel desde que entrou para nossa Irmandade. Além disso, Alexander costuma falar com ele por celular e seria bom que você estivesse por perto, se isso tornar a acontecer. Vocês se hospedarão no Hotel Ritz, as reservas já foram feitas. Pedi a Julius que deixasse o endereço e horário do encontro na recepção. Creio que gostará muito dele, pois é um homem de sabedoria sem igual. Estudou muito, é padre e, você sabe, a Igreja dá aos seus muita cultura, para aqueles que a apreciam. Julius também pertence a uma das famílias mais tradicionais da Europa. Depois de cumprir sua missão na França, irei lhe dar o endereço dos outros dois mestres. Caso algo me aconteça antes disso, deixarei com alguém a incumbência de lhe passar essas informações. Você e Cassius partirão amanhã, as passagens também já foram providenciadas. Agora, venha até meu escritório, quero que veja uma coisa.

Armand se levantou, saiu e eu o segui. Atravessamos por duas salas e fomos para o piso superior da casa. Entramos por um quarto, e anexo a ele estava o escritório de Armand.

– Sente-se – disse ele –, enquanto ligo o computador.

O escritório de Armand não era muito grande, havia uma escrivaninha, uma estante, um sofá e duas cadeiras.

– Pronto, venha até aqui, quero que veja uma coisa.

Levantei-me e fui até o lado de Armand; ele, então, pediu que eu me sentasse em frente ao computador.

– Este CD que acabo de abrir é o mesmo que Alexander possui. Clique na pasta "dominus".

Fiz o que Armand me solicitou e de imediato a tela se dividiu em duas. Do lado esquerdo estavam os seguintes números:

   17 - 14 - 19 - 01 - 18
   14 - 15 - 05 - 17 - 01
   19 - 05 - 13 - 05 - 19
   01 - 17 - 05 - 15 - 14
   18 - 01 - 19 - 14 - 17

Do lado direito, uma cruz formada por 25 quadrados em branco, sendo 13 na horizontal e 12 na vertical.

– Está claro que os 25 números formam a senha de acesso aos dados contidos na pasta, porém é necessário mais informações – eu disse.

– Sim, é por isso que você precisa que todos lhe forneçam sua parte da charada, sem ela é quase impossível acessar o programa. E aqui está a minha. *Ego sum principium et finis*. Sua tradução é: sou o princípio e o fim.

Armand escreveu sua parte da charada em um papel e me entregou. Eu o dobrei e guardei dentro de minha carteira.

– Agora venha – continuou ele –, quero lhe mostrar minha propriedade. Pedi a Ângelo que providenciasse dois cavalos para nós, espero que saiba cavalgar.

– Adoro andar a cavalo, sinto não poder fazê-lo com frequência. Moro em uma cidade grande e só vou ao campo quando tiro férias, e nem sei dizer quanto tempo faz que isso não acontece.

– Então vamos, o dia está maravilhoso e seria um desperdício perdê-lo.

Caminhamos até a parte de trás da casa, onde Armand mantinha um pequeno haras de criação do Andaluz. O caseiro já havia selado dois cavalos, que estavam nos aguardando. Animais belíssimos, por sinal.

O lugar em que Armand morava era realmente maravilhoso. Havia extensos campos verdes, muitas árvores e um pequeno riacho, onde paramos para os cavalos descansarem, depois de cavalgarmos por um bom tempo. A propriedade era imensa.

– Que lugar lindo você tem aqui.

– Sim, é realmente maravilhoso. Temos alguns imóveis na cidade e minha família toda fica lá; meus filhos, filhas e netos. Infelizmente, não tenho mais esposa. Sinto falta dela quando caminho por estes lugares, ela gostava tanto daqui quanto eu.

Senti tristeza enquanto ele falava de sua esposa. Era a primeira vez que se abria, ou melhor, me deixava conhecer um pouco o homem por trás da responsabilidade. Não fiz nenhuma pergunta, preferi deixar que ele, se assim desejasse, contasse mais sobre sua vida particular.

– Eu e minha esposa tivemos o que as pessoas chamam de "amor à primeira vista". Quando nos conhecemos, apaixonamo-nos e nunca mais conseguimos ficar afastados um do outro. Ela era uma pessoa sem igual, minha outra metade. Quando fui convidado a entrar para a Irmandade, comecei a ter mais compromissos fora de meu país do que o de costume. Ela sempre entendeu e me apoiou. Criamos nossos filhos aqui até o tempo em que precisaram ir à escola. Ela sempre foi uma ótima mãe e a melhor das esposas que um homem podia ter. Quando a perdi, há dois anos, senti que metade de mim foi embora junto dela.

Enquanto falava, eu não via mais o Grão-Mestre de uma irmandade secretíssima, o homem detentor de um segredo capaz de abalar toda a estrutura mundial. Ao contrário, ali estava uma pessoa como qualquer outra que amava sua mulher e que não tinha vergonha de dizer isso abertamente. Que coisa maravilhosa de se ouvir! Seus netos eram privilegiados. Quem não gostaria de ter um avô como Armand? Quantas coisas ele pode ensinar! Um homem poderoso aos olhos do mundo, mas de uma humildade ímpar.

Como a conversa tinha se tornado informal, arrisquei-me a perguntar algo que, a meu ver, não era íntimo, embora fosse particular.

– Como aconteceu seu ingresso na Irmandade?

– Quando eu era moço, terminei minha faculdade e comecei a dirigir os negócios da família, e isso me dava certa liberdade em relação a horários. Nossa biblioteca é enorme, como você mesmo pôde constatar, e nós possuímos livros raros. Leio muito e sempre me interessei pela cultura, principalmente as antigas. Aprendi então o hebraico, latim e grego. Na juventude, fiz parte de diversas ordens esotéricas e o que me atraía nelas era o *status* e o poder. Associava a espiritualidade e a busca de Deus ao poder mundano, como se estivessem ligados. Achava que desenvolver o dom da clarividência ou fazer o que chamam de "projeção astral" nos colocasse próximos a Deus. Mas nada pode estar mais longe da verdade. Com o tempo, fui percebendo que a espiritualidade é um caminho solitário, individual e incógnito. A busca deve ser pessoal. Bem, nesse tempo conheci o antigo Grão-Mestre da Irmandade, que me convidou a fazer parte dela. Não pense você que para mim foi fácil acreditar quando me falou sobre Jesus. Como já lhe disse, tive um ataque de descrença assim como você. Toda minha maneira de pensar, todo o "conhecimento" que achei possuir, todos os ditos "mistérios" que eu havia aprendido dentro de outras ordens caíram por terra. E, quando vi Jesus pela primeira vez, todas as inquietações cessaram. A sensação é de que uma mão entra em você e arranca tudo o que não presta. Tudo o que está estragado. Eu costumo dizer que minha vida, assim como a história ocidental, está dividida em dois períodos, a.C. e d.C. Desde então, sirvo nosso Mestre Jesus com todo o meu coração e minha alma, e tudo que puder fazer para vê-Lo protegido, eu farei.

Mais uma vez, concordava com Armand. Analisando os membros de minha Ordem, inclusive eu mesmo, admiti que o que nos faz entrar para elas é a busca do poder, realmente. Aqueles que têm a pureza no coração logo as abandonam, pois percebem que não é lá o seu lugar. Na ordem a que pertenço, em meu país, diz-se que quando um membro desiste de fazer parte dela é porque o Cosmos assim o determinou. Há certa razão nisso, e quem o faz é porque descobre que está se afastando da busca espiritual e não caminhando em direção a ela, como supunha.

A maioria das pessoas, quando ingressa nessas organizações, começa a se considerar melhor do que as outras. Algumas até se sentem "iluminadas" e donas da verdade, só por fazerem parte delas. E quanto mais galga os graus que essas ordens estabelecem, mais inflamados se tornam os egos, mais poderosas se acham e mais afastadas de Deus ficam. O poder, realmente, corrompe, e, às vezes, o faz de maneira tão sutil que nem nos damos conta. "Lobo em pele de cordeiro", nunca estas palavras tinham feito tanto sentido como agora.

– Então – perguntei –, quando entrou para a Irmandade, deixou de fazer parte das outras ordens?

– Claro, não fazia mais sentido. "Encontrarás a verdade e a verdade vos libertará", essa frase é do próprio Jesus. Todos os meus anseios, todos os meus questionamentos, todas as minhas incertezas cessaram. Tornei-me, realmente, um homem livre. Essa frase é verdadeira, porque, quando a humanidade souber onde procurar para encontrar Deus, todos serão libertos, independentemente da religião que professem. Já foi dito que Deus não aparece na tempestade, mas, sim, na brisa, na calmaria, na quietude. Enquanto a humanidade procurá-Lo no trovão, não o encontrará. Estamos tão acostumados a dificultar as coisas que a simplicidade já deixou de existir em nosso mundo. As pessoas preferem dar valor ao que é complexo e, mesmo na religião, o simples perdeu o significado. São necessárias pompas, segredos, dogmas. Vivemos uma inversão de valores em nossa sociedade, conseguimos compreender, ou melhor, preferimos fazer de conta que compreendemos o complexo e não conseguimos entender o simples. Temos uma dificuldade enorme em aceitar tudo o que não vem acompanhado de explicações mirabolantes e cheia de adornos, parece mesmo que precisamos dessas explicações. Jesus morreu e ressuscitou há 2 mil anos, dizendo palavras simples, e nada aconteceu, apenas o poder é que mudou de mãos. Espero que um dia a humanidade acorde.

Mais uma vez, Armand tinha razão em tudo o que estava dizendo, pensei comigo.

– Eu gosto muito dessa troca de informações, mas precisamos voltar – disse ele –, tenho alguns preparativos para fazer antes de sua partida. Após o almoço vou à cidade; enquanto isso, você pode ficar à vontade e fazer o que quiser.

Passei aquela tarde apreciando melhor a maravilhosa propriedade de Armand e também li um pouco. Sua biblioteca tinha livros muito interessantes e raros. À noite, após o jantar, meu anfitrião ocupou-se em descerrar um pouquinho mais o véu de meus olhos.

– Venha comigo – disse –, vou mostrar-lhe algo interessante.

Armand levantou-se, saiu da sala onde estávamos e eu o acompanhei. Subimos as escadas e entramos em um quarto onde havia um quadro enorme em uma das paredes.

– Este quadro está conosco há muitos anos, é uma cópia. O verdadeiro encontra-se na igreja da Santíssima Trindade em Bad Teinach, na Alemanha. A pintura original ocupa uma área de 5,10 metros de largura por 6,50 metros de altura e é magnífica. Foi pintado por volta do ano 1670. Olhe bem para ele, depois conversaremos.

Armand deixou-me sozinho no quarto e eu passei a admirar a obra, que era riquíssima em detalhes. Em primeiro plano, havia um jardim em forma circular, cercado por um muro todo florido. No pórtico de entrada do jardim, de frente para o mesmo, via-se a figura de uma mulher que segurava, em sua mão direita, um coração em chamas. Em sua mão esquerda, uma espada em forma de âncora, com alguns ciprestes enrolados na lâmina. Um cordeiro a acompanhava. No centro do jardim, a imagem de Jesus sobre uma pedra, pisando em uma serpente. A coroa de espinhos estava cravada em sua cabeça e Ele trajava um manto vermelho.

Em sua mão esquerda, uma cruz e, do lado direito de seu peito, uma ferida, da qual jorravam sangue e água. À sua volta, 12 figuras de homens, trajando, cada uma, vestimentas diferentes, e traziam também consigo os símbolos do zodíaco. Atrás de cada um dos homens havia uma árvore, de 12 tipos diferentes. Atrás do jardim, uma escadaria dava acesso a uma igreja, ou melhor, a um templo, já que em sua entrada podem se notar duas colunas, ricamente ornamentadas.

A coluna da direita com legumes ou frutas e a da esquerda com animais. Atrás das colunas, abriam-se três arcos, sendo que o arco do meio era o principal. Em frente às duas colunas, uma mulher pisando sobre a Lua. Atrás dela e já dentro do templo, ao centro, estava um ancião sentado, com vestimentas sacerdotais e com a mitra na cabeça. Parecia ser um sacerdote judeu, pois em seu peito ele exibia um quadrado dividido em nove partes, cada uma delas contendo uma letra hebraica.

Em sua mitra também havia dizeres em hebraico. O sacerdote segurava na mão direita um turíbulo e na mão esquerda uma pequena árvore. Estava atrás de um altar de ouro, com ricos detalhes. À direita do sacerdote existia uma cruz, na qual se enrolava uma serpente, e à direita do sacerdote, um homem crucificado, que parecia ser Jesus, embora não tivesse barba nem cabelos compridos. Do lado de fora e acima, entre as duas colunas, estava a figura de uma fênix, a ave mítica do renascimento, símbolo da imortalidade. Acima dela, a figura de uma mulher, tendo ao seu colo uma criança e outra a seu lado.

Nas paredes do templo e na cúpula dourada havia imagens do Antigo e do Novo Testamento. Do lado de fora do jardim, à esquerda, além do muro que o circundava, e em segundo plano na pintura, viam-se um acampamento militar e as trombetas do Apocalipse. Ao lado direito, a escada de Jacó. No céu havia figuras de anjos.

Estava tão absorto contemplando o quadro que não percebi a entrada de Armand.

– Poderíamos olhar para ele o dia todo e, mesmo assim, não conseguiríamos perceber todos os detalhes existentes – disse ele.

– Você tem razão, o quadro é muito enigmático.

– Você conseguiu entender sua mensagem?

– Para ser sincero com você, não. A riqueza de detalhes é tão grande e seus símbolos tão complexos que acredito precisar de muito tempo para poder dar uma explicação mais conclusiva a respeito.

– Lembra-se de quando lhe falei que os homens acreditam que precisam de explicações cheias de adornos para crer em algo? Pois então, este quadro é uma prova viva do que eu havia lhe dito. Seu pintor precisou mesclar o misticismo à realidade. Não importa quantos detalhes o quadro possua. Essa quantidade de símbolos existe apenas com o propósito de revelar a verdade e, ao mesmo tempo, desviar a atenção dela. Se você prestar atenção, verá que Jesus está no centro do círculo, com uma coroa de espinhos na cabeça e segurando em uma das mãos uma cruz. Se olhar atentamente verá a ferida feita pela lâmina em seu lado direito e que dela sai água e sangue. Isso significa que Ele já passou pela crucificação, pois foi quando Longino, o centurião romano, o feriu. O fato de estar saindo sangue e água nos prova que Ele está vivo. A cruz significa sua missão. Os 12 homens que o circundam estão vestidos com trajes representando cada um seu país de origem. As árvores atrás deles representam suas linhagens. Você pode perceber que elas são diferentes umas das outras.

– Na verdade, o pintor revelou a existência da Irmandade da Cruz e ninguém nunca percebeu – eu disse.

– Exatamente, enquanto todos procuravam mil e uma explicações para os símbolos existentes no quadro, a verdade estava ali retratada, para todo aquele que tivesse pureza de coração.

– Impressionante – disse, extasiado pela contemplação daquele painel.

– Bem, se não se incomoda, vou me recolher. Aconselho-o a não se deitar muito tarde, pois amanhã será um dia cheio. Boa-noite.

– Boa-noite – respondi, seguindo, também, para meu quarto.

Capítulo 6

França

Chegamos ao aeroporto bem cedo na manhã do dia seguinte. Cassius já estava a nossa espera. Quando ouvimos o chamado, Armand se despediu com um abraço. Fez o mesmo com Cassius e nos disse:

– Que Deus os acompanhe.

Agradecemos e seguimos à sala de embarque.

O avião decolou no horário e a viagem transcorreu tranquilamente. Cassius até dormiu durante o trajeto, minha excitação não permitiu que fizesse o mesmo.

Ao chegarmos, dirigimo-nos ao Hotel Ritz. Eu nunca havia estado em Paris, conhecia o hotel apenas por nome. Ele fica localizado na Place Vendôme, praça símbolo da arquitetura clássica. O lugar é rodeado por magníficos prédios, construídos no reinado de Luís IV. Ali, todos os edifícios possuem fachada uniforme e são ocupados por lojas sofisticadas. O hotel é maravilhoso. Esse foi o último endereço em que a princesa Diana esteve, antes do trágico acidente. "Os membros da Irmandade devem ser, realmente, muito abastados", pensei. O hotel é luxuosíssimo. Cassius e eu ficamos em quartos separados, mas no mesmo andar.

Quando entramos, não perguntei se havia algum recado na recepção, pois não sabia se poderia fazê-lo na frente de Cassius. Para não me arriscar, preferi subir e, depois, descer sozinho.

Após desfazer as malas, desci e me encaminhei até o atendente. Ele logo me estendeu um envelope, onde havia um bilhete com o seguinte recado:

"Irmão Hieronymus. Amanhã, às 12 horas, no restaurante do *La Samaritaine*. Julius."

Armand tinha razão; na correspondência constava meu novo nome. Aproveitei e perguntei ao atendente onde ficava essa rua.

– Não, senhor – disse ele. – La Samaritaine não é uma rua, é uma loja de departamentos, uma das maiores e melhores de Paris. Não será difícil localizá-la, fica a algumas quadras do hotel.

Comecei a rir e o atendente estranhou minha atitude, mas eu lhe disse que estava rindo de minha ignorância. "Deu para perceber que nunca estive em Paris", comentei.

Ele sorriu, mas não teceu nenhum comentário.

Cassius havia descido e me encontrou no saguão.

– Aonde iremos? – perguntou.

– Para ser sincero, não sei – respondi.

– Mas você não tinha um encontro aqui em Paris?

– Sim, mas não será hoje.

– Bem, então, se você não se importar, vou sair para resolver alguns assuntos pessoais. Eu sou de Paris e tenho vários negócios na cidade – disse Cassius.

– Esteja à vontade.

Não quis sair do hotel. Tirei o resto do tempo para ler um pouco e relaxar. Na manhã seguinte, resolvi dar uma volta por perto, até chegar a hora do encontro com Julius. Perguntei na recepção se Cassius já havia saído e me informaram que não dormira no hotel. "Ele é de Paris", pensei, "deve ter ido visitar alguém". Na verdade, foi bom Cassius não ter retornado, pois não sabia se ele deveria me acompanhar ao encontro.

Caminhei até a Rue de Rivoli, que fica bem próxima ao hotel. Ela é famosa por suas lojinhas que vendem todos os tipos de recordações, desde gravuras até relógios. O lugar está sempre cheio de turistas. Ali é um bom lugar para se comprar um *souvenir* da cidade--luz. E foi o que fiz.

Às 11h30 me encaminhei ao La Samaritaine. Realmente, é uma loja enorme. O restaurante fica no último andar e tem uma vista belíssima para o Rio Sena.

Perguntaram se eu tinha reserva; disse que estava esperando por um amigo chamado Julius (só então me dei conta de que não tinha como identificá-lo). O recepcionista me informou que o mesmo já havia chegado e que estava à minha espera.

– Queira me acompanhar, por favor.

Levou-me até uma mesa no canto esquerdo do restaurante. Lá estava sentado um senhor, que aparentava ter um pouco mais de idade que Armand. Quando me viu ele se levantou, abriu um largo sorriso, segurou minha mão em um cumprimento e disse:

– *Bonjour*, Monsieur Hieronymus. *Comment ça va?*

– *Bien, merci, et vous?*

– Você fala muito bem o francês – continuou Julius.

– Obrigado. É uma língua maravilhosa e a estudo desde criança. Mesmo nunca tendo morado na França, sinto um carinho imenso por este país.

– A França realmente é um país abençoado e lindo, tenho de concordar com você.

– Só espero que eu, em outra vida, não tenha perdido a cabeça por aqui – eu disse.

Julius deu uma larga risada e falou:

– Você, se é que posso chamá-lo assim, é muito espirituoso, gosto disso. Como já foi dito no filme *O Nome da Rosa*, o homem é o único animal que possui o dom do riso. Mas, infelizmente, a maioria não exerce esse dom. Você assistiu a esse filme? Acho-o fantástico, sou fã de Sean Connery. Para mim, o maior ator que já existiu.

Julius falava e gesticulava ao mesmo tempo, dava para notar que era uma pessoa de muita energia.

– O que faz em seu país? – perguntou-me.

– Sou jornalista.

– Muito bom. Eu, como deve saber, sou monge.

Lembrei-me de que Armand havia dito que Julius pertencia à Igreja e que tinha uma cultura fantástica. Mas, olhando para ele, ali naquela mesa, ninguém jamais diria que fosse padre.

– Na verdade – continuou ele –, também sou sacerdote e pertenço a uma paróquia aqui de Paris. Armand me telefonou dizendo que viria, mas não disse o motivo.

– Ele me pediu que lhe entregasse isso.

Tirei de dentro de meu casaco a carta que Armand havia lhe endereçado e a entreguei.

Julius a abriu, leu rapidamente e disse:

– Creio que você conheça seu conteúdo.

– Infelizmente, sim – respondi.
– Pois, acredite-me, eu não ficaria triste por ter de cumprir meu juramento. Pelo contrário, estou feliz. Estou farto de tanta burocracia, quero descansar e combater o bom combate; aquele que Paulo sempre pregou será, para mim, a maior recompensa na vida. Sabe, meu jovem, eu sou igual a um viking, preciso morrer no campo de batalha para que a vida tenha valido a pena. Além do mais, considero-me um felizardo pela graça que recebi ao conhecer Aquele a quem eu já servia. Vamos brindar a isso.

Julius levantou o braço e o garçom veio até nossa mesa.
– *Messieurs, vous désirez?*
– *Trois bières allemandes.* Duas são para mim – Julius falou e soltou outra sonora risada.
– Não sabia que havia monges sacerdotes. Pensei que cada um tivesse uma ordem específica.
– Nós, que pertencemos a uma ordem religiosa, podemos, depois de sermos ordenados monges, estudar para o sacerdócio. Mas as diferenças entre nós e os chamados padres seculares são várias. Em primeiro lugar, como pertencemos a uma ordem, não nos reportamos aos bispos, mas, sim, ao abade de nossa organização. Quando saímos dos mosteiros para prestar qualquer tipo de serviço em outra cidade, só o fazemos se ele nos der autorização. E, quando estamos no fim de nossas vidas, devemos voltar ao mosteiro, onde iremos descansar para sempre. O padre secular não; quando ele se aposenta, volta para a casa da família, ou vai morar com alguém de sua paróquia.
– À qual Ordem pertence? – perguntei.
– Sou beneditino, acredito que já tenha ouvido falar.
– Sim, sua Ordem é famosa pela cultura. Acho que as grandes bibliotecas religiosas estão nas mãos dos beneditinos.
– É verdade, nossa ordem possui vários mosteiros pelo mundo e cada um com bibliotecas enormes e livros raríssimos. Também, são quase 1.500 anos de existência de nossa organização. Quando você foi aceito dentro do seio de nossa Irmandade, com certeza, reparou que muitas passagens da iniciação foram realizadas em latim.
– Sim, e achei isso muito comovente.
– Todas essas passagens foram tiradas da "Regra de São Bento", que, por sua vez, foi transcrita, amplamente, por São Bento, de

uma regra mais antiga ainda, chamada de *Regula Magistri* ou "Regra do Mestre". Foi graças ao conhecimento adquirido que nossos antepassados ajudaram a construir o que, para mim, são as maiores maravilhas do mundo antigo, as catedrais góticas.

– Eu sempre admirei muito essas construções, já li a respeito, mas nunca tive tempo de conhecer uma de perto – disse.

– Mas você está no país do gótico! Aqui mesmo, em Paris, temos os maiores monumentos dessa arte. Vamos fazer o seguinte: venha comigo, eu lhe mostrarei uma de minhas prediletas.

Julius pagou a conta e saímos. Enquanto nos dirigíamos ao local, ele foi me contando um pouco da história desse tipo de arte.

– O termo "arte gótica" vem da expressão latina *art goetic* e quer dizer "arte da Luz" ou "do Espírito". Mas, na verdade, *argot* era uma linguagem conhecida apenas pelos iniciados, desconhecida pelos chamados profanos. Mas, voltando às catedrais, a medida usada pelos mestres construtores era o côvado, unidade que vai do cotovelo até a ponta do dedo médio. Você pode até se espantar com o que eu vou lhe dizer, mas não se usou o sistema de notação decimal com o zero para sua construção, pois os monges da Ordem de Cister acreditavam que o zero era uma invenção do Demônio.

Agora sei bem por que eles achavam isso, afinal, o numeral zero foi introduzido para o mundo ocidental por um árabe, pensei comigo.

– Foi graças ao conhecimento que possuíam os monges beneditinos, e depois seus coirmãos cistercienses, que as catedrais ganharam vida.

Depois de andarmos por um tempo, Julius falou:

– Aqui estamos, essa é Sainte Chapelle (Capela Santa).

Ao entrarmos na igreja, fiquei maravilhado, era imensa e seus vitrais deslumbrantes.

– Vamos nos sentar – disse ele. – Essa igreja foi construída por volta do ano 1240, a pedido de São Luís, para abrigar a coroa de espinhos e um pedaço da cruz de Jesus. Essas relíquias teriam vindo de Constantinopla. Hoje, encontram-se guardadas na catedral de Notre-Dame. Era conhecida na Idade Média como a bela igreja de "portão para o céu". Repare nos vitrais; quando a luz do sol entra por eles, filtram-se os raios e ela assume tonalidades das mais diversas, com predominância do vermelho e do azul, que se distribuem pelo piso da igreja, como um tapete de manchas coloridas. As cores, filtradas pelos vitrais, dão a impressão de serem labaredas de fogo. Esse recurso de iluminação deu origem ao estilo chamado gótico flamejante. Infelizmente, não se consegue mais reproduzir esses vitrais nos dias de hoje. Vários vidraceiros já tentaram, sem êxito. Como você pode ver, são 15 janelas, 15 ogivas luminosas que cercam quem as observa por todos os lados. Os motivos da decoração dos vitrais, aliás, mais de mil, são cenas do Velho Testamento, e as figuras representativas de São Luís, da rainha e seus filhos. E cenas da transferência das relíquias para Paris. Se você observar com atenção, perceberá que o edifício compreende duas capelas sobrepostas, a mais baixa era destinada aos servidores, e a mais alta reservada à família real.

Enquanto Julius me dava uma verdadeira lição de história, eu sentia as vibrações do lugar, que trazia uma paz interior muito grande. Toda a construção é harmônica e nos faz, realmente, elevar o espírito para Deus. Quando estamos dentro desse lugar é que percebemos a estreita colaboração que havia entre astrônomos, geômetras, vidraceiros e canteiros naquele tempo, pois sem essa ligação não poderiam dar vida a essa obra Divina. A energia é imensa, parece que você está em outro mundo, todos os problemas começam a não fazer mais diferença. Realmente, é um local de pura meditação, tudo é um universo de símbolos. Na verdade, a catedral é um grande relicário de vidro e pedra.

– As catedrais são verdadeiras enciclopédias para aquele que sabe ler o que está escrito em suas páginas de pedra – continuou Julius. – É uma pena que muitos, por não compreenderem e não terem humildade para reconhecer isso, acabam dando as mais errôneas interpretações, fazendo com que símbolos tão simples acabem se tornando tão complexos que perdem, completamente, seu significado original. Faz-me lembrar Cícero: *"Nec me pudet... fateri quod nesciam"* (Não me envergonha confessar não saber aquilo que ignoro).

– Tem razão, não faz sentido termos de usar símbolos tão complicados para chegar até Deus. Se assim fosse, as pessoas simples, que não possuem acesso ao conhecimento, seriam excluídas.

– O homem sempre complica as coisas, e eu vou lhe dar um exemplo muito simples disso. Você conhece as Lâminas do Tarô, suponho.

– Sim, dizem que foi Hermes Trismegisto quem as esculpiu em pedra.

– A verdadeira origem do Tarô nos é desconhecida; por essa razão, concluir que foi Hermes ou quem quer que seja o idealizador é apenas especulação. Mas isso não é relevante, o que importa é o que elas representam. Vulgarizou-se de tal maneira o Tarô que hoje ele é usado como método de adivinhação, e sua real finalidade foi colocada de lado há muitos anos. O Tarô possui 22 lâminas repletas de simbolismos. A carta de número 1 representa o "Mago", que traz a figura de um homem erguendo uma mão para o céu e a outra direcionada para a terra. À sua frente há uma mesa, com vários objetos: uma taça, um punhal, um pergaminho e um pantáculo. As ilustrações variam um pouco de baralho para baralho, mas o simbolismo básico é constituído a partir desses que lhe falei. "O Mago" representa aquele que é capaz de exercer a vontade criativa, é o senhor de si mesmo. A carta de número 22, por sua vez, é chamada de "o Louco". Em alguns baralhos, não há um número para ela e em outros seu número é o zero. "O Louco" é representado por um homem, caminhando em direção ao abismo, totalmente despreocupado. As lâminas do Tarô representam, originalmente, o processo de autoconhecimento. São as etapas que o homem precisa percorrer e todos os obstáculos que ele irá enfrentar dentro de si para chegar ao fim do caminho. Por isso, o Tarô não deve ser analisado da primeira carta em direção à 22ª, mas, sim, na ordem inversa. É a jornada interior que começa pelo Louco, aquele que está alheio ao mundo. "Bendito quando lhe chamarem de louco por minha causa", disse Jesus. Todos os homens que começam a trilhar o caminho da espiritualidade são chamados de loucos. O abismo representa o salto de fé que ele deve dar. Essa é a primeira lâmina, a primeira etapa da jornada e a mais difícil, pois apenas quem salta do abismo é que pode percorrer o caminho da espiritualidade. Saltar do abismo é se entregar, inteiramente, à Vontade Divina. É confiar plenamente em Deus. As outras cartas, com sua simbologia, representam os obstáculos que o Louco enfrentará em sua caminhada. São as dúvidas e incertezas que brotarão dentro dele durante o trajeto. São as tentações do mundo querendo trazê-lo de volta ao que todos chamam de realidade, mas que, na verdade, para os sinceros buscadores, representa a insanidade. O caminho é longo até se chegar ao número 1, ao Mago, aquele que enfrentou todos os obstáculos que a vida ofereceu e que os venceu. É o grande vitorioso no caminho da espiritualidade. É São Francisco de Assis, é o homem senhor de si. "Dominar os outros é ter poder, dominar a si mesmo é conhecer o caminho", já ouviu isso, não? Esse é o verdadeiro alquimista, que conseguiu transmutar sua alma negra, de chumbo, no mais puro ouro. Ele é diferente dos sopradores, que só almejavam o poder terreno. O grande laboratório do verdadeiro alquimista é seu interior e exige muito trabalho espiritual para se chegar à Grande Obra, que é a própria transmutação.

Julius falava, pausadamente, mas com grande entusiasmo, e eu podia absorver seus ensinamentos como se bebesse um delicioso vinho.

– Aliás, a palavra *laboratorium* – continuou ele – surgiu da junção de duas palavras latinas, *labor* e *oratorium*, que significam respectivamente "trabalho" e "oração". Quem esculpiu o Tarô pela primeira vez desejou mostrar ao mundo sua jornada interior. Não para que todos a seguissem, pois esse é outro erro cometido pelos homens, mas para que pudessem inspirar-se com sua experiência. Temos a tendência de querer imitar o caminho dos outros, o que é errado. E isso também vale para os livros. Nenhum contém fórmulas para chegarmos à "iluminação". Não há como caminharmos o caminho dos outros. Cada homem deve percorrer seu próprio trajeto pessoal, porque cada um tem o seu. Quem escreve livros querendo ensinar o caminho a ser percorrido para alcançar a espiritualidade, com certeza nunca o percorreu. Esses são os mentirosos, que se aproveitam da sede que as pessoas têm, os "falsos profetas", como diz Jesus. O caminho da verdadeira iluminação está em todos os lugares: para os intelectuais, está nos livros; para os beduínos, no deserto; para os camponeses, na semente, na água que irriga as plantações, enfim, o caminho se adequará sempre dentro do cotidiano de cada pessoa. Desta forma, todos possuem o mesmo conhecimento, visto apenas por ângulos diferentes, porque Deus é Uno. Imagine que cada um de nós está no centro de uma ilha, não importa o caminho que você siga, sempre chegará ao mar.

Quantas surpresas a vida nos prega! Há alguns dias não poderia imaginar aquela situação inusitada em minha vida. Ali estava eu, em Paris, acompanhado de um monge beneditino, conversando a respeito do Tarô. Não me contive e perguntei:

– Como pode um monge estudar sobre Tarô? Pensei que fosse um assunto proibido pela Igreja.

– A Igreja não proíbe nada, quem proíbe são os homens, e por ignorância. Deus deu ao homem um cérebro para que ele o usasse da melhor forma. Se quisesse que fôssemos guiados, daria inteligência apenas aos padres, pastores, gurus, aiatolás. Todos são seres humanos. Todos nós erramos e acertamos e Deus não faria ninguém melhor que ninguém. Todos somos iguais perante Aquele que nos criou. Essa ideia de que os homens são diferentes teve início quando começaram a formar sociedade. No princípio, os antigos sacerdotes eram os únicos que dominavam a escrita. Durante muitos anos foi assim, e por essa razão eles eram conselheiros reais. Eram eles quem governavam por trás dos monarcas, e essa situação permaneceu por séculos. Na era em que Jesus nasceu quem dominava o povo eram os sacerdotes, que por sua vez eram os aristocratas. Apenas eles tinham acesso aos livros; a plebe era ignorante, por isso as pessoas eram enganadas facilmente. Na verdade, isso acontece até hoje no mundo. Quando a população começou a ter mais acesso à cultura, os donos do poder se sentiram ameaçados e começaram a criar os dogmas, as ameaças e os pecados. Começou-se a incutir na cabeça das pessoas que apenas os sacerdotes é que podiam ter acesso ao conhecimento divino e que as perguntas que eles não conseguissem responder, homem nenhum conseguiria. Infelizmente, essa ideia continua. Todas as guerras que existem atualmente no mundo são "políticas nos bastidores", mas eu lhe pergunto: quem é que realmente combate?

– O povo – respondi.

– Sim, e por que eles combatem? Porque acreditam que estão fazendo um trabalho Divino, pois foi dito a eles que estão fazendo a vontade de Deus. Todas as guerras são religiosas: judeus contra muçulmanos, católicos contra protestantes. E onde estão os homens que incitam seu povo a lutar? Estão em suas belas casas, cercados por todos os tipos de mordomias, enquanto a maioria da população está no campo de batalha, passando por todos os tipos de privações, os pais vendo seus filhos morrerem ou serem mutilados.

– É nessas horas que eu me pergunto onde está Deus.

– Essa pergunta Jesus lhe responderá pessoalmente.

– Não consigo tirar sua imagem de minha cabeça, não vejo a hora de poder conhecê-Lo.

– Eu vou ser sincero com você, Hieronymus. Nada neste mundo irá prepará-lo para essa emoção, não há como descrevê-la.

– Acredito; sem tê-Lo visto, já me sinto emocionado, somente pela expectativa de poder conhecê-Lo, um dia.

– Esse homem extraordinário! – continuou Julius. – Quando o conheci, eu estava nas trevas. Olhava o mundo de uma forma equivocada e não conseguia responder a nenhuma pergunta. Sempre quis servir a Deus, mas não entendia como Ele permitia que tanto mal acontecesse na Terra. Fazia, frequentemente, esta pergunta: "onde está Deus que permite acontecerem tantas barbaridades? Quando chegará o dia em que o bem triunfará sobre o mal?". Essas indagações sempre me deixaram confuso e, por diversas vezes, pensei em abandonar a Igreja e minha vocação. Não fazia sentido ver a maldade predominando no mundo e não ter resposta para isso. Mas, quando O conheci, todos os véus que cobriam meus olhos foram levantados e eu, assim como aconteceu com Paulo de Tarso, enxerguei. Conheci a grandeza de Deus e, hoje, sou outro homem, sou realmente renascido. Acabaram-se todas as dúvidas e questionamentos. Tenho certeza de que isso irá acontecer com você também.

– Julius, antes de fazer essa viagem até aqui eu achava que sabia muitas coisas. E aquelas questões que nem eu nem ninguém conseguiu responder, fui trancando dentro de mim, tentando deixá-las de lado. Mas confesso que agora todas as dúvidas que pensei estarem adormecidas voltaram, com mais força.

– Elas serão respondidas em breve, você verá. Sinto muito, meu irmão, mas preciso retornar. Já está ficando tarde e tenho alguns afazeres. Como você não conhece Paris, amanhã nos encontraremos na catedral de Notre-Dame, que fica aqui perto, e lá lhe passarei minha parte da senha. Às 10 horas, está bem?

– Estarei lá. Obrigado, Julius, aprendi muito com você. Na verdade, estou aprendendo mais nesta viagem do que aprendi em todos os lugares pelos quais passei.

Padre Julius deixou-me no hotel e seguiu para cumprir seus compromissos. Eu estava com fome e resolvi pedir algo para comer. Quando cheguei ao saguão, um senhor veio ao meu encontro.

– *Monsieur*, boa-tarde, meu nome é Lefèvre, sou inspetor de polícia. Podemos nos falar?

Achei estranha a presença da polícia, porém, como não tinha nada a esconder, procurei ficar calmo.

– Claro – respondi. – Em que posso ajudá-lo?

– Hospedou-se neste hotel acompanhado de um senhor chamado Cassius, correto?

– Sim, viemos de Bruxelas ontem.

– Pode me dizer onde encontrá-lo?

– Sinceramente, não. Ele saiu ontem, dizendo ter alguns assuntos para resolver aqui em Paris. E, que eu saiba, até a manhã de hoje não havia retornado.

– Posso saber o motivo que os trouxeram a Paris?

– Assuntos profissionais apenas.

– O senhor já esteve em Paris antes?

– Não, é a primeira vez.

– Posso perguntar onde o senhor esteve até agora?

– Fui dar umas voltas e conhecer um pouco a cidade, já que é minha primeira vez aqui.

– Por que não foi junto com o sr. Cassius?

As perguntas começaram a ficar invasivas e seu tom era um tanto ameaçador. Antes de responder, perguntei:

– Sr. Lefèvre, pode me dizer o que está havendo, por que me faz tantas perguntas?

– Certamente! Esta manhã foi encontrado, ao norte da cidade, um veículo incendiado. Dentro havia o corpo de um homem. Infelizmente, não pudemos identificá-lo. Investigamos pelo que restou da placa e modelo do automóvel e descobrimos que fora alugado ontem à tarde por um senhor de nome Cassius, que estava hospedado neste hotel. Sendo assim, como o senhor veio com ele, esperamos que possa nos dar algumas explicações.

Minhas pernas ficaram bambas, eu jamais havia passado por situação semelhante a essa, sem dizer que tudo isso parecia um pesadelo. O que eu diria a ele? Meus pensamentos foram interrompidos pelo inspetor.

– O senhor poderia responder à última pergunta que fiz?

– Desculpe-me, poderia repeti-la, por favor?

– Pois não, quero saber por que não acompanhou o sr. Cassius ontem à tarde. Se vieram a negócios e o senhor não conhecia a cidade, o mais lógico seria terem ido juntos, não acha?

Tentei me recompor e parecer o mais calmo possível para responder à pergunta do inspetor.

– Cassius me disse que era de Paris e que precisava sair para resolver alguns assuntos pessoais. Ele não me convidou para acompanhá-lo.

– Senhor, terá de nos acompanhar até a delegacia, para podermos tomar seu depoimento.

Seguimos até a delegacia, que não ficava muito longe do hotel. Lá, o inspetor me levou a uma sala onde havia mais duas pessoas e começou a refazer suas perguntas.

– Vamos começar novamente. O senhor disse que veio a Paris com o sr. Cassius para resolver alguns negócios, estou certo?

– Sim – respondi –, isso mesmo.

– O senhor também afirmou que nunca estivera em Paris antes, correto?

– Correto.

– Posso saber que tipos de "negócios" os trouxeram à nossa cidade?

– Eu lhe disse que são assuntos profissionais. Sou jornalista e Cassius está me auxiliando a fazer alguns contatos, com pessoas que devo entrevistar.

– Quem agendou os contatos para o senhor?

– Cassius.

– Quer dizer que o sr. Cassius é quem estava encarregado dos contatos aqui em Paris?

– Sim – respondi.

– Então me responda uma coisa: por que ontem, ao chegar ao hotel, esperou o sr. Cassius subir ao quarto para pegar o envelope endereçado ao senhor na recepção?

– Não era nada de importante. Nas horas vagas tenho como hobby o estudo das catedrais góticas. Um amigo, conhecendo esse meu interesse, preparou-me uma surpresa. Ele telefonou para um conhecido seu aqui em Paris, especialista no assunto, e arrumou um encontro comigo. O bilhete continha apenas o local desse encontro, nada mais.

– Sim, no restaurante do La Samaritaine. Sabemos disso, o recepcionista nos informou que o senhor havia lhe pedido informações sobre como chegar lá. Mas ele também presenciou a conversa que teve com o sr. Cassius na recepção. Pelo tom da conversa, quem tinha a agenda dos negócios não era Cassius, mas, sim, o senhor. E por que não mostrou o bilhete, ou o mencionou ao sr. Cassius, quando se encontraram no saguão do hotel?

– Não o fiz por ser algo pessoal, não achei que havia necessidade, muito menos que seria importante.

– O senhor pode me fornecer o nome e endereço da pessoa que encontrou no La Samaritaine?

– Posso lhe dar o nome, ele se chama Julius, é um padre, mas não o endereço, pois não sei onde fica sua paróquia.

– Quando o sr. Cassius saiu, não mencionou algum lugar ou nome, qualquer coisa que possa nos ajudar?

– Infelizmente, não. Conheci o sr. Cassius em Bruxelas, viemos juntos e eu só soube que era de Paris quando me disse na recepção, ontem. Infelizmente, não posso ajudá-los em nada. Gostaria muito de fazê-lo, mas não saberia como.

– Está bem, desculpe-nos por todas essas perguntas, mas temos de começar por alguém. Se lembrar de algo, por favor, não deixe de nos ligar a qualquer hora. Vou levá-lo de volta ao hotel.

O inspetor me deixou na porta do hotel e antes de ir embora disse:

– Por hora, gostaria que não deixasse Paris. Não é uma ordem, apenas um pedido. Espero que a autópsia do que restou do corpo possa nos ajudar a responder a algumas perguntas.

– Não irei embora por enquanto – respondi.

– Obrigado e até mais.

– Boa sorte em sua investigação.

Ao entrar no hotel, o recepcionista veio ao meu encontro.

– Perdoe-me, senhor, por ter dito aquilo para a polícia, mas eles nos interrogaram e eu tinha de responder às perguntas.

– Não se preocupe, você fez a coisa certa. No momento, preciso de um banho e dormir um pouco, que o dia foi terrível.

Na verdade, eu estava apavorado com tudo isso e precisava mesmo era de uma bebida.

– Boa-noite, então, senhor – disse o recepcionista.

Subi apressado, tinha de telefonar para Armand, precisava avisá-lo do ocorrido e saber o que fazer.

– Ângelo, preciso falar com o sr. Armand.
– Ele já se recolheu, senhor, quer deixar recado? Transmitirei a ele assim que acordar.
– Não, Ângelo, preciso falar com ele agora, é urgente. Vá acordá-lo, por favor.
– Aguarde um momento, senhor.
...
– Hieronymus? Há algo errado? Ângelo me disse que é urgente.
– Cassius foi assassinado.
– O quê? Você tem certeza do que está falando? Mas como aconteceu?
– Encontraram seu corpo dentro de um automóvel em chamas, estava completamente carbonizado. Fui interrogado pela polícia, mas não pude dar muitas explicações.
– Onde você estava quando aconteceu?
– Fui me encontrar com Julius. Cassius me disse que tinha alguns negócios para resolver em Paris e foi sozinho.
– Mas que negócios eram esses? Ele foi a Paris para acompanhá-lo!
– Ele me disse que era de Paris e que tinha assuntos particulares para tratar aqui.
– Impossível – continuou Armand –, Cassius era italiano.
– Mas então por que mentiu para mim? A não ser que... Espere um momento, Armand, vou verificar algo e ligo em seguida.
Troquei-me e desci até a recepção.
– Por favor – perguntei ao recepcionista –, quando recebemos chamadas em nosso apartamento, elas passam por uma central telefônica?
– Sim, senhor.
– Pode verificar se o sr. Cassius recebeu algum telefonema no dia de ontem?
– Um momento, senhor, vou verificar.
O funcionário voltou rapidamente.
– Ele recebeu um telefonema ontem, às 11h10.
– Deixaram algum nome ou outra informação qualquer?
– Infelizmente, essa informação nós não temos.
– De qualquer forma, obrigado.
Subi ao quarto e liguei novamente para Armand:
– O que houve? – perguntou-me.

– Fui verificar na recepção se Cassius recebera alguma ligação e descobri que sim. Alguém ligou para ele ontem às 11h10. Foi um pouco antes de me dizer que precisava resolver alguns problemas na cidade.

– Não é possível, ninguém sabia que ele estava aí.

– A não ser que estivéssemos sendo seguidos desde nossa partida da Bélgica – eu disse.

– Se você estiver certo, precisamos nos apressar. Conseguiu a outra parte do código?

– Não, Julius ficou de entregar-me amanhã.

– Certo, partirei amanhã cedo para Paris. Você deve encontrar Julius, conforme combinado. Boa sorte e até amanhã.

Enquanto tomava banho, pensava naquela nova situação. "Mais um assassinato! Terá sido Alexander o responsável pela morte de Cassius? Armand havia me dito que eles eram grandes amigos, não pode ser ele. Tudo isso deve ser coincidência. Além do que, Cassius não sabia de nada. Mas e se Alexander achou que ele sabia? Não, isso é coisa da minha cabeça, estou começando a ficar assustado e imaginando coisas.

Às 10 horas, conforme combinado com Julius, eu estava em frente à Catedral de Notre-Dame. O edifício é fabuloso! Desde jovem, carreguei o sonho de um dia visitar esse imenso monumento, e agora ali estava eu, em frente a uma das obras-primas da Antiguidade! Só quem já teve o privilégio de conhecê-la pode descrever a sensação de estar contemplando aquela maravilha! Tudo o que lera a seu respeito não fazia jus à grandiosidade daquela magnífica obra. É realmente um monumento à espiritualidade. "Neste lugar, onde estou pisando agora, Paris começou a existir", pensei. Na Antiguidade chamava-se Lutécia e pertencia ao Império Romano.

Parei alguns minutos em frente ao imenso prédio para apreciar os detalhes da fachada, antes de entrar. Notre-Dame começou a ser construída graças ao empenho do bispo de Paris, Maurice de Sully. No ano 1163, o papa Alexandre III deu início à obra, colocando a pedra fundamental no local, onde existia uma igreja dedicada a Nossa Senhora, que fora destruída no século IX pela invasão viking. O término da obra se deu no ano 1313. A entrada é marcada por três magníficos portais em forma de ogiva e, diferentemente de outras obras góticas, as torres com seus 69 metros de altura não possuem agulhas, são campanários, exemplo típico do gótico primitivo. Precisa-se de muito fôlego para subir os 387 degraus que levam até o alto.

Entrei na catedral com meus sentimentos confusos, sentia-me feliz por estar ali e ao mesmo tempo triste, por saber que Cassius havia morrido. Mesmo nosso contato tendo sido breve, sua morte me deixara bastante abalado.

– Bom-dia, meu jovem, precisamente no horário.

Julius estava ao meu lado.

– Bom-dia, Julius, perdoe-me, não o havia visto, estava absorto em meus pensamentos.

– Eu notei que algo o preocupa. Posso ajudá-lo?

Relatei o ocorrido e acrescentei:

– Senti que alguém me seguiu até aqui.

– Que Deus guarde a alma de nosso irmão – disse ele. – Mas não fique preocupado, Hieronymus, nada acontece por acaso, para tudo existe uma explicação, e nós a conheceremos no momento certo. Antes de continuarmos, pegue.

Ao dizer isso, Julius me estendeu um envelope.

– Aí está minha parte do código, seria mais seguro se você memorizasse. Mas faça isso depois, vamos aproveitar o lugar para meditarmos um pouco. Essas paredes são mágicas e nos convidam a ficar mais próximos de Deus.

Julius se ajoelhou no chão e começou a rezar. Eu fiz o mesmo, enquanto os turistas passavam por nós. Depois de algum tempo, voltamos a nos sentar e Julius disse-me:

– Repare que magníficos são esses enormes pilares que dividem o espaço interno dessa imensa catedral. Quanta sabedoria foi aqui depositada pelos mestres de obras! E quantos mestres em seus ofícios trabalharam aqui! O que faz das catedrais góticas um lugar de paz e reflexão é a harmonia que existe em todos os detalhes de sua construção. Desde os motivos florais, que adornam os capitéis, até as cores dos vitrais. Mesmo tendo sido feitos por mãos diferentes, encaixam-se perfeitamente. Quando você faz algo para Deus e trabalha com todo o coração, tudo sai harmônico. A catedral é como uma ópera que, quando tocada com sentimento, nos mostra uma melodia que nos faz ir às alturas.

– Você tem razão e eu gostaria de poder apreciar esta maravilha com tranquilidade, mas não consigo parar de pensar em Cassius.

Fico imaginando o que leva um homem como Alexander a fazer tudo isso.

– Poder, meu jovem, apenas poder.

– Mas como alguém pode pensar em poder, tendo recebido a graça que ele recebeu?

– Nós nunca conseguiremos saber, verdadeiramente, o que se passa dentro da cabeça de qualquer ser humano. Talvez, nem ele próprio saiba responder a essa pergunta.

– Eu sempre desejei conhecer esta catedral, mas jamais pensei que seria em tais circunstâncias. Quando saí de meu país, pensei que tudo o que estava acontecendo comigo parecia um sonho. Hoje esse sonho virou um pesadelo, mas quero acordar e não posso. Com certeza, se contasse essa história a alguém, diriam que estou ficando louco. Às vezes, eu mesmo tenho essa sensação.

– Olhe para o mundo, Hieronymus, e verá quanto é grande o ideal pelo qual lutamos. Nessa época conturbada em que vivemos, grandes criminosos são capas de revistas e jornais no mundo inteiro. Muitos dão entrevistas e escrevem livros. Outros são tão poderosos que com um simples gesto poderiam acabar com a fome ou ao menos diminuir a desigualdade que existe entre os homens. Mas eles não fazem nada além de enriquecer com a desgraça alheia. E, mesmo assim, são tratados como super-homens, são reverenciados, estendem-se tapetes vermelhos por onde passam. Como um homem correto pode dizer a seu filho que a honestidade é uma obrigação, se o mundo só mostra o contrário? Nossa sociedade está se corrompendo cada dia mais, e toda corrupção leva ao declínio e à destruição.

– Às vezes, quando estou fazendo alguma reportagem, tenho a sensação de que o mundo está definhando.

– Existe um texto escrito em sânscrito chamado de Vishnu Purana, que diz que a época de Kali, que é a deusa hindu da morte, portanto, um sinal dos tempos para eles, acontecerá quando a humanidade atingir um nível em que propriedade outorgue categoria, a única fonte de virtude seja a riqueza, o único meio de prazer seja o sexo, a falsidade seja a escada para o sucesso e quando os ornamentos exteriores derem lugar à religião interior. Tudo isso lhe parece familiar?

– É exatamente o que estamos vivendo hoje – respondi.

– A distância entre o homem e Deus está aumentando a cada dia, e foi por essa razão que surgiram as religiões há muito tempo. A palavra religião vem da expressão latina *religare*, que quer dizer "ligar novamente". Elas foram criadas com o propósito de serem uma ponte entre o homem e seu Criador. É por isso que o papa é chamado de "Sumo Pontífice". Pontífice vem da palavra latina *pontifex*, que quer dizer "construtor de pontes". Percebe a correlação?

– Quer dizer então que o papa representa para a Igreja a pessoa que faz a ligação entre o Divino e o humano?

– Sim. A religião é um código de ética, de conduta. Veja, por exemplo, os dez mandamentos. Todos eles são regras básicas para se viver em sociedade. Respeitar os dez mandamentos é obrigação de todo ser civilizado. Lembre-se, o povo judeu era um povo escravo, que não possuía nada. Jetro, então, deu a Moisés um código de conduta, de civilidade. Por isso nós não o respeitamos para nos aproximarmos de Deus, e sim para evitarmos a anarquia que existiria, caso essas regras fossem violadas. Imagine o que seria do mundo se esses códigos básicos não fossem respeitados? Aliás, se você observar bem, perceberá que muitos já não os seguem mais. E o que está acontecendo? Estamos começando a viver uma anarquia total, em que filhos não respeitam pais, onde caluniar o próximo já se tornou algo banal, enfim, se prestar atenção, verá que todos eles estão sendo deixados de lado. Há pouco tempo, quando ouvíamos falar sobre um assassinato, ficávamos horrorizados. Hoje, vemos isso acontecer todo dia, ao vivo e pela televisão. Quem poderia então dizer que você é louco, se as circunstâncias atuais de sua vida são em nome da proteção de Nosso Senhor?

– Você tem razão, desculpe-me. Sinto-me pequeno diante de sua fé.

– Com o tempo, você aprenderá a ter mais esperança. Lembre-se, a espiritualidade é parte intrínseca de todo ser humano, independentemente da religião que professe. Espiritualidade é uma ânsia que existe em todos nós desde quando nascemos. É uma força que nos impulsiona a buscarmos Deus. E "para todo aquele que bater, a porta será aberta", já dizia Jesus, não importa sua religião. Os donos do poder é que querem monopolizar o Altíssimo, como se Ele fosse um homem de 1,70 metro, sentado em um trono, com um cetro na mão, e pudesse ser corrompido por aquele que oferecesse mais. Isso é uma heresia, mas é o que acontece neste mundo, principalmente nos dias de hoje.

– Concordo com você e acredito que tenha arrumado muitos problemas dentro da Igreja por pensar assim.

– Já tive mais. Hoje eles me deixam em paz, acho que por essa razão me deram essa paróquia. Fazendo isso, afastam-me dos noviços e eu deixo de "contaminá-los" com minhas ideias.

Julius acabou sorrindo.

– Agora precisamos nos separar, acredito que não nos veremos mais. Vá com Deus e que Ele o proteja em sua caminhada.

Após dizer isso, Julius deu-me um forte abraço e fez o sinal da cruz sobre minha testa. Ao sairmos de Notre-Dame, encontramos o inspetor Lefèvre, que nos aguardava no portal de entrada.

– Bom-dia, senhor, espero que não se incomode com minha inesperada visita – disse ele.

– De forma alguma – respondi. – Deixe-me apresentá-lo a meu amigo.

– Padre Julius, esse é o inspetor Lefèvre, da polícia de Paris.

– Muito prazer, reverendo, soube que o senhor é especialista na arte gótica.

– Conheço um pouco, meu jovem.

– Acredito que o senhor esteja a par do ocorrido – continuou Lefèvre.

– Sim, foi um infortúnio. Que Deus tome conta dessa pobre alma.

– O senhor não o conhecia, creio eu.

– Não tive oportunidade.

– Alguma novidade sobre o caso? – perguntei ao inspetor.

– Ainda não, mas parece que temos uma testemunha. Estamos investigando, a autópsia ainda não está acabada. No momento, estamos tentando localizar algum parente da vítima. Talvez possa nos ajudar, você me disse que vieram de Bruxelas. Provavelmente exista alguém lá que designou o sr. Cassius para acompanhá-lo até aqui e contatar as pessoas que deveria entrevistar. Com certeza, essa pessoa tem informações a respeito dele para nos fornecer. Poderia nos dar seu nome, de forma que possamos obter mais dados sobre a vítima?

– Obviamente. Porém, não tenho o nome completo dele aqui comigo, nem o endereço. Quando voltar ao hotel, ligo para o senhor com esses dados em mãos.

– Quer que eu o acompanhe até o hotel? – insistiu ele.

– Não há necessidade. Suspeita que eu tenha algo a ver com a morte de Cassius, inspetor?

– Não, mas meu faro policial diz que o senhor está escondendo algo.

– Seu faro está errado, não tenho nada a esconder. Pelo contrário, já lhe disse que faria qualquer coisa para ajudá-lo. Vamos até o hotel e eu lhe darei o nome e endereço dessa pessoa.

– Sr. Lefèvre, perdoe-me a intromissão, mas acho que o senhor está sendo indelicado – disse Julius.

– Desculpe-me, reverendo, estou apenas cumprindo meu dever.

– O rapaz não é daqui e pelo que me disse mal conhecia a vítima. Acredito que há maneiras mais delicadas de cumprir seu dever – disse Julius.

– Obrigado, Julius, mas acho melhor entregar logo esse endereço ao sr. Lefèvre. Vamos.

– Eu irei com vocês – disse Julius –, se o inspetor não fizer objeção.

– De forma alguma, reverendo.

Fui com Julius em seu carro e pedi seu conselho:

– O que faço agora? Não posso revelar ao inspetor o verdadeiro motivo de estar em Paris!

– Não se preocupe, tudo dará certo.

Procurei acreditar naquelas palavras. Quando chegamos ao hotel, Julius ficou no saguão, conversando com Lefèvre, para que eu pudesse pegar o "endereço". Subi desesperado por não saber o que fazer. "Que desculpa daria ao inspetor?", pensava. Quando abri a porta do quarto levei um susto, Armand estava sentado na poltrona ao lado da cama.

– Graças a Deus você está aqui. O inspetor está lá embaixo querendo um endereço de Bruxelas!

– Calma – disse-me Armand –, fale mais devagar para que eu possa entender.

Contei o ocorrido e ele pediu que anotasse seu nome, o endereço e o telefone de sua empresa em um papel.

– É uma de minhas empresas, o telefone que lhe dei é de meu secretário particular. Ligarei para ele e pedirei que providencie o que o inspetor solicitar. Agora desça e entregue ao inspetor; enquanto isso, ligarei para Bruxelas.

Desci até o saguão e entreguei o papel para Lefèvre.

– Aqui está – disse –, o telefone e o endereço da empresa e também o nome da pessoa que me contratou na Bélgica, talvez ele possa ajudá-lo mais que eu.

– Obrigado, com certeza isso vai ajudar muito nossas investigações. Bem, vou deixá-los para seus estudos de arte gótica. Se tiver qualquer novidade, entro em contato novamente. Até logo.

Lefèvre se despediu e foi embora, e eu senti como se duas toneladas tivessem saído de minhas costas.

– Deu tudo certo como eu havia previsto, não é mesmo? – disse Julius.

– Nós nos conhecemos ontem e você já me surpreendeu diversas vezes.

– Confiança, meu rapaz, confiança – disse ele, sorrindo.

– Armand está em meu quarto.

– Que maravilha, então vamos subir, quero rever meu velho amigo.

Armand abriu um largo sorriso de satisfação ao nos ver entrar.

– Julius, meu amigo! Gostaria que estivéssemos nos encontrando em tempos melhores.

Foi muito bom ver velhos amigos se abraçarem e reviverem juntos antigas histórias. Ficamos por um tempo em meu quarto, conversando. Na realidade, eles ficaram conversando e eu era mero espectador. Mesmo assim, gostei muito de ouvi-los.

– Você acredita que Alexander está por trás de tudo isso? – perguntou Julius a Armand.

– Quem mais poderia ser? Cassius era seu melhor amigo e mesmo assim não sabemos o que aconteceu. Custo a acreditar que Cassius tenha morrido. Alexander deve ter enlouquecido de vez. É melhor se cuidar, meu amigo, ele pode ter vindo atrás de você.

– Mas, se isso é verdade, por que motivo matou Cassius?

– Talvez não tenha conseguido localizá-lo e achou que Cassius poderia dar-lhe essa informação. Acredito que tentou fazer

Cassius dizer onde você estava, mas como não sabia acabou morrendo. Não acho prudente que ande por aí, por enquanto. Só Deus sabe o que Alexander poderia fazer a você para obrigá-lo a revelar sua parte do código.

– Não se preocupe comigo, amanhã já não estarei aqui para que ele possa fazer algo. A única coisa que me entristece é não poder ver Jesus novamente. Mas, como já O conheci, sinto como se fosse o mais privilegiado dos mortais.

Interrompi a conversa:

– O que faremos agora? Eu tenho a nítida sensação de que estou sendo seguido e não sei se é apenas pela polícia.

– Com toda certeza – disse Armand – Alexander o está seguindo e, por isso, temos de deixar Paris o mais rápido possível.

– Não posso ir embora – disse –, o inspetor pediu que não saísse da cidade. Se deixar Paris sem lhe comunicar, pensará que tenho algo a ver com a morte de Cassius.

– Não se preocupe – disse Armand –, amanhã cedo iremos até a delegacia e conversaremos com o inspetor... Como é mesmo o nome dele?

– Lefèvre – respondi.

– Isso, conversaremos com o inspetor Lefèvre e pediremos autorização a ele para que possa deixar Paris. Tenho alguns amigos influentes aqui na França e, caso haja alguma resistência por parte do inspetor, pedirei a intervenção deles. Mas acredito que não será preciso, a polícia francesa é eficiente e já sabe que você não tem nada a ver com o caso. Do contrário, já o teriam prendido.

– Quanto a você, meu amigo Julius, ligará para seus superiores e tirará uma licença. Vou providenciar para que fique hospedado aqui neste hotel até sabermos melhor o que está acontecendo.

– Não pode simplesmente me trancafiar aqui! E você sabe muito bem o que eu devo fazer, pois o solicitou na carta que enviou por Hieronymus.

– Jurou obediência à nossa Irmandade, e eu, como Grão-Mestre da mesma, ordeno que faça o que estou dizendo. Fique aqui e aguarde minhas instruções.

Armand mudou totalmente o tom de voz. Julius entendeu perfeitamente que não era mais seu amigo quem estava falando, e sim o Grão-Mestre da Irmandade.

– Você sabe que não trairia meu juramento – respondeu Julius.
– Está bem, vou fazer o que me pede. Mas, se não entrar em contato comigo no prazo de dois dias, cumpro o que me pediu na carta.
– Dois dias é pouco tempo. Dentro de 72 horas, contadas a partir de amanhã, entro novamente em contato com você. Caso eu não o faça, tem minha permissão para cumprir seu juramento.
– Estamos acertados, então – completou Julius.

Na manhã do dia seguinte, fomos até a delegacia conversar com o inspetor Lefèvre.

– Bom-dia, inspetor, eu sou...
Armand disse seu verdadeiro nome.
– Bom-dia, senhor, já ouvi falar bastante a seu respeito. Mas o que o traz aqui?
– Estou aqui porque sou o dono da empresa em que Cassius trabalhava. Ele estava em Paris a negócios, acompanhando uma pessoa contratada por mim. Sua morte foi muito trágica e espero que a polícia faça de tudo para prender os assassinos. Já orientei meu secretário particular para que lhe forneça todas as informações que necessitar. Não precisa solicitar nenhum documento via embaixada, pode pedi-lo diretamente ao meu escritório, que lhes serão enviados. Quanto ao jornalista que acompanhava Cassius nessa viagem, quero saber se existe alguma suspeita em relação a ele.
– Não, senhor, ele não é suspeito de nada. Interrogamos uma testemunha que nos deu a descrição de um homem que estava em um veículo ao lado do crime. Neste momento, nosso desenhista está fazendo seu retrato falado. Eram três homens no automóvel, mas a testemunha só conseguiu ver com mais detalhes o passageiro do banco da frente.
– Ótimo, estou constrangido ao vê-lo envolvido nesse problema, afinal de contas veio até aqui por questões puramente profissionais. Já que não é suspeito, vou levá-lo de volta à Bélgica, se o senhor não fizer nenhuma objeção.
– De maneira alguma, senhor... Ele está autorizado a deixar Paris, quando quiser.
– Muito obrigado. Aqui está meu cartão, quero que me mantenha informado sobre as investigações, se for possível, claro.
– Eu é que devo lhe agradecer, sua cooperação será de grande valia para nós.

– Tudo resolvido – disse-me Armand, saindo da sala do inspetor. – Como eu suspeitava, Alexander não está sozinho. Você notou o inspetor dizer que uma testemunha viu três homens dentro de um carro no local do crime? Se isso for verdade, ele deve ter passado a informação para alguém, que o está financiando. O pior é que não sabemos quem é essa pessoa. Se sua participação for somente financeira, não há problema; porém, se for alguém influente e Alexander tiver contado sobre nós, temos aí um problema muito mais sério. Bem, por enquanto é melhor não tirarmos conclusões precipitadas. Vamos dar umas voltas pela capital francesa antes de embarcarmos para a Espanha, já reservei as passagens. Ficaremos lá durante um dia, depois seguiremos para nosso próximo destino. O voo só sai no final da tarde. Enquanto isso, vou levá-lo para conhecer alguns lugares especiais.

Seguimos dali para o Marais, que é um dos bairros mais antigos de Paris.

– Apesar do pouco que o conheço, Hieronymus, percebi que gosta bastante de arte. Gostaria de mostrar-lhe o Museu do Louvre, mas levaríamos uma semana para conhecê-lo por inteiro. Como não dispomos de todo esse tempo, vou levá-lo ao Musée Carnavalet, que conta um pouco da história da cidade. Depois, podemos conhecer o Musée Picasso, que fica na mesma região.

Realmente, o bairro era muito charmoso, cheio de pequenas lojas, livrarias e antiquários com peças raríssimas. Aproveitamos para almoçar por ali mesmo. Enquanto esperávamos pela comida, fiquei observando as pessoas ao nosso redor. Uma parte de mim gostaria muito de estar no lugar desses turistas, apreciando a cidade-luz.

– Imagino que tudo isso – disse Armand – seja muito estressante para você. Para ser sincero, está sendo para mim também. Desde que entrei para a Irmandade é a primeira vez que acontece algo dessa natureza, que corremos um risco tão grande. Nossas reuniões sempre serviram apenas para estudos ou confraternização, e só ocasionalmente temos problemas para resolver, e mesmo assim são coisas pequenas. Também, estou tentando assimilar o que vem acontecendo de uns tempos para cá, e posso lhe garantir que não está sendo fácil.

– Eu entendo, mas você há de convir comigo que em menos de uma semana minha vida mudou completamente. Recebi uma quantidade imensa de informações que mudaram todo o meu modo de ser e de pensar. Precisava de um tempo, de tranquilidade para refletir e para ordenar meus pensamentos. Gostaria de poder conversar mais com Julius, que é uma pessoa fascinante e de um saber imenso. Sinto-me dentro de uma biblioteca em chamas, pensando em qual livro salvar primeiro. Como será que acabará tudo isso, você já imaginou?

– Eu lhe disse que entrego tudo nas mãos Divinas. Acabará da forma como deve. Tudo em nossa vida tem um propósito, que podemos não entender no primeiro momento, mas que o tempo se encarregará de mostrar para nós. O que precisamos é tirar uma lição positiva de tudo o que acontece, pois todas as coisas, por pior que pareçam, possuem um lado positivo. É a vida tentando ensinar uma lição que nós relutamos em aprender.

– É verdade quando diz que as coisas acontecem de acordo com um plano Divino. Isso me lembra uma parte da longa conversa que tive com Julius na igreja de Sainte Chapelle. Ele me ensinou um pouco do verdadeiro significado das lâminas do Tarô, que representam nossos passos na evolução pessoal.

– Que bom, agora posso lhe falar sobre as 22 cadeiras do círculo externo da Irmandade.

– Com certeza isso não é uma coincidência.

– Exatamente. As cadeiras são as representações das 22 lâminas do Tarô, cada membro representa uma. Elas nos fazem lembrar dos obstáculos existentes dentro de nós mesmos. Por isso há uma espada em frente a cada cadeira. A espada simboliza a força Divina que nos arma para podermos enfrentar esses obstáculos que aparecerão durante nossa caminhada.

– É... Vejo que tenho muito a aprender. Já havia lido algumas explicações sobre Tarô, mas confesso que nunca fizeram tanto sentido como agora.

– Uma explicação tão simples e ao mesmo tempo tão completa, não é mesmo? Lembra-se do que eu já havia lhe dito? Os homens acham que as explicações cheias de termos pomposos são as corretas. Nada pode estar mais longe da verdade.

– O círculo externo representa as lâminas do Tarô. E o círculo interno, dos 12 mestres? Representariam eles os discípulos de Jesus, como estão nas Escrituras?

– O número 12 representa a vida. E é exatamente isso que Jesus simboliza. Há muitos exemplos para ilustrar esse fato. O que eu mais gosto, por se tratar de uma explicação científica, é o da molécula da clorofila. Essas moléculas possuem quatro elementos, que como você bem sabe são o carbono, o hidrogênio, o nitrogênio e o magnésio, dispostos a formar um desenho harmônico de 12 arestas. Graças a essa disposição é que a planta pode dar prosseguimento ao processo de fotossíntese. Transformando luz em substância orgânica, ou seja, através desse processo é que se dá a vida. Embora essas informações só tenham sido obtidas recentemente, os antigos construtores das catedrais já as conheciam. Se observar bem o que eu lhe disse, você se lembrará de que as catedrais góticas possuem uma rosácea, onde os vitrais são dispostos em número de 12. A rosácea simboliza a molécula, que, ao receber a luz do Sol, a transforma em espectros maravilhosos de cores, dando vida a seu interior. E Jesus é o Sol, necessário para que esse milagre aconteça.

Mais uma vez fiquei admirado com a cultura daquele homem. Como jornalista, já conversara com pessoas de todas as classes sociais, mas confesso que ele me surpreendia a cada instante.

Nosso almoço foi servido e Armand, depois de colocar o guardanapo em seu colo, pousou os cotovelos em cima da mesa, juntou as mãos e começou a fazer uma oração silenciosa. Eu o acompanhei. Confesso que alguns dias atrás morreria de vergonha de fazer isso em público, mas, agora, a oração tomara um significado especial para mim.

– Bom apetite – disse ele.

– Obrigado.

Terminamos de almoçar, passamos no hotel para pegarmos nossos pertences e seguimos direto para o aeroporto.

Capítulo 7

Espanha

Nosso voo estava no horário e não tivemos nenhum transtorno ao embarcar. O desembarque na Espanha também transcorreu tranquilamente. Quando saímos do saguão, um senhor veio ao nosso encontro.

– Boa-noite, Armand, é um prazer enorme revê-lo, espero que tenha feito boa viagem.

– Boa-noite, meu amigo, já faz alguns meses que não nos vemos, não é? Quero lhe apresentar nosso irmão Hieronymus. Este é Raul, um grande executivo da Espanha e Mestre de nossa Irmandade aqui.

– Muito prazer, senhor Raul.

– O prazer é todo meu. É sempre bom saber que temos um novo irmão.

– Agradeço imensamente pela acolhida – respondi.

– Ficarão hospedados em minha casa aqui em Madri, já tomei todas as providências.

– Muito obrigado – disse Armand –, hoje dormiremos aqui e amanhã iremos de trem em direção a Córdoba. De lá seguiremos até o Marrocos, onde está a outra parte do código.

A casa de Raul em Madri ficava retirada da cidade. Era uma propriedade de campo. Quando o portão se abriu, seguimos em direção à residência, que por sinal era muito bem iluminada. O veículo nos deixou em frente à porta principal, onde dois homens nos esperavam para levar a bagagem até os quartos.

A residência não deixava nada a desejar para a de Armand. Com certeza, também pertencia à família de Raul há várias gerações. Havia muitas obras de arte por todos os cantos.

– Vocês devem estar cansados, subam até seus quartos para poderem tomar um banho e trocar de roupa. Já providenciei o jantar, que será servido assim que descerem. André – continuou Raul –, por favor, mostre-lhes os quartos.

– Por aqui, senhores.

O quarto onde fiquei era muito aconchegante. Havia o cômodo principal, onde se encontrava a cama, um banheiro com uma banheira antiga, daquelas que têm pés, uma saleta onde havia uma escrivaninha e uma estante com vários livros. Eu realmente precisava de um banho, pois estava muito cansado.

Quando desci, Armand já estava me aguardando e o jantar foi servido.

– Pedi à cozinheira que fizesse seu prato predileto – disse Raul a Armand. – *Paella* valenciana.

Tomamos um delicioso vinho durante o jantar, produzido em uma das propriedades de Raul, que fica na província de Tarragona, na Catalunha.

– Espero que tenham gostado do jantar. Venham, vamos até a biblioteca.

Armand notou que eu observava um brasão na parede e disse:

– Raul é de linhagem real.

– Sim, mas sou um homem da terra, não quero nada com a realeza, prefiro a companhia das pessoas simples. Elas têm mais a nos ensinar.

As coisas realmente não são o que parecem. Quantas pessoas conhecemos que na situação de Raul fariam de tudo para ostentar seu título de nobreza. E quantos também encontramos que, no alto de seu orgulho, querem demonstrar ser aquilo que na realidade não são, desrespeitando os mais simples. E ali estava eu, com um homem que aos olhos do mundo teria tudo para ser arrogante, prepotente, mas que se encantava pela simplicidade. Para mim, aquilo sim era um exemplo de realeza.

– E Cassius, como vai? – perguntou Raul a Armand.

– Tenho más notícias. Infelizmente, ele está morto.

Armand contou a Raul tudo o que havia acontecido. Seu semblante foi se transformando aos poucos. Mas a expressão não era a de quem estava espantado com a história que acabara de ouvir, seu rosto tinha um profundo ar de tristeza.

– Não posso acreditar! Um homem se deixar levar a tão baixo grau por dinheiro! Quanto ele quer, Armand? Diga-me, quanto ele quer para parar? Pagarei do meu próprio bolso, nem que para isso precise me desfazer de tudo o que possuo.

Mais uma vez esse homem me surpreendia. Desfazer-se de todos os seus bens? É algo que não ouvimos todos os dias.

– Já pensei em fazer isso – disse Armand. – Para ser honesto com você, depois que nosso irmão foi assassinado em Jerusalém, começamos a providenciar o valor exigido. Levará algum tempo até levantarmos toda a quantia. Mas, no fundo, algo me diz que ele não quer dinheiro, essa história de resgate é apenas para nos fazer perder tempo. O inspetor da França disse-me que havia três homens na cena do crime. Sendo assim, Alexander não está sozinho. Eles não querem dinheiro. É poder o que está em jogo.

– Poder, essa palavra é maldita – disse Raul. – Não se medem mais as consequências para obtê-lo, não importa mais quantas vidas precisem ser sacrificadas ou quantas pessoas sofram para que possam consegui-lo.

– É o mundo onde vivemos, meu bom amigo – disse Armand

– De qualquer forma – continuou Raul –, já providenciei tudo. Amanhã iremos de trem até Córdoba, que fica a uns 400 quilômetros daqui. Lá encontraremos Ramon, que é um de nossos irmãos. Ele já fez reservas no hotel onde ficaremos hospedados. Ramon também providenciou transporte e contratou o guia que nos acompanhará até o Marrocos.

– Mas, Raul – disse Armand –, você deve ficar aqui, não devemos arriscar mais um nessa história.

– Dessa vez não, meu amigo, eu irei com vocês de qualquer jeito. Nada me impedirá de acompanhá-los. Vocês precisarão de mim. Conheço muito bem a região da Andaluzia e, se bem me lembro, você não fala árabe, mas eu sim.

Notei que Armand não quis insistir muito. Acho que ele entendeu que nada e nenhum argumento que usasse poderia dissuadir Raul de nos acompanhar.

– Está bem – disse Armand –, iremos os três até o Marrocos.

– Eu sabia que você entenderia minha posição – disse Raul.

Apesar de todos os problemas pelos quais passávamos, fiquei feliz em saber que conheceria a maravilhosa região da Andaluzia, que oferece ao mundo o canto flamengo e a arquitetura mourisca. Em 711 d.C. os mouros atravessaram o Estreito de Gibraltar e invadiram a região, e por quase 800 anos deixaram as marcas dos sultões omíadas. O Alhambra era o palácio dos monarcas mouros em Granada, e a própria palavra Guadalquivir, nome dado ao rio que atravessa quase toda a região da Andaluzia, é uma transliteração da palavra árabe *wadi-al-kebir*, que quer dizer "rio grande".

Ao chegarmos à cidade de Córdoba, encontramo-nos com Ramon, que aguardava na estação ferroviária. Ele estava acompanhado por um homem chamado Hassan, que seria nosso guia no território marroquino. Saímos de Córdoba em direção a Gibraltar, que fica distante uns 300 quilômetros, e, nos horários de oração, tínhamos de parar o veículo para que Hassan, como todo bom muçulmano, pudesse estender seu tapete voltado para a Meca e fazer as orações a Alá.

Hassan não falava muito bem o inglês. Foi ótimo Raul ter nos acompanhado, pois conversava com ele em árabe e depois traduzia para nós.

A região da Andaluzia é magnífica e é possível ver os traços da cultura árabe em quase todas as pequenas cidades pelas quais passamos, até Gibraltar. Atravessamos o Mar Mediterrâneo em direção à cidade marroquina de Ceuta, conhecida na antiga Grécia com o nome de Abila. Ceuta é um enclave espanhol na costa marroquina e pertencia aos cartagineses. No século VIII, foi conquistada pelos árabes. De lá, seguimos direto para Tanger, considerada o portão do Marrocos. Localizada entre o Mar Mediterrâneo e o Oceano Atlântico, Tanger possui suas casas pintadas de branco, que se estendem até o mar. Até a metade do século passado, a cidade era conhecida por abrigar embaixadas e delegações comerciais. Muitos intelectuais e pessoas famosas fizeram dela sua residência, e grandes redes de hotéis se estabeleceram na cidade.

Hassan nos levou até a casa de um parente seu, chamado Mohamed, que nos recebeu com muito carinho. O povo marroquino é muito hospitaleiro e acolhedor. Pela primeira vez, vi de perto as mulheres com seus rostos cobertos pelo tradicional chador.

– Onde encontraremos Nassif? – Raul perguntou a Armand.

– Creio que ele ainda continue morando em Fez. Devemos encontrá-lo na mesquita.

"Na mesquita?", pensei. Aquilo me intrigou.

– Você está querendo dizer que um dos membros da Irmandade e guardião de uma parte do código é muçulmano? – perguntei, dirigindo-me a Armand.

– Não só muçulmano, como também um xeique.

A resposta de Armand me deixou atônito. Como pode um muçulmano ser guardião de Jesus? Armand percebeu meu ar de perplexidade e disse:

– Você deve estar achando estranho, não é?

– Para ser sincero, sim, muito estranho.

– Ainda está preso aos preconceitos que a sociedade nos incute. Lembre-se de que não estamos guardando o fundador de uma religião ou seita. Estamos guardando um homem que veio falar de amor e paz. Que importa a religião que professem seus guardiões? O homem é livre para louvar a Deus da forma como seu espírito desejar. E você pode dar o nome que quiser a Ele. Mais ainda, pode até duvidar de sua existência, que Ele continua a ser o mesmo Deus de amor e misericórdia. Jesus era judeu, inclusive foi levado ao templo para ser circuncidado. Se formos levar isso em conta, chegaremos à conclusão de que todos os homens que acreditam e seguem Jesus deveriam ser judeus e não católicos ou protestantes. Mosh, por exemplo, nosso mestre em Jerusalém, era rabino e nem por isso deixou de ser um dos mais fervorosos membros de nossa Irmandade.

A cada dia que passava, minha vida tomava novo rumo. A companhia daqueles homens estava me fazendo compreender o verdadeiro significado da palavra espiritualidade. A simplicidade, a humildade e o amor que transmitiam me preenchiam aos poucos, expelindo tudo o que havia de equivocado em meu aprendizado espiritual até ali. Sua espontaneidade me surpreendia sempre. Não falavam aquelas coisas para me impressionar, mas expressavam de coração aquilo que sentiam. Não sabia o que aconteceria comigo, o que o futuro me reservava, mas com certeza estava me tornando um homem melhor.

– Preciso encontrar um telefone e ligar para a França – disse Armand –, eu prometi a Julius que entraria em contato com ele e, se não o fizer, ele levará a cabo seu juramento. Enquanto isso, aproveitem para descansar, a viagem até aqui foi muito cansativa. Amanhã seguiremos até Fez para encontrar Nassif.

E assim fizemos. Quando amanheceu, seguimos em direção a Fez. Durante o trajeto, Armand nos contou sobre a conversa com Julius.

– Julius me disse ontem que o inspetor Lefèvre tem novidades sobre o caso, que tentou entrar em contato comigo, mas não conseguiu. Pedi a ele que dissesse ao inspetor que eu entraria em contato assim que possível. Espero que tenham conseguido localizar o assassino, talvez assim possamos saber com quem Alexander se aliou.

Levamos quase sete horas para chegar ao nosso destino. Fez é uma cidade grande, onde se mesclam culturas de vários povos, como judeus, berberes (nome genérico dado a várias tribos que se originaram nos Montes Atlas), andaluzes e, claro, árabes. A cidade se localiza no cruzamento das principais rotas que levam ao sul do país. É considerada um grande centro artístico, cultural e religioso do Marrocos. Cidade sagrada do Islã, Fez foi fundada no século IX.

Seguimos direto para a mesquita, onde Nassif costumava fazer suas orações. Enquanto Armand e Raul procuravam por ele, eu só observava, já que não o conhecia.

– Ele não está aqui – disse Raul. – Talvez o encontremos em seu *fondouks* (ateliê de artesão), na Medina.

Disseram-me que, nas horas vagas, Nassif se ocupava com o artesanato. Era um habilidoso artesão. Andamos pelas ruelas tortuosas e estreitas da Medina. Hassan foi à frente, perguntando aos habitantes do lugar onde poderíamos encontrar o xeique. Embora o lugar fosse enorme, Nassif era muito conhecido e não demorou muito para que localizássemos seu ateliê.

Quando entramos, deparei-me com um homem de aproximadamente 60 anos, com a pele queimada de sol. Ele sorriu e abraçou Armand e Raul.

– *As Salamu Aláikum* – disse.

Raul respondeu ao cumprimento, em nome de todos:

– *Ua Aláika s Salaml.*

– Quem é o amigo que os acompanha? – perguntou Nassif, em inglês.

– Este é Hieronymus, nosso mais novo irmão – respondeu Armand.

– Seja muito bem-vindo ao meu humilde lar, e que Allah o abençoe.

– Agradeço de coração, xeique.

– Chame-me Nassif, somos irmãos. Mas venham, sentem-se, vamos aproveitar o momento. Acredito que algo de muito importante tenha acontecido para que vocês viessem até aqui.

Armand passou então a relatar a Nassif toda a história e o motivo de nossa visita.

– Para ser sincero, Armand, eu já desconfiava. Há alguns dias tive um sonho, no qual fui informado de todos esses fatos. Deixei que falasse para poder comparar sua história com meu sonho, e vejo que são idênticos.

– Viu o final dessa história em seu sonho? – perguntei a Nassif.

– A única coisa que posso lhe dizer é que "as coisas nem sempre são o que parecem".

Aquela frase deixou-me intrigado. E pude perceber que Raul e Armand também ficaram. Talvez por conhecerem Nassif, nenhum dos dois perguntou nada.

Ele pegou então um envelope e me entregou, dizendo:

– Aqui está o que você veio buscar, Hieronymus, já estava preparado. Agora, você já tem mais uma parte do código e Armand pode dar andamento a seus planos.

– Mas, Armand, você tem certeza de que será necessário fazer isso mesmo? – perguntei.

– Hieronymus, meu amigo, você sabe de tudo o que está acontecendo. Roubando o programa, Alexander colocou em risco não só nossa Irmandade, mas fez com que, pela primeira vez, em quase 2 mil anos, falhássemos em nossa tarefa. É por essa razão que está aqui. Você não é conhecido por nenhum de nossos membros, além de nós e Julius. Mesmo tendo sido iniciado, seus dados profanos não se encontram em lugar algum de nossos registros; por essa razão, você não existe, fisicamente, para nossa organização. Sendo assim, nós o levaremos até o local onde Jesus se encontra, depois partiremos e o deixaremos lá com Ele. Você deverá sozinho levar Jesus para um lugar seguro. Eu e Raul voltaremos e destruiremos todos os documentos e manuscritos que a Irmandade possui. Isso feito e com Jesus a salvo, cumpriremos nosso juramento. Fazendo isso, honraremos nossa missão e não deixaremos passar em vão a morte de tantos outros irmãos, que se foram no cumprimento de nosso sagrado dever.

– Você está certo, meu irmão – disse Raul. – Durante todos estes séculos nenhum de nossos antecessores deixou de cumprir com sua tarefa. Não seremos nós os primeiros a fazer isso. Pode contar comigo.

– Allah tem sempre um desígnio para cada homem. Conte comigo também – disse o xeique Nassif.

– Um momento – eu disse. – Como espera que eu cumpra tal tarefa? Não posso fazer isso sozinho! E, mesmo que levasse Jesus para outro local, como eu poderia continuar a protegê-Lo sem o apoio de pessoas que conheçam a história e assumam meu lugar, caso algo me aconteça? Você mesmo me disse, Armand, que a Irmandade levou séculos para ser estruturada.

– Você está se subestimando, Hieronymus. E não se preocupe com isso agora. Além do que você prestou um juramento e esperamos que o cumpra, foi iniciado na Irmandade porque acreditamos que possa fazê-lo.

Essa última frase de Armand me paralisou. Era verdade, eu havia feito o juramento de obediência e deveria cumpri-lo a qualquer custo. Agora, eu era um deles e também não poderia decepcionar a linhagem de meus antecessores.

– Não quero que pense que estou me esquivando de cumprir o juramento feito – disse eu a Armand. – Sinto-me mesmo muito honrado pela confiança em mim depositada e minha única preocupação é não decepcionar a Irmandade. Quero cumprir a tarefa corretamente, por isso questionei seu plano.

– Eu compreendo seu questionamento e o acho louvável. O que você está custando a entender, Hieronymus, é que existem forças maiores do que nossas vontades agindo. Estamos realmente fazendo o trabalho Divino. É n'Ele que devemos confiar e não em nossas fracas forças terrenas.

Mais uma vez, Armand demonstrava a imensa fé que possuía. No fundo, ele tinha razão, eu ainda não havia tomado a devida consciência de tudo o que estava acontecendo. Mais uma vez, disse a mim mesmo: "Jesus está vivo, que maior prova pode existir do poder de Deus? Como posso duvidar, por um segundo sequer, da proteção Divina?".

Meus pensamentos foram interrompidos por Nassif:

– Venha, vou levá-lo para conhecer um pouco mais da Medina, assim você pode tentar relaxar um pouco.

– Enquanto mostra o local a ele – disse Armand –, eu e Raul ficaremos aqui e pensaremos na melhor forma de levar à frente meu plano.

Saímos, eu e o xeique Nassif, pelas ruas sinuosas da Medina. Enquanto caminhávamos, pude observar, na decoração das casas, a arte islâmico-andaluz. Nassif me fez reparar nas diversas portas de cedro, todas talhadas, e mostrou-me vários palácios escondidos no local. Havia também muitos chafarizes com mosaicos coloridos.

– Aqui – disse Nassif – temos várias *madersas* ou *madrasah* (universidades religiosas), onde se ensina o Alcorão.

Paramos em frente a uma mesquita, e, embora os infiéis (aqueles que não pertencem à religião muçulmana) não possam entrar, obtive autorização para fazê-lo pelo fato de estar acompanhado de um xeique. Aquela em que entramos possuía lindos mosaicos coloridos nas paredes e o chão do pátio interno era todo revestido com mármore. As bacias usadas para abluções também eram ricamente decoradas. Pude observar no canto uma pintura do profeta Maomé. Não pude ver seu rosto, pois a religião muçulmana proíbe a reprodução da face de seu profeta.

Meu passeio com Nassif foi um rápido, mas intenso mergulho na cultura árabe. Após conhecermos a mesquita, ele me levou a um café, onde havia homens vestindo os tradicionais *djelabahs* (robe de lã de carneiro). Enquanto conversávamos, ele pediu um narguilé, para que eu pudesse conhecer o sabor do fumo e satisfazer uma antiga curiosidade.

– O que está achando do Marrocos?

– Sinceramente, estou adorando. Todas as culturas antigas me atraem, inclusive a sua.

– Você tem razão, a cultura árabe é fascinante. Entristeço-me quando comparo a riqueza cultural que já tivemos, anteriormente, e o estado a que estamos sendo reduzidos.

– É verdade – eu disse. – Como pode uma cultura, que influenciou tantas outras, definhar dessa maneira?

– Tudo se deve aos "donos do poder". Sou muçulmano e sigo os preceitos da religião que escolhi, mas me envergonho ao ver aonde meus irmãos estão levando nosso povo. Nós, que éramos uma das nações mais cultas do mundo, hoje estamos regredindo. Cultura e modernidade podem, perfeitamente, conviver lado a lado. Podemos absorver o que há de bom no progresso e descartar o que não nos agrada, mas os radicais, com suas mentes estreitas, não conseguem conceber tal realidade. Por isso, destroem ou proíbem aquilo que, ou por ignorância desconhecem, ou porque pode colocar em risco seu poder pessoal.

Poder, mais uma vez as conversas terminavam nessa palavra. Começava a concordar com Raul, "poder" é uma palavra maldita.

– Gostaria de lhe perguntar uma coisa, Nassif: sua crença não é abalada pelo fato de proteger Jesus?

– É claro que não. Conhecê-lo só fez com que a fé em minha religião aumentasse. As pregações de nosso Profeta Maomé e de Jesus não são muito diferentes. Ambos pregaram o amor e a justiça neste mundo. Sendo assim, como conhecê-Lo poderia abalar minha crença? De forma alguma. Jesus me fez ver que eu estava no caminho certo, afinal minha religião também prega o amor.

– Pode até ser – eu disse –, mas o que o mundo conhece atualmente de sua religião são os chamados homens-bomba, que matam mulheres e crianças indiscriminadamente.

– Você tem razão, esses homens devem ser condenados por suas atitudes. Matar um inocente jamais terá justificativa. Em todo o Alcorão isso está muito bem descrito. Por exemplo, na sétima Surata, no livro Al'araf, versículo 42, está escrito: "Quanto aos fiéis que praticam o bem, saibam que serão os diletos do Paraíso, onde morarão eternamente".

– Como poderia então – continuou Nassif – um profeta escrever algo assim e aceitar a morte de inocentes? Seria um contrassenso, não acha? Matar inocentes, para nosso profeta Maomé, era algo inaceitável.

– Eu nunca acreditei, mesmo sem conhecer o Alcorão, que Maomé pudesse pregar a favor do terrorismo.

– Eu louvo a Allah todos os dias, pedindo que ilumine a mente de nossos dirigentes, para que possamos acabar com essas matanças que presenciamos. Não importa onde estejamos no mundo. Allah é um só e sofre por todos os seus filhos.

– Compartilho da sua forma de pensar, Nassif, mas, infelizmente, não acredito que essa mudança aconteça tão cedo. Todos os governantes justificam a guerra dizendo que estão buscando a paz... A propósito, há outros muçulmanos pertencentes à Irmandade, além de você?

– Sim – respondeu Nassif –, vários. Aliás, onde sou o Mestre, apenas quatro dos 22 membros são católicos ortodoxos, os demais são todos muçulmanos. Não há nenhum católico romano.

– Espero que não seja por preconceito – brinquei.

Ele sorriu e respondeu:

– Claro que não. É que a maioria dos árabes ou são muçulmanos ou católicos ortodoxos; pouquíssimos são romanos e, infelizmente, aqui não temos nenhum.

– Aliás – eu disse –, essa é mais uma briga religiosa sem propósito, ortodoxos contra romanos. Todos seguem o mesmo evangelho, são separados por divergências dos homens.

– Tem razão, Hieronymus. Mas, antes de voltarmos, quero levá-lo para conhecer um dos pontos turísticos mais visitados da Medina: os tanques de tinturaria.

Seguimos em direção ao local onde os artesãos tingem o couro. Quando chegamos, parecia que tínhamos voltado ao passado. Os tanques de tinturaria são muito rústicos. Neles são tingidas as peças de couro curtido, que depois são secas. O lugar é impressionante e o cheiro é tão forte que não aguentei ficar muito tempo ali.

— Depois que você se acostuma, nem percebe onde está — riu-se Nassif.

— Para ser sincero, prefiro não precisar me acostumar a ele.

Nassif soltou uma gargalhada e completou:

— Então vamos embora daqui, antes que eu tenha de levá-lo carregado.

Enquanto voltávamos, observei melhor o movimento do povo que habita aquele lugar. Nada parece ter se modificado por séculos, ainda se podem ver pessoas pechinchando nos mercados, as mulheres carregando frutas ou pães em tabuleiros sobre suas cabeças. É um mundo à parte. Demoramos um pouco para chegar até o ateliê de Nassif, eu não percebera quando tínhamos andado.

— O que achou da Medina? — perguntou-me Raul, assim que chegamos.

— Pareceu-me estar em outra época. Onde está Armand?

— Foi dar uns telefonemas, já deve estar voltando.

Realmente, não haviam passado nem cinco minutos quando Armand entrou.

— Não consegui falar com o inspetor Lefèvre. Voltaremos a Madri e de lá seguiremos até onde Aron, o antigo guardião de Jesus, está no momento. Espero conseguir me comunicar com o inspetor antes de chegarmos lá. Você gostará muito de conhecê-lo, Hieronymus. Aron é um homem iluminado e de uma sabedoria sem igual.

Aproximava-se cada vez mais o momento em que aqueles homens poriam fim às suas próprias vidas e à organização da qual agora eu também fazia parte, e que se tornara o centro de minha vida. Jurara obediência a meu Grão-Mestre, mas algo em meu interior dizia que aquilo não estava certo, haveria de ser encontrada outra solução. Por isso, arrisquei-me e disse:

— Perdoem-me pelo que vou lhes dizer. Desde que cheguei aqui, ouvi de todos vocês que deveríamos confiar na providência Divina, que precisávamos acreditar. E, pela primeira vez em minha vida, uma ponta de fé começou a brotar dentro de mim e de repente ouço que vão tirar suas vidas. Então, tudo o que me disseram até agora era mentira? Vocês pregam sobre a fé e a entrega, mas não acreditam, verdadeiramente, nisso? Talvez eu não devesse estar falando essas coisas, mas não podia me omitir. Na verdade, estou decepcionado.

Um silêncio tomou conta do lugar. Todos se entreolharam e emudeceram. Creio que não esperavam pela minha reação. Raul então disse:

– Você tem razão, não podemos fraquejar em nossa fé, devemos acreditar que tudo acabará da melhor maneira possível.

Nosso Grão-Mestre ficou em silêncio por alguns instantes e depois falou:

– Eu concordo. Obrigado, Hieronymus, por abrir nossos olhos. Eu havia lhe dito que você estava aqui por um propósito. Espero que agora acredite nisso. E, dirigindo-se a Nassif, completou:

– Não faça nada por enquanto, aguarde um telegrama meu.

Nassif consentiu com um gesto de cabeça. Passamos aquela noite hospedados em sua casa e seguimos viagem de volta na manhã seguinte.

Quando chegou o momento de partir, Nassif nos abraçou e disse:
– *Allah Isállmkum.*

Perguntei a Raul o que o xeique dissera.

– "Que Deus os acompanhe" – traduziu.

Refizemos todo o trajeto em direção à Espanha. Deixamos Hassan em Tanger e continuamos apenas os três até Córdoba.

Voltamos, novamente, de trem para Madri e, mais uma vez, hospedamo-nos na casa de campo de Raul. Pela primeira vez, durante dias, passamos o dia todo em Madri. Raul, muito cortês, deixou um carro com motorista à minha disposição, para que eu fosse aonde quisesse. Aproveitei para dar umas voltas pelas ruas da cidade. Não fui a nenhum local específico, somente observei o movimento da metrópole, que por sinal é linda, embora tenha, como toda grande cidade, inúmeros problemas. Quando voltei à casa de Raul, encontrei Armand pálido, sentado em uma poltrona. Raul também tinha um ar de preocupação.

– O que houve? – perguntei.

Depois de um longo silêncio, Armand se levantou e mostrou-me um papel.

– Enquanto você passeava, consegui falar com o inspetor Lefèvre. Ele estava com o resultado da autópsia do corpo encontrado em Paris.

– Poderia ler para mim? – eu perguntei.

– Claro que sim. Muitas das informações são dados técnicos, por essa razão lerei apenas o que é mais importante: "[...] Com base na autópsia efetuada, concluímos que o mesmo não morrera carbonizado. A *causa mortis* foi ferimento por arma de fogo. A bala ainda se encontrava alojada no corpo da vítima e pôde-se constatar que foi disparada por uma pistola calibre 38. A autópsia também revelou que o mesmo morrera entre 48 e 72 horas antes de ter sido encontrado. Conclui-se que a vítima já estava morta ao ser colocada no veículo que incendiou. Embora somente uma pequena parte da arcada dentária tenha sido preservada, ainda não conseguimos identificar a vítima. [...]".

– Então Cassius pode estar vivo, em poder de Alexander?

– Sim – respondeu Armand.– Agora precisamos saber quem era a vítima e o que as coisas de Cassius estavam fazendo junto ao corpo.

Nesse momento me lembrei das palavras do xeique Nassif, quando disse "as coisas nem sempre são o que parecem". Aquela história estava ficando cada vez mais complicada e difícil de entender.

– Essa notícia muda um pouco o rumo das coisas. Eu pretendia que ficássemos aqui um pouco mais, porém acho melhor mudarmos os planos e seguirmos quanto antes para nosso destino final. Vou ligar para o aeroporto e ver se consigo antecipar nossas passagens. Enquanto isso, sugiro que vocês dois comecem a fazer as malas para podermos seguir viagem quanto antes.

Foi o que fizemos. Quando voltei à sala, Raul já estava lá.

– Consegui antecipar nossas passagens – disse Armand. – O voo sai daqui a três horas.

Capítulo 8

O Guardião

Seguimos em direção ao aeroporto, a fim de continuarmos nossa jornada. Enquanto nos dirigíamos ao encontro do Guardião de Jesus, aquela ansiedade, minha velha companheira, surgiu novamente. As dúvidas começaram a aflorar e me lembrei dos lugares por onde havia passado e tudo o que aprendera naqueles últimos dias.

Por muitas vezes em minha vida acreditei ter um grande conhecimento sobre as coisas espirituais, mas hoje sei que na verdade sou um ignorante. Quanto mais caminhei em direção ao conhecimento, mais afastado de Deus fiquei.

Quem sou eu realmente? Quantos não se fazem essa pergunta diariamente? Quantos obtiveram resposta? Nesse momento ela voltava à tona e eu, mais uma vez, percebi que ainda não sabia.

Lembrei-me, naquele momento, de que não havia olhado os envelopes com os códigos que Julius e Nassif haviam me fornecido. Foi tanta confusão desde que cheguei a Paris que me esqueci do principal. Peguei os envelopes, abri e no de Julius estava escrito "*In cruce N solitarium sum*" e no de Nassif "*Si proximus mei vis esse*".

Como os textos estavam em latim, recorri imediatamente a Armand, que os traduziu.

– O primeiro quer dizer "Sou um N solitário na cruz" – disse ele. – E o segundo, "Se desejas estar próximo a mim". Apenas isso.

Peguei um papel, desenhei os 25 quadrados em forma de cruz. Depois, escrevi os 25 números como estavam dispostos no sistema e tentei procurar uma solução para o enigma. O que será que esses números querem dizer? E o código que Armand me deu em sua casa?

que Julius está correto, nenhuma experiência neste mundo pode ser mais marcante. Aron então disse:

– Como vão, meus amigos? Que alegria imensa poder vê-los. Faz tempo que não me visitam.

Raul e Armand então o abraçaram. Fiquei parado, esperando que um deles me apresentasse, mas não precisou. Aron veio ao meu encontro, dizendo:

– Você deve ser nosso novo irmão. Alegro-me de poder conhecê-lo.

– Na verdade, sou eu que estou honrado por estar aqui – eu disse.

Ele sorriu novamente e nos convidou a caminhar em sua companhia.

– Aron – disse Armand –, sei que acabamos de nos reencontrar e talvez o momento não seja adequado, mas enquanto caminhamos gostaria de lhe falar sobre um assunto...

Antes que Armand terminasse a frase, Aron parou, olhou para ele e disse:

– Desculpe interrompê-lo, meu amigo, mas não há nada a ser feito, tudo deve prosseguir da forma como está. Quanto ao juramento que fizeram, devem renunciar a ele. A vida é uma dádiva Divina, ninguém é seu dono para poder tirá-la. Se fizerem isso, não são dignos de estarem aqui e de serem protetores de Jesus. Lembrem-se, Ele morreu para que nós vivêssemos.

Aquelas palavras só fizeram confirmar o que eu já pressentira. Não esperava ouvir menos de seus lábios.

– Mas, Aron, nunca revelamos nosso juramento! – disse Armand.

– Sabem que nada nos é oculto, e nunca será. Como puderam pensar em tal atitude? Repare naquela abelha ali, sua sobrevivência é essencial para a manutenção de toda a colmeia, assim como a vida de cada um de nós o é para a humanidade. Somente o Pai pode tirá-la de nós, quando chegar o momento.

– Perdoe-nos, Aron, nosso único objetivo é preservar a segurança de nosso Mestre.

– Jesus sempre disse que cada um deveria tomar sua cruz e seguir em frente. O que vocês planejaram fazer era tomar o caminho mais fácil. A fuga não resolve os problemas, pelo contrário, apenas os faz aumentar. Caminhem um passo de cada vez e deixem que todas as coisas se resolvam em seu devido tempo.

Enquanto Aron falava, eu apenas o observava encantado com o magnetismo de sua presença. Sentia-me como um discípulo, era maravilhoso ouvi-lo.

– Está quase na hora do jantar – disse Aron. – Preciso orar um pouco a sós, depois irei ter com vocês.

Voltamos para a casa. A emoção tomara conta de mim e tudo parecia ter agora um novo sentido. Até a pequena abelha à qual ele se referira tornara-se especial, fez-me pensar nas pequenas coisas de nosso cotidiano, que nos fazem tão bem e que, normalmente, esquecemos de apreciar. Liza acompanhou-me até os aposentos onde eu ficaria.

– Armand contou-me um pouco a seu respeito, Hieronymus – disse ela, puxando conversa. – Adoro seu país, já estive lá duas vezes e pretendo voltar.

Liza aparentava ter cerca de 50 anos e possuía uma vivacidade contagiante. Tinha estatura pequena, mas sua energia podia ser sentida de longe, pela voz, pelo olhar e pelo sorriso. Enquanto ela falava, meu pensamento começou a se distanciar e deixei de ouvi-la. Quando me dei conta disso, voltei para a realidade:

– Perdoe-me, Liza, o que disse?

– Não se preocupe, Hieronymus, imagino o que deve estar sentindo. Eu é que lhe peço desculpas por minha tagarelice. Precisa de um tempo para ordenar as ideias e acalmar as emoções. Afinal, não é todo dia que ganhamos um presente como esse.

– Tem razão – eu disse –, é mais que um presente, é uma dádiva dos Céus. Há quanto tempo Aron está aqui?

– Nesta casa, há sete anos, quando foi substituído pelo novo Guardião. Mas descanse um pouco agora, pedirei para avisá-lo assim que o jantar for servido. E não se preocupe, todas as questões que o perturbam serão respondidas em seu devido tempo.

Enquanto tomava banho, tinha a sensação de que a água levava consigo o homem que fora antes. Meu país, meu trabalho, até mesmo os bens que conquistei durante todos estes anos tomaram um novo sentido em minha vida. Sabia que estava me transformando, sentia isso desde que falara com Armand pela primeira vez. As preocupações da vida comum, do mundo, estavam pouco a pouco deixando de existir dentro de mim. Sentia-me mais confiante, com menos temores pelo que o futuro me reservava. Estava aprendendo a viver um dia de cada vez. Os sentimentos negativos começavam a desaparecer de dentro de meu ser e pela primeira vez na vida comecei, verdadeiramente, a sentir o real significado da expressão "paz interior".

Liza bateu à porta para avisar que a refeição estava pronta e me acompanhou até a sala de jantar. Todos estavam sentados, inclusive Aron. Acompanhei Liza até seu lugar e depois me dirigi ao meu. Aron se levantou e disse:

– A paz do Senhor esteja com todos vocês. Vamos agradecer pelo alimento que estamos por receber.

E começou a orar:

ABBA
YTHQADDASCH SCHEMAK
THETHE MALKUTAK
LACHAMANA DELIMCHAR HAB LAN
YOMA HADEN
USCHEBOQ LAN CHOBENAN HEKMA
DESCHEBAQNAM LECHAYYABENAN
UELA TAELINAN LENISYONAH

Permanecemos em silêncio enquanto ele orava. Embora não entendesse o que estava dizendo, algo me soava familiar. Quando terminou a oração, todos começamos a comer. Não me atrevi, naquele momento, a perguntar o que significavam as palavras que ele havia proferido.

Após terminarmos o jantar, Aron convidou-me a andar com ele pelos jardins da casa, o que prontamente aceitei. Por um tempo, caminhamos em silêncio, até que não contive mais a curiosodade e perguntei:

– Aron, posso lhe fazer uma pergunta?

– Sim – respondeu, fitando-me como se fosse um velho amigo.

– Embora não conheça a língua, senti algo de familiar na oração que fez antes do jantar, gostaria de saber o que significa.

– É o "Pai-Nosso" na língua natal de Jesus, o aramaico. Você a reconheceu pelo ritmo das frases. Eu o aprendi com meus pais, ainda criança. Nasci e cresci em uma aldeia no interior da Síria. Sabe, meu amigo, a palavra possui um poder imenso. Foi através dela que Deus criou todas as coisas existentes. Por essa razão, quando oramos em nossa língua natal, sentimos verdadeiramente a força que ela possui, porque compreendemos cada som emitido. Uma oração deve vir do fundo da alma e só tem valor se sentir de coração o que está dizendo; do contrário, ela já sai morta da boca.

– Eu sempre acreditei no poder da palavra. Aron, qual é a sensação de ter permanecido com Jesus durante tantos anos? Às vezes, custo a crer que essa história é verdadeira.

– Essa pergunta eu não posso responder para você, porque não existem palavras no mundo que possam expressar essa sensação, você precisa vivenciá-la. Quando isso acontecer com você, entenderá perfeitamente o que estou querendo dizer.

– Havia tantas coisas que eu planejara perguntar-lhe, mas agora, estando aqui a seu lado, parece que as perguntas perderam o sentido.

– Todos os homens possuem muitas perguntas que gostariam que fossem respondidas, porém, não a fazem para a pessoa certa – disse-me.

– A quem devemos perguntar então?

– A nós mesmos. Todos nós somos filhos de Deus, portanto somos herdeiros. Já foi dito que "se pegássemos uma colher de água do mar, a água contida nela teria as mesmas propriedades de sua fonte, guardadas apenas suas proporções". Da mesma forma nós, como filhos que somos de Deus, semelhantes a Ele, temos os mesmos dons e os mesmos conhecimentos que Deus possui.

– Mas, Aron, isso seria nos equipararmos ao Criador, o que é uma blasfêmia aos olhos de muitos.

– Durante séculos, o homem se debruça sobre os textos sagrados e não consegue compreender o óbvio. A palavra Deus é uma invenção do homem, foi a maneira que ele encontrou para expressar e dar forma ao Criador de tudo. Eu evito usá-la, porque nos distancia d'Ele e faz parecer que está longe demais. Prefiro a palavra Pai, que é a forma como Jesus se dirige a Ele, pois nos coloca mais próximos e expressa melhor sua infinita bondade e amor para conosco. Não há Deus e deuses, o que há é um só Criador. Somos criaturas e possuímos a mesma essência de nosso Criador. Jamais o homem seria Deus, pois Ele é a emanação original. Nós somos emanações da Divindade. Deus **é**, enquanto o homem **existe**, fora d'Ele. A própria origem da palavra existir *ex*, "fora", e *sistere*, "surgir", nos revela isso.

– Pela forma como fala, fica parecendo que Jesus não seria Deus, e na verdade todas as religiões cristãs pregam isso.

– Nisso também você se confunde, Hieronymus. Todos nós somos filhos de Deus. Jesus é filho do Criador, assim como você o é. Lembre-se! Jesus dizia que se tivéssemos fé moveríamos montanhas e que poderíamos fazer as mesmas coisas que Ele fez ou ainda maiores. Como alguém poderia fazer algo maior se Ele não fosse como nós? Nossa diferença é que Jesus já é um ser iluminado que veio para a Terra consciente de sua missão, ao passo que a maioria dos homens continua adormecida.

– Aron, eu gostaria...

Ele não deixou que eu terminasse a frase. Interrompeu-me com toda a brandura do mundo:

– Amanhã continuaremos. Vá descansar, devo agora fazer minhas orações noturnas. Que o Senhor Altíssimo lhe dê uma noite repleta de paz.

As palavras de Aron me pegaram de surpresa, mas na verdade foi bom parar a conversa naquele ponto. Estava recebendo muitas informações novas, e deveria meditar e assimilá-las aos poucos, de coração, do contrário não teriam real valor.

– Obrigado, Aron, e boa-noite.

Voltei para o interior da casa. Na sala, Francisco, Liza, Raul e Armand conversavam a respeito do ocorrido com Cassius. Sentei-me junto a eles.

– Precisamos pelo menos saber como estão as investigações e se as autoridades francesas têm alguma notícia sobre o paradeiro de Cassius – dizia Armand quando cheguei.

– Amanhã de manhã ligaremos para a França e pediremos mais notícias. Minha empresa presta serviço para o governo francês. Tenho muitos amigos influentes lá. Com certeza, conseguiremos obter algumas das informações que precisamos – completou Francisco.

Estava eu, novamente, no que chamamos de realidade. Acabara de ouvir ensinamentos maravilhosos e de repente via-me naquela sala, onde assuntos do mundo faziam com que eu saísse do estado em que me encontrava.

Liza parecia alheia à conversa dos demais. Olhou para mim e perguntou:

– Como foi sua primeira conversa com ele?

– Um deleite, pensava justamente nisso. Eu estava lá fora, sendo instruído por um homem com uma sabedoria imensa, e agora me vejo aqui, no meio desta discussão terrena. São extremos.

– Aron é realmente um ser fascinante – disse Liza. – Quando olho para ele e me lembro de que andou ao lado de Jesus, e mesmo assim continua sendo uma pessoa simples e humilde, penso que temos mesmo muito a aprender.

– Responda-me uma coisa, Liza, você conheceu Jesus?

– Faz alguns anos – disse ela. – Eu pertencia à Irmandade antes de me casar com Francisco. Recebi um choque muito grande quando soube de Sua existência. Porém, quando o vi, todas as dúvidas se acalmaram em minha mente e em meu coração. Nenhuma palavra pode descrever o que sentimos ao conhecê-Lo. Vou lhe contar um fato que Aron me confidenciou. Jesus, de tempos em tempos, sai em peregrinação para confortar aqueles que sofrem. Ele já foi visto por muitos, em vários lugares, mas ninguém acredita. Diversas pessoas já relataram seu encontro com Ele. Mas o mundo as rotula de loucas, dizem que é puro delírio. No fundo, acho melhor assim, sem saber acabam nos ajudando a protegê-Lo.

Nesse momento, Raul interrompeu nossa conversa:

– Planejamos ir ao escritório de Francisco amanhã cedo, queremos saber se gostaria de nos acompanhar, Hieronymus.

– Sim – respondi –, vou com vocês.

– Então acho melhor nos recolhermos, pois o dia será cheio.

Não vi mais Aron naquela noite. Fui me deitar e aproveitei para meditar sobre tudo o que ele havia me dito enquanto passeávamos pelo jardim.

Faltavam poucos minutos para as 7 da manhã quando acordei. Tomei uma rápida ducha e desci. Todos já estavam à mesa do café da manhã, exceto Aron.

– Bom-dia a todos. Perdoem-me pelo atraso.

– Não se preocupe, ainda temos algum tempo. Tome seu desjejum com tranquilidade – disse Francisco.

– E Aron? – perguntei.

– Ele acorda bem cedo. A estas horas, deve estar fazendo a oração matinal.

Após a refeição, seguimos diretamente para o escritório de Francisco, que fica no centro da cidade. Ao chegarmos, Armand ligou imediatamente para o inspetor Lefèvre. Conversaram durante uns 15 minutos. Ao desligar o telefone, Armand nos informou:

– As investigações estão paradas. Nenhum fato novo ocorreu. Como o resultado da autópsia revelou que o corpo não era de Cassius, os policiais de Paris estão, novamente, na estaca zero. Para prosseguirem, precisam pelo menos saber quem era o homem assassinado. Procuraram no banco de dados de toda a polícia, para ver se havia algum desaparecimento registrado que pudesse ajudá-los, mas não obtiveram sucesso.

– E o retrato falado? – perguntei.

– Para ser sincero, esqueci-me desse detalhe e o inspetor também não o mencionou. Farei isso depois, agora vou ligar para Bruxelas e saber se Alexander tentou falar com alguém durante esse tempo. Com o desaparecimento de Cassius, que era o único com quem ele se comunicava, ficou mais difícil estabelecermos contato. Espero que ele tenha telefonado para alguém.

Armand entrou em contato com seu secretário, na Bélgica. Ao desligar o telefone, estava visivelmente perturbado. Achei que apenas eu havia notado, mas Raul se adiantou e perguntou:

– O que houve, Armand?

– Ligaram para o meu escritório duas vezes. O primeiro telefonema foi feito no dia seguinte à morte ou desaparecimento de Cassius. Quem ligou disse que precisava me localizar, com urgência.

– A pessoa não deixou nome? – perguntei.

– Sim, disse ser Alexander.

– Então o que o perturbou? – perguntou Raul.

– É que no segundo telefonema deixaram o seguinte recado: "Agora já são dois. Quantos mais precisarão morrer?". Disseram que farão uma nova ligação amanhã e que, se não conseguirem entrar em contato comigo, não ligarão mais. Que eu saberia o que aconteceria depois. Por essa razão, tomei a liberdade e informei o número de seu escritório a meu secretário, Francisco. Quando a pessoa ligar amanhã, ele lhe dará esse número para que possamos conversar.

– Não há problema, pedirei à secretária que transfira a ligação para minha casa. Aguardaremos lá pelo contato.

– Não entendi. Por que Alexander ligaria duas vezes? – questionou Armand. – E por que diria aquelas palavras? A não ser que Cassius também esteja morto.

– Não nos resta mais nada a fazer, a não ser esperar pelo telefonema. Sendo assim, vamos voltar – disse Francisco.

Mesmo sabendo da gravidade do problema que estávamos enfrentando, uma parte de mim não via a hora de voltar para conversar novamente com Aron.

Quando chegamos, fui diretamente procurá-lo. Encontrei-o próximo a um pequeno lago existente na parte de trás da residência, depois dos jardins.

– Posso me aproximar? – perguntei timidamente, com medo de estar perturbando.

– Mas é claro! Estou dando comida aos peixes. Faço isso todas as manhãs após minhas orações. O que houve, meu amigo? Está com ar de preocupação.

Contei a Aron o que estava acontecendo. Não sei se fazia a coisa certa, incomodando-o com tais questões, mas sua resposta fez com que me sentisse aliviado.

– Não se preocupe, Hieronymus, já foi dito que não cai uma folha do galho de uma árvore sem permissão de nosso Pai. Tudo o que está para acontecer irá acontecer. O mundo não mudou desde que Jesus veio pregar a boa-nova, ele continua igual, o mal se infiltra em todos os lugares.

– Mas, Aron, se possuímos o livre-arbítrio, podemos mudar o rumo dos acontecimentos, não é verdade?

Aron olhou para mim e disse:

– O livre-arbítrio é algo terreno, não Divino. Você pode mudar tudo o que está acontecendo à sua volta, só não pode é acreditar que a decisão tomada por você seria surpresa para Deus Pai, como muitos acreditam acontecer.

– Desculpe-me, mas não compreendi o que quis dizer.

– Deus é onipotente, onisciente e onipresente. Qual o significado real dessas palavras?

– Ele tudo pode, tudo sabe e está em todo lugar – respondi.

– É mais que isso, Deus Pai não é apenas todo-poderoso, mas é todo o poder em si e também todo o conhecimento. Se você tivesse um filho e soubesse que ele caminhava em direção ao precipício, deixaria que ele caísse?

– Claro que não!

– Pois então, como alguém pode pensar que o Pai criaria um filho sabendo que ele passaria a eternidade sofrendo no inferno? Quando um filho é criado, o Pai já sabe de todo o caminho que ele irá percorrer, sabe de todas as decisões que tomará na vida. Nós somos os herdeiros e fomos criados para uma eternidade de glória.

– Então o livre-arbítrio não existe?

– Da forma como dizem, não. Achar que a decisão tomada pelo homem "pegaria Deus de surpresa" ou que estaria fora dos planos Divinos é subestimá-lo. Houve um cientista que provou em sua teoria que o tempo é relativo. Como o homem está preso ao tempo, possui uma visão temporal das coisas. Mas o Pai possui uma visão atemporal, o passado, o presente e o futuro são vistos ao mesmo tempo. Ele é capaz de ver as consequências de um ato tomado hoje por qualquer um de seus filhos. Deus Pai não está preso ao tempo e espaço, Ele é eterno.

Após dizer essas palavras, Aron voltou-se para o lago, abaixou-se e continuou a tratar dos peixes. Não consegui perguntar mais nada, sentei-me ao seu lado e fiquei pensando em tudo que ouvira. Nós temos o hábito de medir a grandiosidade e a bondade de Deus através de nossos próprios sentimentos. Lembrei-me de quando Julius disse que, às vezes, as pessoas acham que Deus tem 1,70 metro de altura. Por não termos as respostas sobre o futuro, usamos o chamado livre-arbítrio para explicar certas atitudes, como se ao aplicá-lo em nossas vidas tivéssemos as rédeas nas mãos. Agora, entendi o que Aron quis dizer. Podemos, com certeza, tomar decisões corriqueiras e cotidianas, decisões simples, que não interferem no resultado de nossa caminhada.

– Comecei a compreender por que a vida parece tomar decisões por nós muitas vezes e acontecem coisas que não nos agradam, mas que não temos como evitar – eu disse.

– Isso mesmo – continuou Aron –, quando algo importante precisa ser feito e nos recusamos a fazê-lo, "a vida vem" e o faz por nós. Normalmente, essas decisões são as chaves de acontecimentos futuros importantes, que não ocorreriam caso fossem deixadas a nosso encargo.

Arrisquei-me, então, a fazer outra pergunta que julgava importante não só para mim, mas que causava muita polêmica entre todos os homens.

– E a reencarnação? Hoje em dia, a maioria dos homens acredita nela.

Ele voltou os olhos para mim, levantou-se e começou a caminhar.

– Está escrito – disse – que o homem deve morrer uma vez. Essa frase responde à sua pergunta? Não existe, em qualquer parte das Sagradas Escrituras, qualquer relato que diga a respeito da reencarnação.

– Realmente, não me lembro de ter lido na Bíblia ou em textos apócrifos qualquer menção sobre o assunto. Mas nos dias de hoje o termo é corrente e a maioria da população mundial acredita que ela seja uma lei Divina. Eu mesmo acho justa essa forma de purgação dos erros.

– Justa? – perguntou-me, espantado. – Encarada como a proclamam, seria a forma mais injusta para o homem de aplicação de todas as leis Divinas. Ela fere inclusive as leis naturais.

– Mas, Aron, a ideia de Inferno é que me parece não ter lógica!

– Mais uma vez nos deparamos com os teólogos e sábios se enveredando, durante séculos, a tentar explicar o assunto, mas só o que conseguiram foi confundir ainda mais o povo. Ficam dando interpretações sem fundamento para o que foi dito no passado. Antigamente, Jesus pregava usando parábolas, porque era a forma mais simples de expressar o que precisava ensinar. O vocabulário era pobre e a ciência não tinha ainda evoluído, a ponto de explicar muitas das leis sobre as quais ele falava. Hoje isso já não acontece, a linguagem é rica e a ciência, avançada. Pode-se falar mais claramente sobre determinados assuntos, embora ainda existam respostas que a própria ciência demorará um tempo para comprovar, mas o fará, certamente. Mas voltemos à reencarnação. Vou lhe fazer uma pergunta: quando um criminoso nos dias de hoje é julgado e comprova-se que sofre de dupla personalidade, qual a sentença que os homens lhe dão?

– Com certeza é enviado para fazer um tratamento psiquiátrico, de forma que se cure do problema – respondi.

– Raciocine comigo, então. Certa vez, um filósofo chamado Descartes disse: *Cogito ergo sum* ou "Penso, logo existo", certo?

– Sim – respondi. – Essa frase é uma máxima de várias ordens iniciáticas.

– Segundo esse preceito, sua existência se dá hoje porque você tem consciência de quem é, correto?

– Correto.

– Como poderia então você, meu amigo, cometer um crime e depois voltar em outro corpo, sem consciência do que fez anteriormente, e corrigir o erro, ou pagar por algo que não saiba ter cometido? Seria isso justo? Se nem a justiça terrena condena alguém com dupla personalidade, como podem então acreditar que nosso Pai faria isso? Esse tipo de justiça, se existisse, faria com que os homens, em vez de purgarem seus pecados, aumentassem mais e mais sua lista de débitos, sem jamais conseguirem eliminá-los.

Mais uma vez, eu ficava perplexo com as palavras de Aron. Ao perguntar sobre reencarnação, acreditava que ele fosse confirmar o que eu pensava, dizendo que ela era uma lei e que as religiões é que tentaram pregar o contrário. Mas o que acabara de dizer fazia todo sentido. Confirmava o que já estava escrito e também dava novo sentido às palavras Justiça Divina, muito mais real, por sinal.

– Responda-me, então, Aron, como se paga o mal praticado?

Ele me olhou fixamente, mais uma vez, e disse:

– Mal. Essa palavra é tão difundida, mas quantas pessoas realmente sabem seu real significado e o que verdadeiramente ele representa?

– Creio que saibamos o que é o mal, ao menos temos uma noção do que ele significa – eu disse.

– Verdade!...Você sabia que, quando um leão luta com outro pelo domínio do território, o vencedor mata todos os filhotes do rival derrotado? Ele faz isso para que a fêmea volte a ficar no cio, podendo, dessa forma, copular com ela e gerar sua própria prole. Você diria que, nesse caso, foi praticado o mal?

– É claro que não, é seu instinto, ele faz isso para sobreviver – respondi.

– Exato. Agora vamos, hipoteticamente, é claro, colocar o homem nessa mesma situação. O que acharia dele?

– Um assassino cruel, louco, eu diria.

– Você, então, está querendo me dizer que, embora a situação seja a mesma, o mal só existe porque temos consciência dele, ao passo que os animais o fazem instintivamente?

– Isso mesmo.

– Então, antes de prosseguirmos você deve entender melhor o que vem a ser o mal. Hoje, há uma visão equivocada do que ele representa. Já li alguns livros de pensadores e também de religiosos que colocam o mal como uma força espiritual que se opõe ao bem. Muitas religiões, inclusive, consideram o mal um adversário de Deus, como se ele tivesse a mesma força do Bem. Outros ainda dizem que Deus é bem e mal ao mesmo tempo, que ambos estão contidos em Sua essência. São pensamentos equivocados. O mal não é uma força, mas uma ausência. Os povos antigos entendiam melhor a concepção de bem e mal, e os representavam como luz e trevas. Diga-me, considera o Sol uma força?

– Sim – respondi –, e grandiosa, por sinal.

– E a escuridão, é uma força também?

– Com certeza não!

– O que é a escuridão, senão a ausência da luz? Se você colocar luz em um quarto escuro, todo ele se iluminará. O contrário é possível? Pode-se apagar uma luz trancando-a em um local fechado? Decerto que não! Então como pode o mal ser uma energia que se rivaliza com o bem? Não existe o que chamamos de mal fora da esfera terrena. O Criador não conhece o mal, porque ele não faz parte da Divindade. O mal só existe aqui, neste nosso mundo, e nunca fora dele. Deus é o próprio Amor, o próprio Bem. Está escrito, "Sede perfeitos, assim como Vosso Pai que está no Céu é perfeito". Não há lugar para o mal dentro da perfeição, pois a perfeição é a harmonia e onde existe o mal prevalece o caos.

– Você então está me dizendo que o mal não existe? Mas como podemos acreditar nisso quando vemos tantas barbáries acontecendo no mundo diariamente? Como isso é possível?

– Eu não disse que o mal não existe, mas, sim, que não é uma energia espiritual criada por Deus e que se rivaliza com Ele. Para começar a responder a essa sua pergunta, primeiro você precisa entender sua raiz, começando com o chamado "pecado original". Com essa compreensão, você conseguirá mais facilmente entender o que acontece neste mundo e seguir em seu caminho rumo ao Criador, porque esse conhecimento é a base de tudo e responderá a muitas perguntas até hoje feitas pela humanidade. Por isso seu relato consta no início da Bíblia.

– Você poderia me dizer qual foi esse pecado? O que realmente aconteceu? – Aron perguntou.

– Para ser sincero – eu respondi –, já meditei, por várias vezes, para tentar entendê-lo, mas nunca cheguei a uma conclusão. Já li algumas interpretações, porém confesso que nenhuma conseguiu dar uma resposta satisfatória.

– Muito bem, existe uma passagem muito interessante no evangelho apócrifo de Felipe, encontrado na biblioteca gnóstica de Nag Hammadi em 1945. Este texto, escrito em copta, diz o seguinte em seu parágrafo 42:

"Primeiro houve adultério, o assassino engendrado no adultério, pois era o filho da serpente. Por isso, tornou-se homicida como seu pai e matou seu irmão. Pois bem, toda relação sexual entre seres não semelhantes entre si é adultério".

– Nesses dizeres, o escritor do evangelho de Felipe nos deixou testificado qual foi o pecado original. Você conseguiu entender?

Fiquei em silêncio por alguns instantes, tentando compreender o que aquele pequeno texto estava querendo dizer, e então respondi:

– Parece-me que Eva teria cometido adultério, mas com quem?

– Com a serpente! – respondeu Aron.

– Como poderia um ofídio copular com uma mulher? Perdoe-me, mas não faz o menor sentido. Além do mais, como você mesmo disse, esse parágrafo pertence a um apócrifo. Esses livros, além de serem quase desconhecidos totalmente pela maioria das pessoas, também gozam de má fama. Muito se discute quanto à origem deles. Nem sequer sabem quando foram escritos ou quem os escreveu. Uma parte dos cientistas diz que eles remontam do começo do primeiro século; outros, que foram escritos entre o terceiro e quarto século de nossa era. Alguns, inclusive, pelo que me consta, são cópias dos originais, portanto podem muito bem ter sofrido modificações por aqueles que os copiaram. Sem dizer que os religiosos os rejeitam quase totalmente. Já a Bíblia, por sua vez, nada diz a respeito. E, para ser sincero com você, eu sempre achei, assim como creio que a maioria das pessoas acredite, que esse relato fosse apenas uma alegoria, um "conto de fadas", por assim dizer. Nunca imaginei que o mito da criação fosse literal.

Aron ficou em silêncio enquanto eu falava, porém seu olhar demonstrava um estado de interrogação. Assim que terminei de concluir meu raciocínio, ele disse:

– Está realmente cheio de preconceitos, precisa se esvaziar do seu intelecto e de tudo que aprendeu para poder entender a verdade. Como dizia nosso Mestre Jesus: "Não se pode colocar vinho novo em odre velho". Em primeiro lugar, quem lhe disse que a "serpente" era um ofídio?

– Ora, sempre a conhecemos como tal. Em inúmeras representações já feitas até hoje, por artistas de todas as épocas. Mesmo nas traduções dos textos ela é conhecida como serpente.

– Na verdade, a palavra hebraica *Nachash*, que traduziram por serpente, também pode ser traduzida como Encantador. Além disso, o que o faz pensar que tudo o que eu acabei de lhe revelar não consta da Bíblia? Ao contrário, está lá em detalhes, só que nunca se reparou, ou melhor, quem já percebeu teve medo de pensar que pudesse ser verdade.

– A Bíblia não diz que Eva copulou com uma serpente! Ao menos eu não me recordo de nenhum detalhe que sugira tal acontecimento.

– Engano seu, está tudo lá e eu vou lhe mostrar. Vou ler para você o capítulo 3 do livro da Gênesis: *"A queda – a serpente era o mais astuto de todos os animais dos campos, que Deus tinha criado. Ela disse à mulher..."*. Esse parágrafo nos mostra duas coisas importantes, a primeira é que a assim chamada "serpente" estava apenas abaixo do homem que Deus criou, afinal ela era "o mais astuto animal dos campos". Note bem que essa palavra "astuto" demonstra que ele era o mais inteligente de todos os seres até então criados, o que já eliminaria as serpentes. Em segundo lugar, quando ela fala com Eva, você nunca achou estranho o comportamento da mulher? Se esse animal não falava, como foi então que Eva não se espantou ao ouvi-la conversando? A primeira reação não seria de susto, desconfiança ou de surpresa? Ao contrário, Eva simplesmente responde às indagações da "serpente", como se já estivesse acostumada a fazê-lo em outras ocasiões. Além do mais, a "serpente" sabia muito bem o idioma de Adão para poder se comunicar com eles, não concorda?

– Eu nunca havia pensado nisso – respondi. – Mas, quanto a ela falar, dizem os religiosos que o Diabo estava falando por ela, que a serpente seria apenas um instrumento para que Eva caísse na tentação de desobedecer a Deus.

– Calma, responderei a esse seu comentário em breve. Continuemos, não acabou, tenho muito mais para você.

Aron disse isso e eu senti uma ponta de satisfação em sua frase.

– No versículo 14, lemos: "𝕰𝖓𝖙ã𝖔 𝕯𝖊𝖚𝖘 𝖉𝖎𝖘𝖘𝖊 à 𝖘𝖊𝖗𝖕𝖊𝖓𝖙𝖊: 𝕻𝖔𝖗𝖖𝖚𝖊 𝖋𝖎𝖟𝖊𝖘𝖙𝖊 𝖎𝖘𝖘𝖔 é𝖘 𝖒𝖆𝖑𝖉𝖎𝖙𝖆 𝖊𝖓𝖙𝖗𝖊 𝖙𝖔𝖉𝖔𝖘 𝖔𝖘 𝖆𝖓𝖎𝖒𝖆𝖎𝖘 𝖉𝖔𝖒é𝖘𝖙𝖎𝖈𝖔𝖘 𝖊 𝖙𝖔𝖉𝖆𝖘 𝖆𝖘 𝖋𝖊𝖗𝖆𝖘 𝖘𝖊𝖑𝖛𝖆𝖌𝖊𝖓𝖘. 𝕮𝖆𝖒𝖎𝖓𝖍𝖆𝖗á𝖘 𝖘𝖔𝖇𝖗𝖊 𝖙𝖊𝖚 𝖛𝖊𝖓𝖙𝖗𝖊 𝖊 𝖈𝖔𝖒𝖊𝖗á𝖘 𝖕𝖔𝖊𝖎𝖗𝖆 𝖙𝖔𝖉𝖔𝖘 𝖔𝖘 𝖉𝖎𝖆𝖘 𝖉𝖊 𝖙𝖚𝖆 𝖛𝖎𝖉𝖆". Agora eu lhe pergunto: como andava então essa "serpente" antes, se ela só passou a rastejar após Deus tê-la amaldiçoado? Quem traduziu a palavra *nachash* como "serpente" apenas a relacionou com um ser rastejante a partir dessa parte do texto, não levando em consideração o contexto geral, porém a Bíblia é bem clara ao dizer que ela só começou a rastejar após o pecado, e não antes dele.

Aron continuou:

– Na verdade, Eva caiu na tentação após ter sido seduzida por *Nachash*, ou melhor, pelo "encantador". Ele não era um ofídio, mas um descendente dos antigos *Homo sapiens*, um ser em adiantado estado de evolução, que já caminhava ereto e falava. E foi através dessa sedução que Eva acabou trazendo ao mundo o que nós chamamos de mal.

– Estou seguindo seu raciocínio, entretanto não consegui entender como isso poderia ter acontecido através de Eva; mas continue, pois estou muito interessado nessa história.

– Vou ser bem claro com você. Deus criou o Homem e a Mulher, seres perfeitos, sem corrupção, na verdade, seres completamente inocentes. Em seu interior, colocou-lhes a centelha Divina, o Espírito Divino. Imagine esse Espírito como uma fogueira, que depois de acesa pode compartilhar infinitamente seu fogo, sem, no entanto, diminuir sua intensidade. E assim deveria ter sido. Antes, porém, você precisa entender que Eva não foi culpada, porque ela era inocente, ingênua e pura.

– Não pensei que fosse – eu respondi.

– Mas é bom deixar isso bem claro. Infelizmente, os homens possuem um péssimo hábito, que é rotular seus semelhantes.

Aron andava de um lado para o outro enquanto falava.

– Quando Eva cedeu à tentação, ela acabou gerando um filho chamado Caim. Este, por sua vez, não era filho de Adão, mas de Nachash, um híbrido meio Divino e meio humano. Um homem que tinha em seu interior o sopro Divino, que lhe havia sido compartilhado por

Eva e, ao mesmo tempo, todo genótipo oculto transmitido por seu pai Nachash. Na própria Bíblia está escrito que Adão conheceu Eva e que dessa união nasceu Caim e depois nasceu Abel. O texto dá a impressão de Eva ter tido gêmeos, porém o que ele nos mostra é que Adão conhece Eva apenas uma vez, e de sua união com ela nasce Abel, o varão, descendente puro de Adão. E o que estou lhe dizendo é muito fácil de ser comprovado, no capítulo 4 do Gênesis, versículo 17, em que consta a árvore genealógica de Caim; note que não existem ascendentes. Porém, logo após Caim ter matado Abel, Adão conheceu Eva pela segunda vez, e no mesmo capítulo 4, versículo 25, o que se lê é o seguinte: *"Adão conheceu sua mulher. Ela deu à luz um filho e lhe pôs o nome de Set, 'porque', disse ela, 'ele me concedeu OUTRA DESCENDÊNCIA no lugar de Abel, que Caim matou'".* A linhagem de Set foi a primeira a invocar o nome de Deus. Você percebeu que a partir desse momento com Set, que era filho legítimo de Adão e Eva, começou-se a buscar a espiritualidade?

– Nossa! É impressionante. Parece tão claro agora.

– E tem mais, no capítulo 5 está descrita a descendência de Adão, e se você notar Caim não faz parte dela. O fato de ele ter sido banido por Deus não justifica sua ausência na árvore genealógica, caso fosse filho legítimo de Adão. Concorda comigo?

– Sim, plenamente.

– No mesmo capítulo, porém, está escrito que Adão gerou UM filho à sua semelhança, como sua imagem, e lhe deu o nome de SET.

Aron deu uma pausa. Acredito que o fez para recuperar o fôlego, mas não demorou muito para continuar, ele estava empolgado e eu, extremamente curioso para saber mais.

– Dizem que Eva "comeu do fruto". Agora, vou mostrar para você, na própria Bíblia, que "comeu", nesses casos, é apenas uma palavra-chave para sexo. Veja, em Provérbios 30, versículo 20, está escrito: "Tal é o caminho da mulher adúltera: Ela come e limpa a sua boca e diz: não cometi maldade". Você entendeu? A palavra "come" que está no texto deixa bem claro que representa o ato sexual. Sendo assim, quando Eva diz que ela comeu do fruto, estava dizendo que praticou o ato.

– Por que então, até nos dias de hoje, se diz que o fruto que Eva teria comido seria uma maçã? – perguntei.

– Essa resposta é fácil. São Jerônimo foi o primeiro a traduzir a Bíblia para o latim, e, nesse idioma, mal e maçã se escrevem *malum*.

– Então o pecado original foi o adultério? Mas eu ainda não entendi a relação de como pode um adultério, cometido há milhares de anos, afetar toda a humanidade nos dias de hoje.

– Vou lhe explicar isso, mas antes quero voltar à sua argumentação de que foi o Diabo que se serviu de Nachash para ludibriar Eva. E vou responder a esse seu questionamento de uma forma muito simples. Se todos aqueles que usam desse argumento estiverem corretos, eu lhe pergunto: por que Deus puniu apenas Nachash e não o Diabo? Que culpa teria um simples animal ante o poder de um "anjo caído" que o usou?

– Realmente – eu disse –, se a serpente fora usada, não seria justo que ela fosse a única a sofrer as consequências, ao contrário, ela não deveria sofrer punição alguma.

– Perfeitamente. Deus, além de outros atributos, é justo. Pois bem – disse Aron –, quando Eva copulou com a serpente, ela gerou um filho no qual misturou não apenas seu sangue, mas também compartilhou com ele a chama Divina. Como eu lhe disse antes, Nachash era um animal; por mais racional que fosse, era ainda uma criatura em evolução com seus instintos de sobrevivência apurados. Por essa razão, Caim matou seu irmão; porque seu instinto falou mais alto, tanto que, mesmo tendo cometido um assassinato, Deus não permitiu que ele fosse punido, por dois motivos: primeiro porque, de certa forma, aquela atitude, embora cruel, fora feita de modo irracional, e, segundo, porque Caim também possuía a centelha Divina que Eva lhe transmitiu, e matar Caim apenas geraria mais mal. Sendo assim, ele foi banido.

– Acho que agora entendi. Isso quer dizer que nós ainda carregamos em nosso DNA a parte selvagem, o animal herdado.

– Sim. Quantas vezes você já ouviu alguém dizer que devemos conter o animal que existe em nosso interior?

Nesse momento, pensei nas inúmeras frases que usamos em nosso cotidiano, sem sabermos ao certo seu significado.

– E no capítulo 6 do Gênesis – continuou Aron – está explicada a miscigenação da humanidade, onde diz que *"os filhos de Deus (que é na verdade a descendência de Set) viram que as filhas dos homens (descendência de Caim) eram belas e as tomaram como mulheres todas as que lhes agradaram"*.

– Sabe, Aron, isso explica muitas coisas! Eu sempre fiz o seguinte questionamento: se Adão e Eva eram os únicos homens, então como eles poderiam ter dado origem à humanidade, sem que seus filhos tivessem uma relação incestuosa? Agora, porém, todas as peças se encaixam e começam a fazer sentido. Adão e Eva foram realmente os primeiros seres perfeitos. Os primeiros na cadeia evolutiva a herdarem a chama do Criador. Isso é maravilhoso demais. E, de certa forma, os evolucionistas e os criacionistas estão corretos.

– Você sabe qual o significado da palavra Eva ou Havvah?

– Sinceramente não, respondi.

– Mãe de todos os viventes. E não mãe da humanidade ou dos homens, como era de se esperar, mas, sim, viventes. Acho isso muito revelador.

Todas essas informações, tudo o que Aron acabara de me expor, explicavam muitas coisas. Comecei a entender por que somos tão irracionais em determinadas ocasiões e ao mesmo tempo possuímos essa sensação e vontade inexplicável da espiritualidade. E foi exatamente o que acabei comentando com ele.

– Sabe, Aron, agora compreendo o porquê desse vazio espiritual que temos. Essa ânsia de buscar alguma coisa, que na verdade nem sabemos o que é. Temos uma nostalgia de algo que a nós mesmos parece inexplicável, mas que está ali, enraizada em nossas entranhas.

– Sim, você descreveu muito bem essa sensação.

– Como, então, faremos para recuperar nosso estado primordial?

– Vencendo a batalha nos céus – completou Aron.

– Achei que precisaríamos vencer nossa batalha!

– Mas é exatamente isso. Lembre-se sempre, meu amigo, de que as palavras possuem um significado muito mais profundo do que imaginamos. O grande problema é que nós sabemos a palavra, porém não nos preocupamos em saber seu real significado. Se prestássemos mais atenção, entenderíamos que todas as respostas estão contidas nelas.

– Eu já havia pensado nisso anteriormente.

– Muito bem. Na Bíblia, quem é o Arcanjo que luta contra Satanás?

– Miguel.

– Ele mesmo. O grande guerreiro de Deus, empunhando sua lança e escudo, batalhando incansavelmente. O significado do nome

Miguel é "Aquele que é como Deus". Já seu oponente, Satanás, tem como significado "Acusador". Pois bem, a batalha, tantas vezes descrita na Bíblia, acontece dentro de nós. Essa é a batalha no céu, é nossa parte divina lutando, incansavelmente, contra nosso opositor. Miguel é a chama passada para nós, chama esta, como já lhe disse, que jamais pode ser apagada. Satanás, por sua vez, é o genótipo do animal ancestral que herdamos. Ele representa nossos chamados pecados. Por isso está escrito que Miguel lutará contra a antiga "serpente".

– Precisamos então eliminá-lo? – eu perguntei.

– Não! Jamais conseguiríamos fazer isso em nós. Essa parte já nos foi legada através de nossa hereditariedade e teremos de carregá-la onde quer que estejamos. Se você tentar eliminá-la, ela irá sobrepujá-lo e você acabará sendo dominado por ela. Você já notou que muitas pessoas começam a seguir o caminho da espiritualidade e, ao fazerem, se tornam radicais em tudo e, de repente, da mesma forma que começaram, esfriam e acabam por abandoná-lo? Tudo o que fazemos abruptamente tende a fracassar.

– O que devemos fazer então?

– Aprenda a observar melhor o mundo em que vive e nele encontrará todas as respostas. Imagine que você tem um animal selvagem solto dentro de si, um tigre, por exemplo. Se você o ameaçar, ele atacará, porque se sentirá acuado. Se o enfrentar diretamente em uma luta, certamente ele o matará. O que você faria então?

– Tentaria conquistar sua confiança – disse.

– Exato! É isso mesmo que você tem de fazer, você deve domá-lo, ele precisa saber quem é seu senhor. Você conhece a passagem de Jô, que diz que os filhos de Deus estavam presentes e entre eles estava também Satanás?

– Sim, conheço-a.

– Então! Ela expressa exatamente o que quero lhe dizer. Satanás faz apenas o que Deus lhe permite fazer, ou seja, ele obedece sem questionar as ordens de seu Senhor.

– E como fazemos isso? – perguntei.

– Dominando nossas paixões, equilibrando-as. Jesus dizia que devemos sempre estar em alerta, porque não sabemos a hora em que o ladrão chega. A maioria das pessoas entende nessa passagem que o ladrão se refira à morte, contudo não foi isso que Ele quis dizer. Quantas e quantas vezes nós somos pegos de surpresa, tendo reações que fazem com que não reconheçamos a nós mesmos. Esse é o ladrão, é nosso lado obscuro. Quando imaginamos que está tudo bem, algo acontece e nós simplesmente explodimos. O equilíbrio é a chave de todos os mistérios de nossa vida. Se recordar, Buda também soube disso quando descobriu o caminho da iluminação. Gosto muito das palavras que ele ouviu, ao observar o pescador ensinando seu discípulo a afinar seu instrumento de corda: se apertar demais ela arrebenta, dizia ele, se a deixar frouxa não tocará. Essa frase simples é a chave de toda a iluminação e felicidade.

Havia muita sabedoria nas palavras de Aron. Não é por acaso que ele foi Guardião de Jesus. A cada dia que se passava, eu tinha mais certeza de que o homem que estava ali, ao meu lado, era um iluminado.

– Todo homem deve ser guiado pela sabedoria, mas não a sabedoria do mundo, pois ela é falha. Apenas a sabedoria Divina deve conduzir a humanidade. Os seres humanos cometem erros e a verdadeira Sabedoria é contrária ao erro. A maioria dos homens prefere a porta larga. As paixões são mais importantes para eles que as virtudes. Deixam-se enganar por falsos mestres ou guias espirituais, que nada mais são que cegos guiando outros cegos. Procuram o caminho fácil, o não compromisso; afinal, trilhar a senda de regresso da alma requer sacrifícios pessoais que a maior parte das pessoas não está disposta a fazer. Presos à ilusão das paixões, procuram lugares onde não precisarão escolher e, nessa procura, encontram loucos que, fascinados pelos seus próprios erros, arrastam outros que os ajudam a construir uma ponte cada vez mais distante do verdadeiro propósito da vida, que é a felicidade plena. Assim sendo, só depois de domar seu lado negativo é que você poderá transmutá-lo em positivo.

Ele parou de falar, como se tivesse a intenção de me deixar absorver aquela lição maravilhosa. E foi o que fiz. Depois de alguns minutos de absoluto silêncio, continuou:

– Devemos ser sábios, mas apenas das coisas Divinas. Todos os sábios do mundo são loucos para Deus e todos os sábios de Deus são loucos para o mundo; assim foi e assim sempre será. Sabedoria, moralidade, virtude, embora sejam palavras vagas, no entanto, deve-se tentar ao máximo entendê-las, pois nelas estão contidas as condições para podermos dar os primeiros passos em direção à verdadeira espiritualidade.

– Todas as religiões buscam através das virtudes o equilíbrio dos pecados – eu disse.

– Você tem razão. Porém, muitas pessoas confundem equilíbrio e oposto. Por exemplo, o orgulho é um pecado. Qual é seu oposto, você poderia me responder?

– Humildade – eu disse.

– Engana-se. Humildade é seu equilíbrio, o oposto do orgulho é a submissão, que também é um pecado. O orgulhoso olha seu semelhante de cima, o submisso o olha de baixo. Apenas o humilde o olha de frente, sabendo que não é mais nem menos que ele. Entendeu? Todos os pecados possuem seu oposto e seu ponto equilibrante.

– Entendi! Muitos se colocaram do outro lado da balança, achando que estão fazendo bem para si mesmos, mas, na verdade, também estão desequilibrados – concluí.

– Exatamente, a virtude é ativa. Ela não é estática, pois, se o fosse, não seria possível conseguir o equilíbrio tão necessário ao movimento contínuo da vida. Saber usar as virtudes, eis o segredo do equilíbrio. Por exemplo, prudência é uma virtude, mas saber ousar também o é. Devemos aliá-las; se formos apenas prudentes em nosso dia a dia, corremos o risco de estagnarmos e isso levaria à morte de nossa vontade. Assim sendo, o homem mal equilibrado pode destruir a si mesmo.

– Creio que hoje todos nós vivamos em total desequilíbrio – eu disse.

– Infelizmente, sim. A doença, por exemplo, é uma forma de a natureza equilibrar as forças fatais, pois, embora aparentemente ela possa ser destrutiva ao homem, ela também traz como equilíbrio o aprendizado para aquele que tem olhos para enxergar. Quantas vezes, em nossa existência, conhecemos pessoas que após serem curadas de alguma enfermidade passam a enxergar a vida com outros olhos e dar o devido valor ao que possuem.

– Realmente, já presenciei acontecer isso com várias pessoas – comentei.

– Isso é muito bom. Os animais agem por instinto. O homem, no entanto, precisa saber fazer as escolhas certas nos momentos certos, e ele só conseguirá fazê-lo se tiver equilíbrio. O ser humano não pode viver apenas pela razão, assim também como não pode viver só pela emoção. Ele precisa conciliar os dois, só assim aprenderá a viver em perfeita harmonia consigo mesmo, com aqueles que o cercam e com toda a natureza.

– Harmonia, esse é o verdadeiro significado da palavra equilíbrio, é ela que edifica a base do verdadeiro buscador – eu disse.

– Tem razão. Quando estamos em harmonia, não reagimos com violência às agressões do mundo, ao contrário, continuamos passivos. Quando Cristo disse: "Quando vos baterem em um lado da face, ofereça o outro", era a isso que Ele se referia. Se tentarmos pagar o mal com o mal, criaremos um mal eterno. Se, ao contrário, não reagirmos a ele, nós o destruímos ali, naquele momento, pois se não o alimentarmos ele morre. Vencer a si mesmo é o maior poder que o homem pode almejar e é sem dúvida o grande segredo da sabedoria, pois só aquele que é senhor de si pode colocar o poder Divino a seu serviço, sem correr perigo de se desviar do caminho. Eis o segredo do casamento alquímico. O masculino representa o espírito; o feminino, a alma ou consciência. Quando o homem conseguir realizar esse casamento, quando sua consciência se fundir com o Espírito Divino, ele terá controle sobre a própria morte, pois a natureza só obedece a quem é mestre de si mesmo.

– E como fazemos para conseguir isso? – perguntei.

– Devemos sempre nos lembrar do enigma da esfinge: SABER, não com a sabedoria mundana, mas, sim, com a sabedoria que vem de nossa alma, que é Divina por excelência. QUERER, com toda a intensidade de nosso ser; o querer é impulsionado pelo desejo e o desejo sincero tem o poder de transpor todas as barreiras e conquistar tudo o que almejamos. OUSAR, o mais difícil, talvez, dos quatro enigmas, pois muitas vezes sabemos o que devemos fazer, queremos com toda a intensidade que aconteça, porém não temos a coragem de ousar. Ousar é se entregar aos braços do Divino sem restrição alguma, é deixar-se guiar, é confiar plenamente. CALAR, apenas os hipócritas gritam aos quatro ventos suas façanhas; os verdadeiros buscadores não precisam fazer publicidade de suas conquistas, elas só interessam a eles mesmos. Aquele que necessita mostrar que realizou ainda não venceu sua batalha contra o orgulho.

Eu estava impressionado com tudo o que Aron me falava. Não tinha palavras para agradecer por essa dádiva. Ainda bem que neste nosso mundo, cheio de violência, conflitos, guerras, existam homens como Aron, Armand e tantos outros que mantêm acesa a chama do amor em seus corações. Suas palavras eram profundas demais e eu tentava absorver o máximo. Ele então quebrou o silêncio e disse:

– Todos os homens herdaram uma parte do Criador, por essa razão todos nós somos Sua Imagem e Semelhança. Essa centelha Divina, que é seu espírito, jamais se apagará, ela é imortal e todos nós a possuímos. Algumas pessoas colocaram tantos obstáculos entre sua alma e seu espírito que parece que o amor não existe mais, porém ele está dentro de cada um de nós, apenas encoberto pelas mágoas, tristezas, ódio e tantos outros sentimentos perniciosos que só prejudicam a nós mesmos. Agora, imagine se você, de repente, se esquecesse de quem é e cometesse um ato bárbaro contra alguém que ama. O que aconteceria quando recobrasse a consciência?

– Sofreria muito, com certeza – respondi.

– O que o faria sofrer mais: os grilhões que os homens colocariam em seus pés, para que pagasse pelo erro cometido, ou sua consciência de ter magoado alguém que ama?

– Com certeza, minha consciência. Por maior que fosse o sofrimento físico, nada seria pior do que o remorso.

– Esse, Hieronymus, é o "castigo" Divino, esse é o inferno. Quando o homem deixa esse corpo, seu espírito Divino volta à consciência que perdera, ao se deixar corromper pelo material. Ali, despojado de sua veste feita de carne e pele, ele olha para si e vê sua verdadeira face luminosa, toda manchada e suja pelos erros cometidos. Naquele momento, seu espírito percebe todo o mal que praticou contra si e contra seus irmãos, porque todos os homens são emanações Divinas, por essa razão todos são irmãos. O amor existente entre os homens é ofuscado quando eles se deixam corromper por este mundo; mas quando o homem abandona essa sua existência terrena, o amor pelos semelhantes volta, e aí o que lhe resta é o remorso, o arrependimento pelo mal praticado às pessoas que amava. "Não julgues para não seres julgados", "Pela medida que medires serás medido", por isso Jesus dizia essas palavras. Deus não precisa julgar o homem nem medir seus erros, nós mesmos o faremos quando estivermos longe daqui. Que maior castigo pode haver, senão o arrependimento? Olhar para si e ver que a veste que Deus lhe fez com todo o amor e carinho agora está manchada e suja. Será que pode haver dor maior que essa? "Quem é minha mãe? E quem são meus irmãos? Eis aqui minha mãe e meus irmãos." "Ninguém chame o pai da Terra porque o único é o vosso Pai que está no Céu." Essas palavras foram ditas para que o homem soubesse que todos somos irmãos, filhos de um mesmo Pai. Que nosso parentesco é Divino e não sanguíneo. Imagine que a Terra seja um imenso palco e que todos sejam atores. Enquanto está aqui, cada um interpreta um personagem, porém, nos bastidores, quando saem de cena, despojados das vestes que seus personagens representam, todos são irmãos, porque originam da mesma fonte Divina.

Eu mal podia acreditar que estava ali, ouvindo Aron me instruir, como Jesus fizera há quase 2 mil anos com seus apóstolos e com tantos outros mais, durante todos esses séculos. "Sou realmente um homem privilegiado." Aron me mostrava um novo modo de pensar em todas as coisas da vida e do homem. E o mais importante é que o fazia de forma simples. Era muito interessante e também um pouco estranho ouvi-lo falar em Einstein e Descartes; normalmente tentam separar ciência e religião, quando, na verdade, ambas se completam. Nesse momento fiquei imaginando como seria então ser instruído pelo próprio Jesus. Creio que estar face a face com Ele deve ser uma experiência profunda demais.

Aron parecia um filósofo e ao mesmo tempo um cientista, mesmo assim suas lições eram de amor. Até quando se referira à purgação dos erros, aquilo era uma forma terna de castigo, cheia de amor. Nós é que determinaríamos o tempo de nosso arrependimento, nós é que estabeleceríamos o sofrimento dentro de nosso inferno de contrição. Quanto maiores os erros por nós cometidos, maior seria nosso remorso. Realmente, uma forma justa de equilibrar a balança.

– Se me der licença, Hieronymus, tenho de fazer minhas orações antes do almoço.

– Obrigado, Aron, por me proporcionar esse aprendizado. Eu realmente não tenho palavras para lhe agradecer.

– Não agradeça, lembre-se sempre de que, quando o professor ensina, quem mais aprende é ele mesmo. Por isso, eu é que lhe agradeço.

Capítulo 9

A Despedida

A voz grave de Armand interrompeu bruscamente meus pensamentos, quando entrei na casa:
– Aí está você!
– Olá, Armand, alguma novidade? – perguntei.
– Ainda não, continuamos aguardando.
– Onde está Raul?
– Saiu com Francisco e Liza. E você? – perguntou-me Armand.
– Ainda tem alguma dúvida de que aquele homem com quem conversava lá fora é um iluminado?
– Nenhuma. E o mais interessante é que só de olhar para ele dá para sentir isso. Não precisa de prova alguma, sua presença já é prova suficiente de que não estamos ao lado de um homem comum. Não há como explicar, tem de ser sentido.
– Quando ele sorriu pela primeira vez para mim – disse Armand –, entendi o que os antigos pintores queriam retratar, quando pintavam auréolas em volta dos santos ou de pessoas espiritualizadas. Mas, como você mesmo disse, é algo que não dá para se escrever ou pintar, é uma sensação e, como tal, precisa ser vivenciada.

Nossa conversa foi interrompida pelo mordomo de Francisco.
– Senhor Armand – disse ele –, há um telefonema para o senhor. Atenderá aqui ou prefere fazê-lo na biblioteca?
– Atenderei aqui mesmo, obrigado.
– Alô. Pois não... O quê!? Pode repetir, por favor?... Mas como isso aconteceu?... Está certo. Obrigado.

Armand desligou o telefone, olhou para mim e começou a chorar.
– O que houve? – perguntei. – Diga-me, Armand, por favor!
– Julius morreu.

Ao ouvir aquilo, também não me contive. Não podia ser verdade. Tentei imaginar o que Armand estava sentindo naquele momento. Eu, que conhecia Julius há muito menos tempo, fiquei profundamente triste e arrasado. Por um longo tempo, Armand ficou ali, de cabeça baixa, sem falar nada. Respeitei esse momento, pois sabia como é doloroso perder um amigo. Depois de um profundo suspiro, ele disse:

– Tudo isso que está acontecendo parece um pesadelo. Preciso ligar para o inspetor Lefèvre, foi ele quem telefonou para Bruxelas para dar a notícia e disse que quer falar comigo, urgentemente.

– Não acha melhor descansar um pouco antes? – perguntei.

– Não, meu amigo, preciso resolver tudo isso quanto antes. Eu não sei quais foram as circunstâncias da morte de Julius e preciso descobrir. Pensando bem, não vou falar com Lefèvre por telefone, vou vê-lo pessoalmente.

– Quer dizer que voltará à França?

– Sim. Julius era um de meus maiores amigos, preciso saber com detalhes o que aconteceu. Não ficarei em paz sentado aqui.

– Será que ele cumpriu o juramento feito à Irmandade?

– Não acredito. Ele não desobedeceria a uma ordem dada diretamente por mim. Se tivesse cumprido seu juramento, eu ficaria triste, sim, mas entenderia. O que não admito é que alguém faça mal a um homem que tinha uma bondade infinita. Você mesmo o conheceu e pôde comprovar o que estou dizendo. Por essa razão, preciso ir a Paris, devo isso a ele. Não como Grão-Mestre da Irmandade, mas pela amizade que tínhamos.

– Eu irei com você.

– É melhor que fique aqui, Hieronymus. Vou providenciar minha passagem.

– Perdoe-me, Armand, mas, como membro da Irmandade, sinto que tenho responsabilidades para com ela, e meu dever, neste momento, é acompanhá-lo. Não apenas por isso, mas também conheci Julius e se puder fazer algo para ajudar farei de bom grado. Nada do que disser me fará mudar de ideia e tenho certeza de que Raul irá também. Por isso, se vai reservar a passagem, sugiro que providencie três.

– Você é tão cabeça-dura quanto Raul! Está bem, vamos os três a Paris.

Quando Raul chegou, contamos sobre a morte de nosso irmão. Ele também era muito amigo de Julius e ficou profundamente chocado. Ao saber que Armand pretendia ir para a França, disse:

– De forma alguma o deixarei ir sozinho, vou também.

– Achei mesmo que diria isso, Raul, por essa razão pedi para Armand comprar três passagens, pois também irei com vocês.

– Obrigado, Hieronymus. Quando o vi pela primeira vez, não tive dúvida alguma de que era uma pessoa leal e de caráter.

– Onde estão Liza e Francisco? – perguntei.

– Deixaram-me aqui e saíram novamente – disse Raul.

Armand havia saído da sala e, ao retornar, ouviu nossas últimas palavras.

– Melhor assim – disse ele –, Francisco não tem se sentido muito bem ultimamente. Receio por sua saúde quando souber da morte de seu grande amigo. Depois que soubermos de toda a história direito, daremos a notícia a ele e a Liza. Como Julius era monge, será enterrado em sua abadia de origem. Isso nos dá algum tempo. Já fiz as reservas, nosso voo sai à noite. Também providenciei o hotel. Amanhã cedo nos encontraremos com o inspetor Lefèvre e saberemos como tudo aconteceu.

– Devemos contar a Aron o que está havendo? – perguntei.

– Acho melhor não – disse Raul. – Esses problemas são mundanos e somos nós que devemos resolvê-los. Aron já fez sua parte, devemos evitar que se envolva.

Antes de partirmos, fui procurá-lo para me despedir. Sentia uma necessidade muito forte de vê-lo. Encontrei-o na biblioteca, lendo.

– Aron, perdoe-me interromper sua leitura, mas gostaria apenas de me despedir. Vou voltar com Armand e Raul para a França.

– Pode entrar, meu amigo. Estou aqui lendo um pouco sobre as notícias do mundo. Quanta violência! O mundo não mudou muito nesses anos todos que tenho estado aqui. Tanta miséria e tanta maldade. Em que está se transformando esse jardim tão lindo chamado Terra?

– Para ser sincero com você, Aron, não gosto nem de pensar. Pode me dar sua bênção?

– Mas é claro.

Ele ergueu Suas mãos para o céu e disse:

– Que o Senhor Deus Altíssimo te guarde. Que Ele seja tua rocha, teu escudo e tua luz. Vai em paz, meu amigo.

– Grato, Aron.

Saí da biblioteca mais leve e com uma sensação imensa de força. Armand e Raul estavam me esperando do lado de fora. Assim que saí, ambos entraram para falar com Aron, acredito que também tenham pedido sua bênção.

Seguimos de táxi até o aeroporto, embora Francisco tenha insistido em nos levar de carro. Armand quis evitar que ele o fizesse, pois durante o trajeto com certeza faria várias perguntas, e nem Armand, nem eu ou Raul conseguiríamos enganá-lo por muito tempo. Detestava a ideia de ter de mentir para ele, embora o fizéssemos com o intuito de não colocar sua saúde em risco.

Chegamos ao aeroporto com duas horas de antecedência e, graças a Deus, o avião partiu no horário previsto, pois estávamos ansiosos. Dessa vez, ficamos hospedados em um hotel próximo ao Boulevard Saint Germain, bem perto do Rio Sena. Como chegamos tarde da noite, recolhemo-nos aos nossos aposentos.

Na manhã seguinte, tomamos nosso café no Les Deux Magots. Sentamos ao lado de fora e ficamos observando o movimento nas calçadas à nossa volta.

– Faz algum tempo que não venho a Paris e este sem dúvida alguma é um dos melhores cafés da cidade. Infelizmente, estamos aqui em um momento muito triste.

Raul tinha razão: embora o lugar fosse agradável, nossos semblantes podiam refletir a dor que sentíamos em nosso interior.

– Foi isso que Alexander quis dizer quando telefonou para a Bélgica e mencionou que dois já estavam mortos. Acredito que se referia a Julius e não a Cassius – disse Armand.

– Se for isso, podemos ter esperanças de encontrar Cassius vivo.

– Espero que esteja certo, Hieronymus – falou Armand –, quero acreditar que conseguiremos vê-lo novamente. Ontem à noite, liguei para Francisco e lhe dei o telefone do hotel. Quando Alexander ligar, Francisco passará o número a ele e pedirá para que ligue hoje à noite para mim, aqui.

– E quanto a Nassif? – questionou Raul. – Acho que deveríamos avisá-lo para que possa ao menos tomar um pouco mais de cuidado.

– Eu pensei nisso – comentou Armand –, mas, se bem o conheço, sei que não vai se preocupar e continuará levando a vida da mesma maneira.

– Vamos, precisamos estar na delegacia quanto antes – finalizou Armand.

Ao chegarmos lá, dirigimo-nos, imediatamente, à sala do inspetor Lefèvre. Armand tomou a frente.

– Bom-dia, inspetor, podemos entrar?

Lefèvre fez uma expressão de espanto ao nos ver. Acredito que não imaginara que retornaríamos a Paris.

– Claro que sim, é um prazer vê-los novamente, principalmente o senhor.

Essa sua última frase foi dirigida a mim.

– Quero lhe apresentar nosso amigo Raul – disse Armand.

– Muito prazer, sr. Raul.

– O prazer é todo meu – respondeu polidamente nosso irmão.

– Fiquem à vontade, vou providenciar mais uma cadeira.

Quando Lefèvre saiu, eu disse a Armand:

– Não gostei da insinuação do inspetor.

– Não se preocupe, com certeza ele deve estar achando estranho o que está ocorrendo. Aliás, qualquer um acharia.

– Aqui está a cadeira – disse Lefèvre ao retornar.

– Acredito que tenham vindo para saber como morreu o padre Julius.

– Sim – disse Armand –, exatamente.

– Ele foi encontrado morto em sua paróquia. Aparentemente, cometeu suicídio e, por essa razão, o caso não está conosco. Se na autópsia ficar constatado que foi homicídio, a investigação ficará a meu cargo. Foi providencial a presença dos senhores aqui, pois há uma questão que gostaria de colocar. Não acham muita coincidência, senhores, dois crimes envolvendo pessoas ligadas a vocês, em prazo tão curto de tempo?

– Isso é um interrogatório, inspetor? – inquiriu Armand

– Claro que não, estou apenas querendo entender; não precisam responder, se não quiserem. É apenas meu faro policial dizendo que existem mais coisas acontecendo, além do que eu já sei. Se tiverem algo a esclarecer, podem não só me ajudar a dar um fim nessa dúvida, como também apressar o andamento das investigações.

– Inspetor Lefèvre – disse Armand, em tom enérgico –, eu é que gostaria de saber o que está havendo. Essa pergunta sou eu quem lhe faz. Como podem acontecer tais coisas com amigos nossos? Um aparece morto e o outro está desaparecido. Estou aqui justamente para tentar encontrar uma explicação sobre o que está havendo. Amanhã a vítima poderá ser um de nós três. Sou eu quem quer respostas.

O tom que Armand usara ao pronunciar essas palavras tornou o inspetor mais maleável. Acredito que ele não esperava por isso.

– Perdoe-me, senhor, apenas faço meu trabalho. Vou contar-lhes o que aconteceu. Ontem fomos chamados para atender a um caso de homicídio. Quando chegamos ao local, os peritos encontraram uma garrafa aberta e um copo contendo restos de cerveja. Não foram achadas outras impressões digitais no local a não ser as da vítima. A garrafa e o copo só continham as impressões do padre Julius. Ao lado do corpo foi encontrado um pequeno vidro, contendo um tipo de veneno que ainda está sendo analisado. O departamento, portanto, suspeita de suicídio. Por essa razão, saímos do caso. Eu acredito que isso tenha alguma ligação com vocês, só não sei o que é, pois ainda não tenho dados suficientes.

– Inspetor Lefèvre, da outra vez em que estive aqui, o senhor disse que estavam fazendo um retrato falado de um dos suspeitos do crime relacionado ao incêndio do veículo. Não conseguiram nenhuma pista a partir dele? – perguntei.

– O retrato está pronto e já enviamos cópias aos policiais que fazem patrulha nas ruas, bem como para a Interpol, pois não sabemos sua nacionalidade. Também checamos nosso banco de dados de criminosos, porém não há nenhum registro daquele rosto. Sendo assim, não conseguimos identificá-lo ainda.

– Podemos vê-lo? – perguntou Armand.

– Sim, aqui está.

Lefèvre tirou de dentro da gaveta um papel, com o retrato falado do suspeito, e nos mostrou.

Quando o vimos, todos levamos um susto. O homem no retrato parecia-se muito com Cassius. Agora sim nada mais fazia sentido. O inspetor percebeu nosso espanto e perguntou:

– Conhecem esse homem?

– Sim – respondeu Armand –, parece muito com Cassius. Mas isso não faz sentido algum para mim.

– De qualquer forma, senhor, agora que temos uma possível identificação do retrato falado, expedirei um alerta, pois ele é suspeito de um crime. Essa história está ficando mais complicada... – ponderou o inspetor.

Dirigiu-se a mim e perguntou:

– Pelo que me disse quando o interroguei pela primeira vez, o padre Julius era um especialista em catedrais e o encontro de vocês foi arranjado por um amigo comum. O que tem a me dizer a esse respeito, senhor...?

Antes que pudesse pensar em uma explicação para dar ao inspetor, Armand veio em meu socorro. Ainda bem, pois não fazia a mínima ideia do que dizer e temia que minha insegurança fizesse com que suas suspeitas sobre nossa verdadeira ligação aumentassem.

– Fui eu quem os apresentou, por essa razão é que lhe disse antes que ambos eram meus amigos.

– Então, devo acreditar que o senhor sabe mais do que está me revelando neste momento.

– Eu não estou escondendo nada, inspetor – respondeu Armand, com ar insuspeito. – Já disse que também quero saber o que está acontecendo. Agradeço por ter me avisado a respeito da morte de Julius e apreciaria muito se pudesse manter-nos informados sobre as investigações de ambos os casos.

– Agora que temos o nome para o retrato falado, não creio que seja muito difícil localizarmos o suspeito, ou pelo menos alguma informação a seu respeito – respondeu o inspetor.

– Muito obrigado. Aqui está o endereço do hotel onde estamos hospedados no momento. Não sei se poderemos ficar muito tempo em Paris.

– Se tiver alguma novidade, entrarei em contato com os senhores – disse o inspetor. – Tenham um bom-dia.

Despedimo-nos e nos retiramos. Eu não estava entendendo mais nada e pelo visto Armand e Raul também não, a julgar pela expressão de incredulidade de ambos.

– O que faremos agora? – perguntou Raul.

– Ainda não sei – disse Armand –, preciso pensar.

– Será que Julius cumpriu seu juramento? – perguntei.

– Não acredito nisso. Quando liguei para ele, da casa de Francisco, conversamos novamente sobre o assunto e lhe contei a opinião de Aron. Julius respeitaria seus conselhos, disso tenho certeza. Existe algo nessa história toda que não faz sentido.

Repentinamente, nosso Grão-Mestre mudou de expressão e disse:

– Bom, o melhor a fazer agora é pararmos de pensar nisso. As respostas não costumam vir quando estamos de cabeça quente.

A igreja em que Julius está só abrirá ao público após o almoço. Por essa razão, hoje ainda ficaremos aqui e amanhã voltaremos para a casa de Francisco. Preciso dar a notícia da morte de Julius e quero fazê-la pessoalmente. Com certeza, ele desejará vir para cá, despedir-se do amigo.

Caminhamos um pouco pelas ruas da cidade até chegar a hora do almoço. É claro que tentamos não pensar na situação enquanto almoçávamos, mas era impossível. Todos os acontecimentos não me saíam da cabeça. "O que será que Cassius estava fazendo na cena do crime?", perguntava-me a toda hora. "E Julius? Será que realmente se suicidou?" Era difícil acreditar nessa história. E, mesmo estando preocupado com tudo isso, também não via a hora de voltar à casa de Francisco e rever Aron. As coisas que tinha me falado no dia anterior emergiram novamente em meus pensamentos. Tinha sede de ouvi-lo mais uma vez.

Saindo do restaurante, seguimos diretamente até a paróquia de Julius, onde seu corpo estava sendo velado pelos fiéis, antes de se dirigir ao mosteiro para ser enterrado junto a seus pares, como manda a tradição. Armand e Raul não quiseram ficar muito tempo dentro da capela. A emoção de vê-lo ali foi forte demais para ambos. Mas, antes de nos retirarmos, como em um suspiro de despedida, Armand disse ao amigo:

– Descanse em paz, meu irmão, logo estaremos juntos.

De lá seguimos diretamente ao local de reunião dos membros franceses da Irmandade. Deveríamos participar de um ritual de despedida em homenagem a nosso amado amigo.

– Pela primeira vez na existência de nossa Irmandade, membros de outros países participarão desta cerimônia – comentou Armand durante o trajeto.

Demorou um pouco para que chegássemos ao local, em um bairro comercial de Paris. Estacionamos em frente a uma loja.

– Aqui estamos – disse Armand –, venham comigo.

Embora o prédio fosse antigo, seu interior era luxuoso e muito bem iluminado. Assim que entramos, um homem veio ao nosso encontro e não disse uma palavra sequer, apenas abraçou Armand que, em seguida, nos apresentou. O senhor que nos recepcionara chamava-se Jaime e era irmão de Julius. Seguimos Jaime pelo interior da loja.

Nos fundos havia uma pequena sala e um elevador, desses antigos, com porta sanfonada e de ferro. Entramos e descemos até o último andar, no subsolo. Seguimos por um pequeno corredor, onde havia uma porta de madeira de duas folhas. Assim que Jaime a abriu, entramos na sala de reunião usada pelos membros da Irmandade em Paris. O local estava cheio, mas o silêncio era total. Não havia lugar para nos assentarmos, como era de se esperar, pois nossa presença era inesperada. Um dos membros, então, providenciou três cadeiras extras e as colocou de frente para o corredor, perto do altar, onde já estavam posicionados os dois membros que, normalmente, ladeiam o mestre.

Jaime dirigiu-se até o lugar onde ficava a cadeira do mestre, ocupada, anteriormente por seu irmão, e permaneceu de pé. Todos se levantaram e Raul, Armand e eu fizemos o mesmo. Jaime então disse:

– Queridos irmãos, hoje é um dia especial para nós, pois nosso mestre nos deixou para prosseguir em sua viagem rumo ao Deus de nossa alma. Por essa razão, não devemos nos entristecer, pelo contrário, precisamos nos alegrar por sua passagem por nossas vidas e porque sabemos que neste momento ele dá mais um passo em direção ao nosso Criador. Temos, hoje, a honra de contar com a presença do Grão-Mestre da Irmandade, que está aqui para levar adiante esta cerimônia de homenagem ao querido e amado irmão Julius.

Assim que terminou de falar, Jaime saiu do altar e sentou-se em sua cadeira. Armand tomou seu lugar:

– Irmãos – disse ele –, hoje é tempo de alegria e festa para nós. Mesmo que no interior de todas as almas aqui presentes exista uma imensa dor por termos perdido um membro tão querido, devemos nos lembrar de que Deus concedeu-nos a honra de compartilhar de sua companhia durante longos anos, e se agora o chamou para junto d'Ele é porque se extinguiu seu tempo junto a nós.

Após pronunciar essas breves, mas significativas palavras, Armand desceu do altar com seus assessores, e, enquanto um deles acendia a pira que se encontrava no centro da sala, o outro abriu um manuscrito e aguardou que o Grão-Mestre continuasse:

– Esta chama representa a luz que nosso irmão irradiava enquanto permanecia conosco neste mundo.

Armand apagou, então, a chama, com a espada que pertencera a Julius, e disse:

– Agora, sua luz brilha mais intensamente em outro plano, luz essa que nunca mais poderá ser apagada.

Em seguida, o assessor que estava de posse do manuscrito passou a ler a seguinte prece:

"Irmão Julius:

Cumpriste teu desígnio de luta. Vieste do pó e ao pó retornaste, mas valorizaste o tempo em que aqui estiveste, tornando o pó que a Mãe Terra ora recebe mais rico e mais sábio.

Tua vida, despida dos galardões da matéria, foi inteiramente preenchida com a sabedoria crescente daqueles que buscaram a verdade e vestiu-se de Luz, deixando para trás o invólucro terreno que a Mãe Terra generosamente te emprestou; mas que, chegado o momento, a própria Luz da alma fez perecer.

Agora és Luz, sabes mais que nós, que, ainda vestidos de terra, pranteamos teu nome e tua memória.

Nós somente podemos tentar espantar a tristeza da perda de um excelente irmão, somente podemos, talvez, de forma egoísta, querer que ainda ficasses conosco. Mas o tempo era chegado e teu prêmio já fora anunciado.

Nós, mortais, por mais que nos esforcemos, somente podemos sentir a alegria lógica por um vencedor que recebe seu galardão. Mas, exatamente por sermos mortais, nossas emoções trazem só tristeza.

Deixemos, portanto, que essa dubiedade de sentimentos se manifeste. Que as lágrimas rolem em um pranto de amizade e saudade de quem se afasta deste Vale de Lágrimas e nos deixa sem sua presença amiga.

Deixemos, também, que a alegria se manifeste em nossa crença de que, livre dos grilhões e do peso da carne, possa tua essência gozar da alegria da Luz.

Deixaste tua espada como emulação de tua crença. Não cortaste carne, mas sombras. Não feriste teus irmãos, mas ajudaste a cortar-lhes a ignorância das trevas. E até o fim não consentiste que o cansaço deixasse de permitir que a lâmina do saber fosse empunhada. É, portanto, justo que descanses.

Outra jornada e outra espada te esperam. Com elas, com certeza, em outro plano, continuarás a combater o Bom Combate.

Que teu corpo descanse na paz da terra. E que teu espírito voe livre para onde somente os guerreiros podem ir. Revigorado em tua Luz, vai, meu irmão, e quiçá um dia possamos todos formar novamente, em outros planos, a mesma frente de combate à ignorância. Vai, meu irmão, porque se o Criador o chamou, é porque precisa de ti para uma missão maior. Vai, meu irmão, e que tua jornada para o Eterno seja repleta de Luz e Glória."

Terminada a leitura, Armand e os dois assessores voltaram para seus lugares e se assentaram. Todos nós fizemos o mesmo e guardamos um minuto de silêncio em homenagem ao amigo e mestre falecido. Retiramo-nos do templo, silenciosamente. Despedimo-nos de Jaime e retornamos ao hotel. O telefone de meu quarto tocou em seguida. Era Raul, dizendo que sairíamos para jantar. Tomei um banho e desci até a recepção para aguardá-los. Armand desceu primeiro e Raul veio logo depois.

– Onde vamos jantar? – perguntou Armand.

– Venham comigo, conheço um restaurante ótimo – disse Raul, já saindo do hotel.

Embarcamos no metrô e seguimos até a estação Monge. De lá, fomos até a Rue Mouffetard.

– Hieronymus, aqui você apreciará o melhor *Soupe d'Oignon* de toda Paris.

– Quando entramos no metrô, tive a certeza de que nos traria para cá – disse Armand, esboçando um pequeno sorriso.

Aquele era o primeiro sorriso de Armand desde que recebera o telefonema comunicando a morte de Julius.

– A que horas partiremos amanhã? – perguntei.

– Nosso voo sai às 8 horas.

Após o jantar, caminhamos um pouco pelas ruas iluminadas perto do restaurante, depois retornamos ao hotel. Ao chegarmos, Armand se dirigiu à recepção para saber se havia algum recado. A resposta foi negativa. Nem recado nem ligação.

– Não estou entendendo – disse ele, intrigado –, vou ligar para Francisco e saber se Alexander entrou em contato.

Subiu para fazer a ligação. Raul e eu fomos para nossos quartos. Esperei um pouco antes de dormir para ver se receberia notícias, mas Armand não apareceu nem ligou, e isso queria dizer que não havia nenhuma novidade.

Capítulo 10

Lições

Chegamos ao aeroporto às 6h30 na manhã seguinte. O voo estáva atrasado e decolou uma hora e meia após o horário previsto. Enquanto aguardávamos, perguntei a Armand se houve algum telefonema.

– Alexander ligou para Bruxelas solicitando o número do telefone de Francisco, mas não ligou para ele. Acredito que faça contato hoje. Ficaremos aguardando.

Fizemos nossa refeição no próprio avião. Armand não pediu a Francisco que nos buscasse, pegamos um táxi e nos dirigimos à sua casa.

Eu mal conseguia me conter, precisava ver Aron. Em minha mente, havia muitas dúvidas que precisavam de suas respostas. Cumprimentei Francisco e Liza e perguntei sobre ele.

– Está na capela – respondeu Liza.

– Não sei onde fica.

– Desculpe-me, desça até o lago e olhe à sua direita, não há como errar. Segui as orientações de Liza e logo avistei a capela. Só então percebi como a última conversa que tivera com Aron na beira desse lago fora profunda. Dali era impossível não ver a capela, embora fosse pequena, mas eu nem percebera que havia uma. Cheguei até a porta e o vi sentado no primeiro banco. Como não sabia se estava orando, não me aproximei. Mas, como se adivinhasse que eu estava ali, ele disse, sem se voltar:

– Pode vir até aqui. Estou apenas meditando um pouco.

Aproximei-me e sentei ao seu lado.

– Aron, nossa última conversa me ajudou muito a solucionar algumas dúvidas que tinha. Mas, mesmo assim, ainda tenho várias perguntas que não consigo responder e gostaria que me ajudasse.

– Ficarei muito feliz em poder ajudá-lo, meu amigo. O que o atormenta?

– Quando me falou sobre a reencarnação, lembro-me de ter mencionado que ela, assim como o livre-arbítrio, não existia da forma que a concebíamos. Pensei muito sobre o assunto e gostaria que me explicasse de que forma, então, ela existe?

– Reencarnar é uma regressão e não evolução, como muitos pensam. O homem, assim como tudo o que existe na Terra e nos Céus, foi criado para evoluir. Nenhuma planta ou ser vivo regride no processo de evolução, a própria palavra já o diz. Quando um ser humano não conseguiu o equilíbrio necessário neste mundo e cometeu erros muito graves, quando sua maldade chegou ao extremo, seu sofrimento, após a morte, se torna terrível. Depois de limpar suas vestes, quando seu processo de arrependimento e sofrimento se extinguiu, o espírito está pronto para seguir viagem em sua peregrinação de retorno ao Pai. Mas estes que sofreram mais que os outros, em razão de seus erros, por profundo amor a seus semelhantes, e para não deixá-los passar pelo mesmo tormento, podem voltar a este mundo para pregar o amor. A diferença é que esses espíritos voltam com consciência de sua missão, por livre e espontânea vontade. Eles são na verdade os grandes homens e mulheres que conhecemos e que levaram palavras de amor e perdão a toda a humanidade.

– Você quer dizer que os assim chamados "santos" foram grandes pecadores um dia?

– Quem mais poderia dizer para você que o caminho que trilha não é o correto, senão aquele que já o trilhou? Acreditar que os homens santos sempre foram assim é crer que Deus faz diferença ao criar um espírito. Quem pensa dessa maneira não compreende a grandiosidade do Criador. Todos os espíritos derivam da mesma fonte, com o mesmo amor e possuem os mesmos direitos. Não há homens melhores que outros. Se você cometeu erros em sua vida, com toda certeza tentará evitar, de todas as maneiras, que aqueles a quem ama também os cometam. Por essa razão, todos que vêm pregar o verdadeiro amor são santos, porque seus espíritos já sofreram e já pagaram por seus erros, e agora eles, que poderiam estar em sua caminhada evolutiva em direção a Deus, se dignam, por amor aos seus irmãos, interrompê-la e voltar para auxiliá-los. Pode haver amor maior que esse?

Mais uma vez, as palavras de Aron entravam em meus ouvidos como uma melodia encantadora. Sim, não existe amor maior do que se doar ao próximo. Imagine doar-se à humanidade inteira como fez Jesus.

– Eu acreditava que esses homens iluminados eram espíritos de luz, enviados diretamente pelo Criador para interceder por nós. Que suas existências fossem os verdadeiros milagres criados por Deus.

– Deus não quebraria as regras que ele mesmo criou. Os chamados milagres são apenas acontecimentos os quais a ciência ainda não sabe como explicar; isso, porém, não torna o fato sobrenatural. Deus está acima das leis existentes, entretanto as ações em nosso mundo necessitam de um veículo material para se concretizarem.

– Você quer dizer que Deus não pode operar milagres? – perguntei.

– Não... Eu quero dizer que Deus usa algo natural para que esse milagre ocorra. Na verdade, Hieronymus, toda a vida já é um milagre, nós é que ainda não tomamos consciência disso. Ocorrem maravilhas ao nosso lado, diariamente, e nós nem nos apercebemos. Tanto que a palavra milagre vem do verbo latino *miror*, e quer dizer "olhar com admiração". E quantas vezes em nosso cotidiano damos o verdadeiro valor para tudo o que estamos vendo? Ao contrário, nossa pressa é tanta que nos esquecemos até de que estamos vivos.

Vou lhe dar um exemplo concreto do que estou querendo dizer, quando mencionei que Deus usa algo já existente para produzir os chamados "milagres". A Bíblia, se a lermos literalmente, nos deixa entender que Deus criou o homem e a mulher duas vezes. A primeira em Gênesis 1, versículo 27, onde Ele diz:

"Deus criou o homem à sua imagem,
A imagem de Deus Ele o criou,
Homem e mulher Ele os criou".

E continuou:
No versículo 28, está escrito:

"Deus os abençoou e lhes disse: 'Sede fecundos, multiplicai-vos, enchei a terra e submetei-a'". Aqui está claro que Deus fez o homem e a mulher, porém o que nos deixa confusos é que no capítulo 2, versículo 22, diz que Deus tirou uma costela de Adão e com ela ele formou a mulher, porém eu lhe pergunto: Deus já não havia criado a mulher anteriormente?

– Creio que essa narrativa seja apenas a complementação, com mais detalhes, de como Deus os criou – eu respondi.

– Você está correto. É exatamente isso. Agora, perceba que Deus disse que tirou apenas uma costela de Adão e não duas. Se levássemos literalmente, teríamos hoje, nós homens, uma costela a menos, contudo nós possuímos 24, sendo 12 de cada lado, correto?

– Sim, correto!

– Responda-me, então, onde estará essa deficiência no homem?

– Sinceramente, não sei lhe responder, até porque jamais pensei no assunto.

– Pois bem, e se costela for apenas uma palavra código?

– Sempre que me faz esse tipo de pergunta é porque já tem a resposta. Você está querendo dizer que costela se refere a quê, então?

– Já vou lhe explicar. Os cientistas dizem que os homens e os chimpanzés compartilham um ancestral em comum, que a ciência, hoje, prevê ter vivido há cerca de 4 milhões de anos, tanto que o DNA de ambos possui uma semelhança de quase 99%.

– Sim, mas eu li em um artigo que esse tempo variava entre 15 e 20 milhões de anos.

– Existe uma parte da ciência que estuda a evolução molecular, esse ramo consegue calcular o calendário evolutivo das espécies. A hemoglobina dos chimpanzés e a humana mostram poucas alterações moleculares. Quando você utiliza a escala macromolecular, conclui-se que as ambas divergiram em um período curto de tempo. Em uma análise mais profunda, esse tempo ficou estimado em cerca de 4 milhões de anos.

– Pensei que você fosse um filósofo, agora acho que é um cientista.

Aron sorriu da minha indagação e continuou:

– Agora observe, os chimpanzés, por exemplo, possuem 24 cromossomos nos gametas, sendo 24 cromossomos em cada espermatozoide e 24 cromossomos em cada óvulo. Já o homem possui 23 desses mesmos cromossomos, ou seja, exatamente um a menos. Então, Deus retirou um cromossomo do antigo ancestral do homem para criar o ser perfeito. Deus deu-lhes o Espírito Divino, que os diferenciou das outras criaturas, por isso foram feitos à Sua imagem e semelhança, pois só eles possuíam uma parte do Criador. Se você se recordar, Adão e Eva viviam no chamado "Jardim do Éden". Quando ouvimos a palavra jardim, o que nos vem à cabeça?

– Árvores, riachos, folhagens – respondi.

– Muito bem! Se você fizer uma pesquisa, verá que todos os fósseis dos ancestrais do homem, bem como de utensílios utilizados por eles, foram descobertos, exclusivamente, em zonas tropicais e semitropicais.

– Ou seja, nos antigos "jardins" do planeta.

– Você entendeu! O nome do primeiro homem, Adão, quer dizer "vem do solo", e humanidade vem da palavra húmus, que significa terra. E a maior beleza dessa história é que o Criador, fazendo isso, colocou o homem não como um ser superior ao planeta em que vive, mas, sim, como uma parte dele. Deus usou um ser que já existia, que estava adaptado ao ambiente e, como um grande geneticista, "moldou do barro" um ser perfeito e lhe deu a Divindade como prêmio, quando lhe soprou nas narinas o Espírito Divino. Por isso, está escrito que foram criados à imagem e semelhança de seu Criador. Porque eles possuíam o dom de transmitir a chama divina para seus descendentes. Por essa razão, o Criador avisou ao homem que ele não poderia comer da árvore do bem e do mal, porque, se assim o fizesse, ou seja, se ele misturasse seu sangue, que agora era puro, com o sangue dos seus parentes ainda em evolução, seus descendentes herdariam a chama do Criador junto àquilo que nós chamamos de mal, mas que, na verdade, era o instinto de sobrevivência de uma espécie em evolução. E não foi exatamente isso que aconteceu?

– Agora tudo faz sentido – eu respondi –, por isso sempre ouvimos dizer que a redenção deve vir pelo sangue. Nós entendemos tudo errado.

– Sim – continuou Aron –, os homens acham que Deus cria os espíritos, mas, na verdade, Ele o criou uma vez apenas e o deu à sua primeira criatura, que com a miscigenação foi transmitindo a todos os seus descendentes até chegar a nós, que continuamos a fazer o mesmo. O único problema é que, além da chama Divina, nós também herdamos e transmitimos nosso genótipo animal. Lembra-se da fogueira que mencionei? Somos nós que daquele momento em diante continuamos propagando a chama Divina. Nós somos os únicos responsáveis pela perpetuação do bem ou do mal neste mundo.

Ouvindo Aron, fico pensando no tamanho da responsabilidade que temos.

– Por isso – continuou Aron –, Jesus veio para nos dizer que tudo o que fazemos de ruim fica em nosso sangue e vai se perpetuando de geração em geração. Você compreendeu agora por que Jesus foi concebido através do espírito e não pela concepção natural?

– São muitas as informações que está me passando, estou tentando digeri-las, porém ainda não cheguei a ter resposta para todas as suas perguntas – eu disse.

– Jesus foi concebido de modo espiritual para que corresse em seu sangue o mínimo possível do genótipo do animal, que seus pais terrenos carregavam. E, se você recordar nas Escrituras, mesmo Jesus, que era divino e teve um nascimento todo preparado, teve alguns momentos de descontrole, que muitos, ainda hoje, questionam o porquê.

– Agora fazem sentido alguns destemperos do Mestre.

– Está começando a entender. Você pode imaginar graça maior? Nós somos os propagadores da Divindade. Apenas um Deus de amor poderia compartilhar com o homem algo tão especial.

– Pelo que você está me dizendo, então, Jesus não veio ao mundo para derramar seu sangue?

– É claro que não! Qual Deus iria querer o sofrimento de alguém, principalmente de um filho, para livrar os homens de seus pecados? Essa é a maior heresia que alguém poderia conceber. Jesus veio exatamente para nos dizer que tudo o que fazemos de ruim fica em nosso sangue, e que ele é transmitido de geração em geração aos nossos descendentes através de nosso DNA. Essa concepção cristã de salvação, através da morte de Jesus, é completamente irracional. Podemos dizer que Jesus sofreu pelo pecado dos homens no sentido de que, para resgatá-los das trevas em que viviam, ele precisou se indispor com a casta predominante, gerando assim uma ira de seus adversários, que o torturaram e o levaram à morte. Porém, não quer dizer que sua morte iria redimir os pecados dos outros. Jesus veio resgatar os homens através de seu exemplo de vida, mostrando-nos como deveríamos e devemos nos portar para conquistarmos a plenitude do espírito. Leia o sermão da montanha. Em toda a Bíblia, não existe trecho mais belo do que esse. Todo o caminho para a iluminação está contido nele.

– E nós sempre aprendemos o contrário – comentei. – Mas, Aron, e a técnica chamada de regressão? Muitos dos que acreditam na reencarnação corroboraram sua teoria com o fato de várias pessoas se submeterem a esse tipo de prática e conseguirem descrever, com riqueza de detalhes, acontecimentos que nunca viveram em lugares e épocas em que nunca estiveram. Como se explica o fato de tais pessoas terem esse conhecimento, se não o vivenciaram? De onde ele vem?

– Tudo está contido em nosso DNA, não apenas nossa constituição física, mas também nosso comportamento e lembranças. Todas as vezes que alguém vive uma experiência marcante, quando olha para uma obra de arte pela qual se apaixona ou quando sente uma forte emoção por estar visitando um lugar maravilhoso, ou mesmo quando sofre um acidente muito sério, todos esses sentimentos produzem marcas em seu ser. E sejam elas boas ou ruins, ficam armazenadas em seu código genético e são passadas para seus descendentes. É claro que esses descendentes podem ocultar ou manifestar as características herdadas, inscritas em seu material genético.

– Aron! Isso o que está dizendo responde a muitas perguntas e nos faz meditar sobre nossas atitudes.

– Sim, porque, mesmo que seu descendente não manifeste alguma característica, não quer dizer que ela foi apagada do genoma, pois, mesmo que o gene esteja inativo, ele pode transmitir aos seus descendentes um fenótipo que ficou escondido. E o mais interessante é que a Bíblia já diz isso.

– Na Bíblia?... Não vou duvidar, pois toda vez que o fiz você me mostrou que eu estava enganado.

– No livro do Êxodo, capítulo 34:7, está escrito:

"O Senhor... Que guarda a misericórdia em mil gerações, que perdoa a iniquidade, a transgressão e o pecado, ainda que não inocenta o culpado, e visita a iniquidade dos pais nos filhos e nos filhos dos filhos, até a terceira e quarta gerações!".

Percebeu? Em algum momento de sua descendência um gene inativo irá aparecer, e ele pode ser bom ou ruim.

– E alguns interpretam essa passagem como um castigo divino – eu disse.

— Isso mesmo, porém a melhor definição para o mal é que ele é uma doença e, como tal, é transmitido para os descendentes sanguíneos. Por isso, os antigos insistiam tanto na importância de cuidar da hereditariedade. Quando uma pessoa reage de forma inesperada diante de uma situação adversa, contrariando seu caráter, mostrando uma faceta que até então ninguém conhecia, às vezes nem a própria pessoa, é porque está revelando uma característica herdada de gerações anteriores. Dessa forma, é importante que as famílias tratem com bastante amor e respeito as crianças, sendo tolerantes com seus defeitos de personalidade, pois elas não têm culpa do mal herdado. E já está provado, cientificamente, que o ambiente pode interferir no código genético de uma pessoa, promovendo muitas alterações no funcionamento dos genes. O bem deve ser cultivado, constantemente. "Não se vinguem de quem fez o mal a vocês." Sei que não é uma tarefa fácil, mas ela deve ser constantemente buscada – Aron concluiu.

Nunca imaginei que pudesse ouvir algo semelhante, porém tudo o que ele dizia era de uma profundeza imensa e tinha uma lógica inquestionável.

— Como eu lhe disse – continuou Aron –, a evolução científica atual permite que se expliquem muitas passagens dos textos sagrados, que seria impossível fazê-lo até bem pouco tempo atrás. A ciência também é dom de Deus. Certa vez, ouvi pelo rádio um homem pregando para seus fiéis. Dizia ele que a ciência estava enganada a respeito do surgimento do Universo, que aquilo não era o que a Bíblia ensinava. Quando Jesus esteve no meio do povo, há mais de 2 mil anos, precisou pregar com parábolas para que o homem pudesse entender. E, mesmo assim, muitos não conseguiram. Imagine Deus Pai revelando a criação do Universo para a humanidade, usando equações matemáticas complexas, impossível! Pois mesmo hoje em dia, com todo o avanço científico e tecnológico, poucos conseguem entender descobertas simples. Os verdadeiros livros sagrados contêm tudo o que a ciência já explicou a respeito do homem e do Universo e, também, o que ela ainda não descobriu. Está tudo lá, relatado em linguagem simbólica, para que todos possam compreender, é só ler com os olhos da alma. Nada entra em conflito com a ciência, basta aprender com o coração. Veja, por exemplo, o caduceu de Hermes. Olhe para ele e, depois o compare com a figura do DNA e entenderá o que estou querendo dizer.

– Infelizmente, não é isso que pregam; os homens querem ter o monopólio da verdade. A religião tornou-se uma fonte de dinheiro, virou até um negócio – comentei.

– "Nem todo aquele que diz Senhor, Senhor, entrará no reino dos céus." Lembra-se dessas palavras? "No final dos tempos virão muitos que pregarão em nome de Jesus, são lobos em pele de cordeiros, afastai-vos deles", Ele disse. Nenhuma pessoa pode desrespeitar seu semelhante por não concordar com suas crenças. A religião mais correta do mundo é aquela que prega respeito pelo próximo. "Como você pode dizer que ama ao Deus que não vê, se não ama seu irmão que vê?" A religião foi instituída pelo homem e, por isso, os que se dizem cristãos não são melhores que os muçulmanos, assim como estes não são melhores que os judeus. Todos somos filhos de um mesmo Pai. "Amar a Deus sobre todas as coisas e ao teu próximo como a ti mesmo" sem distinção de raça, credo ou cor. Se você tivesse oito filhos e cada um seguisse um caminho diferente, amaria mais a um que ao outro? Qual o sorriso mais importante de um filho para um pai, aquele dado em uma igreja, uma mesquita, sinagoga ou na rua? Não importa qual religião o homem professe, o que importa é como ele a segue.

– Jesus deve sofrer muito por ter presenciado tantas guerras. O conflito que existe entre seu povo e os palestinos deve lhe trazer muita tristeza.

– Sim, meu bom amigo – disse Aron. – Por séculos, Ele orou pelas tristezas e atrocidades que seu povo sofreu; porém, hoje, chora por não entender como aquele que já passou por tanta injustiça na carne possa causá-la igualmente a seu semelhante. Infelizmente, agora eles justificam a violência praticada pela violência sofrida, como se fosse a lei da compensação. Quando Caim matou seu irmão Abel, Deus Altíssimo não permitiu que fizessem mal a ele, mesmo tendo tirado a vida do próprio irmão. Como então pode um homem matar seu semelhante, alegando estar fazendo a obra de Deus? Não há como justificar um erro com outro maior.

Fiquei meditando sobre as palavras de Aron. Em todas as Escrituras Sagradas, matar sempre foi condenável. E hoje em dia já se tornou tão comum que perdemos a sensibilidade. Atualmente, o que nos choca não é mais a morte em si, mas como ela ocorre. O assassinato se transformou em algo banal. Voltamos à era do "pão e circo". Depois de ficar alguns minutos em silêncio a meu lado, Aron pediu licença, levantou-se e disse:

– Preciso ficar a sós, mas antes quero que saiba que sua companhia muito me alegra. Fique em paz, meu filho.

Com essas palavras, Aron retirou-se e eu continuei ali, no interior da capela, absorto em pensamentos que, confesso, eram inúmeros. Tudo o que ele havia me dito naquela tarde era muito profundo, e ao mesmo tempo tão simples! Sou um homem lógico e meu senso jornalístico é apurado. Minha profissão exige que leia muito e, quando o faço, consigo, instintivamente, separar a verdade daquilo que é pura ficção. Mas confesso que nenhum livro me trouxe tanta certeza das coisas como a que sentia conversando com ele.

A própria Bíblia tomara novo sentido para mim e essa sensação de ter respostas para perguntas a tanto tempo guardadas me trazia uma profunda paz interior. Naquele momento, lembrei-me de que Armand contaria a Francisco sobre a morte de Julius. Aliás, àquela hora já devia tê-lo feito. Levantei-me e segui em direção a casa. Entrei, porém não havia ninguém. Félix, o mordomo, disse-me que todos haviam acompanhado Francisco e Liza até o aeroporto, pois ambos iriam a Paris para o enterro de Julius.

Confesso que me senti mal por não tê-los acompanhado. Pensei que deveria, pelo menos, estar presente enquanto Armand lhes transmitia a triste notícia. Esse pensamento me deixou envergonhado. Enquanto me deleitava com as palavras de Aron, Francisco e Liza recebiam a notícia da morte de um de seus melhores amigos. Às vezes, nossas próprias atitudes nos surpreendem.

Aquilo resultou em uma forte dor de cabeça e subi para meu quarto. Pedi ao mordomo para me avisar assim que Armand e Raul retornassem. Acabei dormindo e só acordei com Félix batendo à porta.

– Senhor – disse ele –, o sr. Raul e o sr. Armand já chegaram e o estão esperando para jantar.

– Obrigado, Félix, já estou descendo.

Minha dor de cabeça não havia passado. Desci e os encontrei aguardando na sala.

– Você não parece estar se sentindo bem – disse Raul. – Algum problema?

– Minha cabeça está latejando – respondi.
– Não se preocupe, após o jantar ela passa.
– Perdoem-me, mas não jantarei. Estou sem apetite.

Enquanto Armand e Raul jantavam, continuei na sala de estar, sentado no sofá. Assim que acabaram, ambos vieram me fazer companhia.

– Quero me desculpar por não estar aqui no momento em que deram a notícia da morte de Julius a Francisco e Liza – eu disse.

– Não se perturbe com isso – respondeu Armand –, dei a notícia separadamente a cada um, e a reação deles foi melhor do que eu esperava. Francisco aceitou com firmeza a morte do amigo, e Liza, você já deve ter percebido, é uma mulher muito forte e equilibrada.

– Estou preocupado apenas com uma coisa – disse Raul para Armand. – A falta de notícias de Alexander.

– Tem razão, ele já deveria ter entrado em contato conosco. Perguntei a Félix se havia algum recado e ele me respondeu que não. Liguei, também, para a secretária de Francisco e a informação foi a mesma. Ninguém havia ligado para o escritório. Infelizmente, ele nunca aceitou falar conosco através de nossos celulares, sendo assim nossa única alternativa é aguardar, talvez ele ligue ainda esta noite.

– Se vocês me derem licença, vou tomar um remédio e me deitar. Sofro de enxaqueca e quando ela ataca as únicas soluções são remédio, quarto escuro e silêncio.

– Descanse então – disse Armand –, tente relaxar um pouco.
– Se precisar de algo, não hesite em nos chamar – completou Raul.
– Obrigado e boa-noite.

Exagerei nas gotas de analgésico, pois acabei dormindo profundamente. Acordei na manhã do dia seguinte, completamente revigorado. A dor de cabeça tinha sumido e eu me sentia novamente disposto. Tomei um longo banho e desci, com uma sensação de felicidade. Armand e Raul já estavam tomando café.

– Bom-dia a todos.
– Muito bom-dia, Hieronymus – respondeu Raul. – Está muito melhor esta manhã, o sono lhe fez muito bem.
– É verdade, parece outra pessoa – disse Armand.
– Estou me sentindo ótimo. Vou tomar café e continuar minhas conversas com Aron, se não se importarem, é claro. Alexander ligou? – perguntei.

– Até o momento não.

Enquanto Armand terminava de pronunciar essas palavras, Félix chegava com o telefone nas mãos.

– Telefonema para o senhor – e entregou o aparelho a Armand.

– A pessoa se identificou? – perguntou Armand ao mordomo.

– Disse que é seu secretário.

– Obrigado, Félix. Alô? O quê? Quando recebeu a notícia?... Está bem, mantenha-me informado.

– Mais problemas – eu disse.

– Sim, piores do que imaginei. Nossos irmãos estão morrendo.

– Como assim? – perguntou Raul.

– Alguns mestres de nossa Irmandade foram encontrados mortos em seus respectivos países. Até agora, meu secretário já recebeu notificação da Irmandade da Alemanha, Dinamarca, Tchecoslováquia e Suíça. Meu Deus, o que está acontecendo?

– Isso só pode ser um pesadelo, nossos amigos mortos! – disse Raul com a voz embargada.

– Alexander está cumprindo a promessa que fez – falei.

– Precisamos informar e proteger aqueles que correm perigo. Se isso não parar, haverá uma terrível desestruturação em toda a organização e dificilmente conseguiremos nos reerguer. Agora, sabemos que Julius foi assassinado – comentou Armand.

– Mas ainda não temos o resultado da autópsia. Pela informação preliminar de Lefèvre, tudo indica que foi suicídio a causa da morte. Precisamos ter cautela – alertei.

Como jornalista, estou acostumado a trabalhar com provas e não com conjecturas. Dessa forma, não corro o risco de publicar inverdades.

– Tem razão, Hieronymus – disse Armand. – Antes de tomarmos qualquer tipo de atitude, precisamos saber de que forma nossos irmãos morreram. Com a morte de Julius e do irmão de Jerusalém, já temos um total de seis mortos.

– Todas essas mortes vão repercutir aqui na Europa. Embora de países diferentes, todos eram membros de famílias tradicionais. Espero que a imprensa não ligue os fatos – disse Raul.

– Não acredito que o façam. Mesmo assim, devemos nos manter protegidos – comentou Armand. – Vou ligar para meu secretário novamente e pedir-lhe que levante o máximo de informações possíveis sobre a morte de nossos irmãos. Enquanto isso, Raul, ligue para Paris e avise Francisco sobre o ocorrido. E diga a ele para tomar cuidado.

– E quanto a Nassif? – perguntei.

– Já lhe disse em outra ocasião, Hieronymus, Nassif é um homem teimoso, não mudará sua rotina.

Minha alegria se apagou, não poderia imaginar que o dia começaria tão conturbado assim. Uma parte de mim queria estar com Aron e a outra não achava justo fazê-lo, diante do que estava ocorrendo.

– Acabei de falar com Francisco, ele voltará hoje mesmo – informou-nos Raul.

– Eu não posso deixar de comparecer aos funerais de nossos irmãos – disse Armand.

– Mas como fará isso? – perguntou Raul. – Você não poderá estar em todos ao mesmo tempo!

– Irei para Praga e você, Raul, se concordar, me representará na Dinamarca.

– E eu, o que posso fazer? – perguntei.

– Fique aqui e proteja Aron. Vou lhe fornecer o endereço de um mosteiro que fica próximo à cidade. Leve Aron para lá. Quando chegarem, procure pelo abade, que é meu amigo. Diga-lhe que estão peregrinando e que precisam de abrigo por alguns dias. Informe-o de que são amigos meus. Ele lhes dará abrigo. Assim que regressarmos, iremos buscá-los. Terei de quebrar nossas normas, mas precisarei ligar para dois de nossos irmãos na Bélgica e pedir que me representem nos funerais na Alemanha e Suíça. Raul, quando estiver na Dinamarca, procure obter informações da polícia sobre as condições em que ocorreram as mortes de nossos amigos. E Raul... tome cuidado.

– Não se preocupe comigo. E, quanto aos demais mestres, o que faremos? – perguntou Raul.

– Vou passar um telegrama urgente, contando o ocorrido e pedindo que se afastem de seus afazeres, por enquanto. Depois irei, pessoalmente, conversar com cada um deles. Só espero não ser tarde demais para isso.

Mais uma vez me sentia fora da realidade, era difícil de acreditar que aquilo tudo acontecia comigo. Estava no meio jornalístico havia vários anos e já fizera muitas reportagens sobre crimes intrigantes, porém nenhuma se comparava à situação que vivenciava neste momento. Os filmes de ficção e os livros nos transportam para lugares e acontecimentos que, na maioria das vezes, não correspondem à realidade. Mas agora era verdade, pessoas estavam morrendo e eu, simplesmente, não podia fechar o livro ou desligar a TV.

– Vou me encontrar com Aron e, por favor, avisem-me quando estiverem partindo. Se eu puder fazer algo mais para ajudá-los, estou à disposição.

– Fique tranquilo, dentro de no máximo dois dias estaremos de volta. Pedirei à secretária de Francisco que lhe informe o telefone do hotel onde ficarei hospedado. Caso Alexander ligue, diga a ele onde estou e peça que entre em contato comigo, para acabarmos de vez com tudo isso.

– Mas o que irá fazer? – perguntou Raul.

– Na verdade, não sei, meu amigo – respondeu Armand. – Confesso que não estou entendendo qual é a verdadeira intenção de Alexander. No fundo, ele sabe que jamais lhe revelaremos o código ou a localização de Jesus. Porém, o que mais me intriga é sua demora em entrar em contato conosco. Esse seu silêncio não tem uma lógica, afinal ele deveria inclusive ter colocado um prazo em suas exigências e não o fez. Por quê?

No fundo Armand tinha razão, porém nem eu ou Raul esboçamos qualquer comentário.

– De qualquer modo – continuou ele –, quero ver se consigo marcar um encontro e ouvir sua intenção olhando em seus olhos. Embora eu não tenha levado adiante minha ideia inicial, com certeza teremos de reavaliar nossa Irmandade depois que tudo isso acabar. Ela não pode mais existir da forma como está. Não podemos mais nos arriscar dessa maneira e permitir que tudo isso volte a acontecer um dia. Precisamos aprender com os erros.

Desci até o lago, que era o lugar onde Aron ficava todas as manhãs, dando comida aos peixes. E, assim que fui me aproximando, avistei-o.

– Bom-dia, Aron! Podemos conversar?

– Claro que sim, meu amigo. Por sua expressão, alguma coisa o preocupa.

– Às vezes, tenho a impressão de que nunca conseguiremos viver em paz. Quando as coisas parecem estar entrando nos eixos, algo sempre acontece para nos tirar o sossego.

– Infelizmente, as pessoas não ouvem a voz de Deus dentro de si. Por essa razão, não têm paz. Deus Pai fala constantemente com os homens, mas eles não têm ouvido para ouvir. Acreditam que o Criador escolhe uns poucos privilegiados para se comunicar. Deus fala a todo instante com todos, só é preciso que o homem pare para ouvi-Lo. Os antigos representavam Deus como um círculo com um ponto no meio.

– Realmente, eu já vi esse símbolo em vários livros, e cada um dá um significado diferente para ele, mas todos têm em comum ele ser o símbolo de Deus – respondi.

– Não existe símbolo mais simples e mais conhecido que esse no mundo, não importa a língua que o homem fale, nem em que país esteja, todos conseguiriam identificá-lo. Imagine que o círculo represente todos os homens, caminhando uns atrás dos outros. O ponto central representa o Pai, como se fosse um rádio tocando uma música. Todos os homens estão à mesma distância do som. Quanto mais rápido o homem dá a volta no círculo, menos consegue ouvir o som que vem do centro. Ele só ouve seus pares, que é a voz do mundo, mas isso não quer dizer que Deus deixou de falar.

– Estou começando a entender.

– Existem alguns homens que dão a volta no círculo, mas não acompanham o ritmo da humanidade. Esses conseguem ouvir um pouco a voz de Deus, mas ela ainda se confunde com os barulhos do mundo. Existem outros que param de girar; esses são os que escutam com maior nitidez a voz do Criador, são os alienados do mundo, a quem Paulo chamava de "loucos de Deus". E por último existem aqueles que param e se voltam para o centro do círculo. Esses são os iluminados, que só ouvem a voz do Pai e não se preocupam mais com o mundo. Foi isso que os antigos quiseram dizer ao representar Deus com esse símbolo. Deus está lá. "Bata e a porta se abrirá." Mas para isso o homem precisa "negar-se a si mesmo".

– Sim, mas o que realmente essa frase significa? – questionei.

– Essa frase também é mal interpretada, pois negar é simplesmente saber separar o que é falso dentro de você. É declarar não serem verdadeiras as aspirações do mundo. Portanto, negar-se a si mesmo é ouvir a voz de Deus em seu interior e não a voz de seu ego. Quando o ego lhe diz o que fazer, você deve afastá-lo de si. "Afastai-vos de mim vós que praticais a iniquidade." O homem só é infeliz e não tem paz quando segue a voz do ego e não a voz do Pai. "Ninguém pode servir a dois senhores, ou odiará um e amará o outro ou será fiel a um e desprezará o outro." Você não pode servir ao espírito e à matéria ao mesmo tempo. Lembre-se, o homem é imagem e semelhança de Deus em espírito e Deus é harmonia, e onde há harmonia não pode existir tristeza.

Aron tinha razão, o próprio Raul me dera um exemplo vivo disso. Quando se prontificou a vender todos os bens para acabar com a insanidade de Alexander, provou não ter o mínimo apego às coisas materiais. Conheço pessoas, com muitíssimo menos posses que ele, que jamais fariam isso. Aliás, ficam insatisfeitas apenas porque o carro que têm não é do ano ou porque sua casa tem menos quartos que a do vizinho.

O pecado não é ter conforto, mas ser escravo dele. Agora entendo por que antigamente havia mais profetas que hoje. A cada dia que passa, o mundo gira mais rápido e nós vamos com ele. E sem ao menos nos darmos conta de que estamos sendo programados para permanecermos assim para sempre.

Quando Aron disse que Deus fala conosco a todo instante, lembrei-me do que senti quando estava sentado no banco da igreja, esperando por minha iniciação. Naquele momento, parei e comecei a ouvir a voz de Deus dentro de mim. Por isso tive aquela sensação de paz, que até então nunca havia experimentado na vida. Aron acabara de me mostrar que todas as verdades estão ao nosso alcance, basta apenas que prestemos mais atenção e confiemos mais em nós mesmos.

Perdido nesses pensamentos, eu me esquecera de avisá-lo sobre nossa ida ao mosteiro.

– Aron, fiquei tão entretido com nossa conversa que me esqueci de lhe dizer: precisamos sair da casa. Armand pediu-me para acompanhá-lo a um mosteiro, próximo, onde estará protegido, até que a situação se normalize e possamos retornar.

Nesse momento Armand e Raul chegaram.

– Aron, Hieronymus, está na hora – disse Raul.

Ambos se despediram e Armand pediu-me, então, que não demorasse muito para tirar Aron de lá e, em seguida, partiu com Raul para o aeroporto.

Capítulo 11

O Mosteiro

Chamei um táxi para que pudéssemos seguir nosso destino. O motorista, embora não soubesse de quem se tratava, não parou um minuto de olhar para Aron pelo retrovisor. Quem o vê, mesmo não sabendo de quem se trata, sente a imensa força que transborda de seu ser.

O mosteiro ficava a mais de uma hora de distância da casa de Francisco. Ao chegarmos, toquei a campainha e falei pelo interfone:

– Por favor, gostaria de falar com o abade. Diga-lhe que somos peregrinos.

– Só um minuto – alguém respondeu.

E após alguns instantes:

– Pode empurrar a porta.

Entramos em uma sala ampla e pouco adornada. O objeto que mais chamava a atenção era um crucifixo fixado à parede. Fomos recebidos por um monge e eu lhe disse que éramos amigos de Armand (informei-lhe o verdadeiro nome de nosso Grão-Mestre).

– Aguardem um minuto que irei comunicar ao senhor abade.

Não demorou muito, quando um senhor baixo e um pouco gordo apareceu, acompanhando o monge que nos recebera. Quando se aproximou de nós, ficou alguns minutos sem falar, apenas olhando para Aron. Dava para perceber que sentira uma impressão forte.

– Então vocês são conhecidos de (...), como está meu velho e estimado amigo? Faz alguns anos que não o vejo.

– Ele está ótimo, mandou lembranças ao senhor – respondi.

– Ele deve andar, realmente, muito atarefado, pois antigamente costumava passar mais tempo aqui conosco. Mas, por favor, estejam à vontade – disse o abade, sem tirar os olhos de Aron.

– Obrigado – dissemos.

E ele completou:

– Nosso irmão hospedeiro mostrará a cela de vocês.

Enquanto caminhávamos em direção aos nossos aposentos, atravessamos um imenso claustro, uma construção simples e antiga, mas muito bonita. O corredor por onde andávamos terminava em uma porta, que se abria para uma pequena sala, onde havia uma belíssima estátua de São Bento, esculpida em madeira. Ao lado, uma escada conduzia ao andar superior, onde ficavam os minúsculos aposentos dos monges.

Aron estava calado; no fundo, acredito que sabia de tudo o que estava ocorrendo e, talvez, isso fosse a razão de sua tristeza. Nossas celas eram contíguas. O lugar era muito simples, havia uma cama com colchão de palha coberto com lençóis brancos, uma bacia com um jarro para abluções e uma pequena escrivaninha encostada à parede, com uma cadeira.

Enquanto observava o ambiente, ouvi um som maravilhoso. Os monges estavam entoando cantos gregorianos. Esse canto foi instituído por São Gregório Magno no seio da Igreja. "Não existe som mais belo que o da voz humana", pensei. "Essas vozes melodiosas nos deixam mais próximos de Deus." Como era um dia comum, acredito que os monges estivessem ensaiando. As regras dentro de um mosteiro são simples, porém rígidas. Não são permitidas conversas. Por essa razão, o silêncio só é quebrado pelo som dos cânticos.

Saí de meu quarto e resolvi dar uma volta pelo claustro. Vi que no lado esquerdo do mosteiro havia uma igreja e encaminhei-me até ela. Quando entrei, deparei-me com Aron ajoelhado de frente para o altar, orando. Não o interrompi, sentei em um banco logo atrás e também comecei a rezar.

Minhas preces eram de agradecimento por todas as dádivas que até hoje Deus havia me propiciado, mas, principalmente, pela graça da vida. Às vezes, esquecemo-nos de que a primeira batalha que temos de vencer no mundo é a da fecundação; quantos espermatozoides disputaram junto conosco a corrida para a vida? Já nascemos vitoriosos por tê-la vencido.

Como podemos, então, desanimar em nosso dia a dia? Nós fomos os mais fortes, vencemos a maior batalha disputada neste mundo. Nem as perdas existiriam se não tivéssemos conseguido vencer a primeira e mais importante disputa pela qual passamos.

Essa era a maior dádiva que Deus poderia dar a seus filhos e era por essa dádiva que eu agora estava ali, agradecendo a Ele. Fechei meus olhos e não sei por quanto tempo fiquei naquele lugar de pura tranquilidade. O estalar do banco, ao meu lado, fez-me abri-los. Aron sentara-se a meu lado.

– Agora sou eu quem quer saber se estou incomodando – disse ele.

– De forma alguma, eu estava apenas sentindo o lugar. Não sei se o momento é adequado para lhe fazer essa pergunta, mas... Alguma vez já perguntou a Jesus o que Ele sente quando olha para o crucifixo e vê Sua imagem? Acredito que se lembre da dor.

– Sim, a dor foi intensa, mas ainda maior foi a dor de saber que poucos entenderam a razão de sua vinda. Os 12 passaram quase três anos junto a ele e alguns continuaram a não compreender sua mensagem. Já Paulo, que nunca fora seu discípulo, compreendeu-a apenas ao olhá-lo, não precisou ser instruído. Quando Jesus o encontrou na estrada de Damasco, ele se transformou.

Nesse momento entendi o que Paulo quis transmitir aos homens quando descreveu seu encontro com Jesus. Até então, achava que a aparição do Mestre fora espiritual, mas não foi isso. Jesus apareceu para ele vivo.

– "Que seu sim seja sim e seu não seja não." Paulo foi o próprio exemplo disso. Por essa razão, pregou com tanto entusiasmo. Antes, quando não acreditava em sua existência, perseguia os discípulos com a força de quem está correto em seu trabalho. Quando se viu diante de Jesus e o véu que lhe cegava caiu, converteu-se e passou a pregar com a mesma intensidade com que os perseguia. Não ficou indeciso em momento algum, mas agia com a certeza que vinha de seu interior. As escolhas que alguém faz na vida têm de ser somente dele, precisam vir de dentro de si. Se errar, é porque não seguiu o que seu coração mandava fazer. Mas, mesmo quando isso acontece, se souber refletir, verá que o erro traz sempre lições importantes, que precisavam ser aprendidas e que ajudarão futuramente. A maioria dos homens não tira proveito dos erros que comete porque faz escolhas baseadas nas opiniões dos outros.

– E a fé, Aron, o que é?

– A fé, meu amigo, é o acreditar sem esperar coisa alguma. É o sentimento que faz o homem comunicar-se diretamente com o Pai. Ter fé não é fazer uma troca com Ele, como muitos acreditam. Quando você ora a Deus pela cura de uma pessoa querida e acredita que irá curá-la, isso não é a fé. Ter fé é acreditar que o Pai fará o melhor por ela, seja o que for, e agradecer por isso.

Enquanto Aron falava, ouvimos uma sineta anunciando o momento das orações. Os monges entraram na igreja e começaram a recitá-las. Aron e eu os acompanhamos. Quando acabaram, todos se dirigiram ao refeitório e nós os seguimos.

O lugar era grande e fomos convidados a sentar-nos no centro, pois esse procedimento também era uma regra. Os monges, sentados, circundavam toda a sala, de frente para nós. Era a primeira vez que fazia uma refeição sendo o centro das atenções. No canto direito havia um púlpito, onde um dos irmãos se posicionou para ler uma passagem das Sagradas Escrituras, enquanto o jantar era servido, hierarquicamente. Aron e eu, porém, por sermos hóspedes, fomos os primeiros. Era a primeira vez que presenciava o cotidiano de um mosteiro. Passou-se algum tempo e um pequeno gongo soou. Todos pararam de comer e eu fiz o mesmo. Recolheram-se então os pratos e talheres, a refeição acabara.

Saímos do refeitório e fomos para outra sala onde, pela primeira vez, vi os monges conversando. Aron preferiu voltar para sua cela. Fiquei um pouco mais, observando e conversando com aqueles homens singulares, pois o ambiente me fascinava. Enquanto alguns conversavam, outros liam jornais e revistas que estavam no local.

Descobri que vários deles resolveram se tornar monges depois de adultos. Muitos já eram profissionais formados, quando obtiveram o chamado para a vida monástica. Ali, diante de mim, havia engenheiros, administradores de empresas, historiadores e até um médico. Fiquei surpreso. Sempre pensei que para ser monge era necessário começar bem jovem.

Embora todos vestissem uma túnica negra, com meias nos pés e sandálias, não pareciam tristes, na verdade eram muito alegres. Pertenciam à mesma Ordem de Julius, eram beneditinos. A cultura daqueles homens era muito vasta. Conversando com eles vim a saber que todos, sem exceção, falavam mais de um idioma. Todos tinham feito pelo menos dois cursos superiores, um de filosofia e outro de teologia. Disseram-me também que, com a permissão do abade, um monge pode se especializar em outra profissão, não ligada à vida monástica. Como era o caso de Malaquias, o irmão que havia nos recebido no mosteiro; ele era advogado e se formou após sua ordenação. Foi a ele que perguntei o motivo de terem colocado a mim e a meu amigo sentados no centro do refeitório.

– Porque para São Bento – respondeu Malaquias – as visitas são as pessoas mais importantes dentro de um mosteiro e devemos tratá-las com todo o respeito. Elas representam a figura de Cristo na Terra.

"São Bento não deixava de ter razão quando disse isso", pensei.

– Sei que as regras que seguem aqui no mosteiro são muito antigas. Diga-me uma coisa, Malaquias, essas regras nunca sofreram alterações?

– Por mais surpreendente que possa parecer, durante todos estes séculos de existência e mudanças no mundo, jamais os beneditinos pensaram em abandonar a regra de São Bento como seu documento legislativo básico, pois ela conserva seu sentido mesmo nos dias atuais. E o Cristo está no coração da regra, que indica e traça um caminho para encontrá-Lo, amá-Lo e segui-Lo. Para o verdadeiro monge, nada existe de mais caro que Cristo. Para nós, Ele não é, simplesmente, um personagem da história humana. É alguém sempre vivo e Sua presença entre as pessoas é a mesma de Deus.

Nesse momento, tive vontade de compartilhar com ele meu segredo.

– De onde Aron é? – perguntou Malaquias, parecendo adivinhar meus pensamentos.

– Ele nasceu na Síria – respondi.

– Nunca conheci alguém que transmitisse tamanha sensação de paz, nem mesmo de meus companheiros daqui. Vou ser sincero, meu coração se encheu de felicidade quando o vi, mas não sei explicar o motivo.

Aron não conseguia mesmo passar despercebido, Sua presença transmitia uma energia de amor intensa. Imaginei nesse momento como seria estar na presença do próprio Jesus.

– Aron é um homem muito espiritualizado, com certeza é essa a razão – comentei.

Malaquias, então, perguntou-me se já visitara algum mosteiro.

– Não, esta é a primeira vez e confesso que adorei. Só não sei se me acostumaria a uma vida assim, com uma rotina tão austera.

– Mas a rotina existe para que o monge possa perceber as pequenas coisas que envolvem cada afazer e às quais, se estivéssemos lá fora, no dia a dia do mundo, não prestaríamos a devida atenção.

Sem saber, Malaquias confirmava o que Aron havia me dito sobre o significado do círculo com o ponto no centro. Os monges giram nele em um ritmo mais lento do que o restante da humanidade. Acho que São Bento sabia disso e, por essa razão, criou suas regras, para tentar fazer com que aqueles homens pudessem ouvir a voz de Deus com mais intensidade. Enquanto eu pensava nas palavras de Malaquias, uma sineta tocou.

– Se me der licença – disse Malaquias –, vou para o ofício.

– Claro, esteja à vontade.

Assim como os muçulmanos, os monges possuem horários para fazer as orações. O ofício, também chamado de liturgia das horas, consiste em cantos, leituras e pedidos dirigidos a Deus. Normalmente, são feitos em comunidade.

Enquanto os monges saíam da sala para suas obrigações, fui para minha cela. De dentro só se ouvia o som dos grilos do lado exterior, o silêncio era maravilhoso. Naquele momento, percebi que estava mudando por completo. Já não tinha mais tanta certeza quando disse a Malaquias de que não conseguiria viver em um lugar como aquele, pois não era mais o mesmo homem que chegara à Bélgica. Os anseios e buscas de outros tempos haviam cessado, meu coração estava calmo e a mente refletia o silêncio do mosteiro.

Dei-me conta de que minha agitação característica não existia mais e mesmo as preocupações deixaram de fazer parte de meu ser. Tinha até me esquecido de Armand e Raul, tal era a paz que sentia naquele lugar mágico. Estar ali e acompanhado de Aron era maravilhoso. "Meu Deus", pensei, "como somos ignorantes! Em que momento de nossas vidas deixamos de ouvi-Lo, para prestar atenção ao mundo? As angústias, os sofrimentos, as tristezas são dores que nós mesmos colocamos em nosso caminho. Quando paramos de girar em torno do círculo e começamos a ouvir Sua voz vindo de dentro de nosso coração, entendemos que nada do que o mundo oferece é importante, porque nada do que ele oferece nos traz esse sentimento que agora tenho e que preenche todo o meu ser e me dá a verdadeira sensação de tranquilidade. Dizemos possuir um espírito e dessa forma nossas próprias palavras revelam a importância que dispensamos ao mundo material. Seria certo dizer que possuímos um corpo, mas que somos espírito. Pois é ele a Essência Divina. O que é o corpo senão a roupa que o espírito veste? E como toda roupa, um dia se acaba e nos desfazemos dela. É do espírito que devemos, realmente, cuidar, pois é ele que percorrerá o caminho de volta ao Criador. Jesus disse isso há muito tempo, mas estamos sempre tão atarefados que deixamos passar, sem nos importar. Felizes aqueles que já o perceberam. E, obrigado meu Deus, por estar me ajudando a entender isso neste momento de minha vida".

Na manhã seguinte, encontrei Aron caminhando no claustro.

– Posso lhe fazer companhia?

– Mas é claro, Hieronymus.

– A tranquilidade deste lugar é contagiante, tocou-me profundamente e fez com que eu refletisse bastante. Pela primeira vez, ouvi realmente a voz de Deus.

– Fico muito feliz com isso; se os homens soubessem quão gratificante é ouvir ao Pai, com certeza o mundo seria completamente diferente. Mas o homem sempre escolhe a matéria, sempre foi assim. A própria crucificação de Jesus foi um exemplo disso.

– Em que sentido?

– Quando Jesus foi preso, Pilatos pediu ao povo que escolhesse entre Ele ou Barrabás. Isso tudo foi contado com todos os detalhes dentro dos livros da Bíblia. Sua vinda ao mundo foi para dizer aos homens que todos são filhos de Deus. Por essa razão, Ele sempre representou o espírito. Barrabás, por sua vez, era um revolucionário e representava a matéria. Portanto, Pilatos deu ao povo a opção de crucificar o espírito ou a matéria. E o povo escolheu matar o espírito. Não é isso que acontece todos os dias dentro do homem? Todos os dias o homem pode escolher matar o espírito ou a matéria. E a maioria prefere matar o espírito. Portanto, todos os dias Jesus continua a ser crucificado dentro de cada ser humano. E ressuscita naqueles que abandonam as preocupações do mundo para vivenciar o espírito. O que acontece no mundo é um reflexo do que acontece dentro de cada homem. Não é o mundo que precisa mudar, e sim o homem.

As últimas palavras de Aron confirmaram mais uma vez o que Jesus sempre dizia. Os homens, realmente, nunca compreenderam Sua verdadeira missão neste mundo. Quanto simbolismo, quantos significados estavam expressos em cada uma das passagens de Sua história pelo mundo, mas eram mensagens enviadas ao espírito e não ao intelecto.

– Todas as coisas que o homem deve fazer para ser feliz – continuou ele depois de uma breve pausa – é ouvir a voz de seu coração, pois o sentimento é a linguagem da alma. Quando não existe sentimento, não é a alma que fala, pois é dela que vem o verdadeiro amor.

– Você tem razão, Aron, o problema é que os homens estão cada dia mais se distanciando dessa verdade – concluí.

– Infelizmente – continuou Aron –, o homem está se tornando escravo do prazer, eis o seu maior erro. Somos escravos do mundo e de tudo o que ele nos oferece. Acreditamos que os bens materiais e carnais são o que de melhor existe, e nos tornamos dependentes. Quanto mais fazemos isso, mais barreiras colocamos entre nós e nossa alma. O mundo nada mais é que uma ilusão colocada à nossa frente para que nos desviemos do verdadeiro caminho, mas isso não quer dizer que não devamos usufruir das coisas que o mundo nos oferece, ao contrário, o que não podemos é nos apegar a elas. Devemos ter em nossa mente que todas essas coisas são passageiras e que foram colocadas à nossa disposição até que não precisemos mais. Apenas aqueles que são fortes de espírito e sabem exatamente o que buscam é que conseguem dominar os prazeres. Estes são os verdadeiros detentores do poder, pois o prazer sem controle vira paixão, e a paixão é a verdadeira destruidora da vontade humana. Mas, ao contrário, se colocarmos o prazer junto ao dever, teremos a certeza de que nunca mais sofreremos, pois o próprio sofrimento seria para nós um prazer. Afinal, o sofrimento purifica nossa alma e eleva nosso espírito.

– Precisamos encontrar o ponto de equilíbrio – concluí.

– Exato. O homem que vive apenas para as paixões, embora pareça estar vivo, em seu íntimo está morto.

– Ouvindo o que acabou de dizer, lembrei-me da frase de Jesus: "Deixem que os mortos enterrem seus mortos". Ficou muito claro o que Ele queria revelar.

– Isso mesmo. As paixões que o homem não consegue controlar o fazem morrer espiritualmente, pois elas inibem a vontade da alma e a acorrentam cada vez mais a este mundo. O espírito humano ainda é dependente da ciência e da religião para sua evolução. Chegará o momento em que ele verá que todo o conhecimento que ele precisa para sua redenção está dentro dele mesmo. A falsa filosofia tira-lhe a religião, pois o priva da fé, e o fanatismo tira-lhe a ciência, porque o priva da sabedoria. Fé e sabedoria precisam estar em verdadeiro equilíbrio.

Aron ficou em silêncio. Seus ensinamentos estavam realmente fazendo uma revolução em meu ser. Quantas verdades ele dizia.

– O ponto de equilíbrio universal, Hieronymus, é a Sabedoria Divina. Quando o homem a adquirir, ele irá conhecer a verdade, querer o bem, amar o belo e fazer o justo, pois todos estão ligados entre si. O primeiro passo para obtê-la é unir a ciência e a fé. Dentro do homem estão contidos todo o conhecimento e os meios de que ele precisa para adquirir essas quatro verdades, pois Deus lhe deu uma inteligência para saber e para não se deixar ser manipulado, uma vontade para querer, que muitas vezes está adormecida, um coração para amar com compaixão, e o poder da ação que coloca tudo isso em prática. O homem equilibrado é aquele que busca a verdade dentro de si. O homem fascinado é aquele que busca a verdade nos outros.

– Creio que é por tudo isso que hoje exista uma infinidade de seitas espalhadas por todos os cantos do mudo. A humanidade está perdida e tentam encontrar nesses lugares respostas para seus questionamentos – comentei.

– Eu concordo com você – continuou Aron –, porém são poucos os homens que buscam sinceramente a verdade, porque é mais fácil e mais cômodo contentar-se com mentiras e viver de ilusões. A maioria das pessoas deixa-se enganar por pretensos sábios que, embora tenham o conhecimento, não possuem a verdadeira sabedoria e usam esse conhecimento para seus propósitos egoístas.

Esses falsos guias são sempre preteridos por outros também falsos, pois seus ensinamentos não são baseados na verdade, e, assim, cria-se uma corrente ininterrupta de ídolos em ascensão e declínio, até o tempo em que a humanidade acordar de seu sono e aprender a procurar seu verdadeiro iniciador dentro de si mesmo, pois é ali que ele habita.

– No fundo, precisamos permitir que o amor seja sempre a base de nossa caminhada na vida – argumentei.

– Sim – disse Aron –, e é esse amor que une homem e mulher. "O homem não separa o que Deus uniu." Deus é o puro e verdadeiro amor. Quando o homem ama verdadeiramente, não importa a raça, a religião, a distância, nada é obstáculo. Esse amor é indissolúvel porque vem de Deus e homem nenhum pode destruí-lo, porque é puro, verdadeiro e eterno.

Lembrei-me novamente das palavras de Julius, "os homens acham que Deus tem 1,70 metro". Como pode alguém acreditar que para Deus é melhor que o homem seja infeliz, mas que cumpra o juramento feito no altar? Homens e mulheres quase sempre se enganam quando se trata de sentimentos. Casam-se por estarem apaixonados, e não porque se amam, pois paixão e amor são sentimentos muito diferentes.

O homem deveria se casar com a certeza do amor e não apenas para cumprir uma formalidade da vida social. Quando um casal se separa com a primeira dificuldade que surge, é porque nunca se amou verdadeiramente. Amar é estar ao lado do outro em todas as circunstâncias da vida, é ficar feliz em saber que o outro está feliz. Esse é o verdadeiro amor. No íntimo, nós sabemos disso, mas temos medo da solidão e acabamos tomando decisões precipitadas, por medo de ficarmos sozinhos. E depois arrumamos mil desculpas para o fracasso da relação, quando na verdade o problema foi não ter seguido o que dizia nosso coração.

Nesse momento, vinham-me à mente vários casais amigos que hoje estão passando por essa situação.

– E esse sentimento de amor – disse ele –, quando verdadeiro, inunda o homem até se transformar em compaixão. Ter compaixão não é sentir pena dos outros, como muitos acreditam. Compaixão é o mais puro grau de amor que existe. Ter compaixão não é tirar a fome do semelhante, mas passar fome por ele; é querer estar sofrendo no lugar dele. É dar a vida pelo outro. Esse é o maior sentimento que se pode possuir. Quando chega a esse estágio, o homem já pensa no pensamento de Deus, pois é uno com Ele.

Que lindas palavras! Lembrei-me de Ghandi e Madre Teresa de Calcutá, pessoas que abdicaram de suas vidas pessoais para levar conforto a seus semelhantes. Esses, sim, conheceram Deus em vida, pararam de rodar e se voltaram para o centro do círculo. Hoje em dia não existem mais homens e mulheres como eles. Sinal de que a voz de Deus está quase inaudível.

– Está na hora de minhas orações, voltarei para a cela – disse Aron.

– Eu ficarei aqui mais um pouco.

Enquanto Aron se retirava, eu o observava. Que homem extraordinário. Agora entendo o porquê de ele ter sido escolhido com a missão de ser guardião de Jesus. Às vezes custo a acreditar que Jesus está aqui conosco. Lembrei-me de que nunca perguntei a Aron o motivo da permanência de Nosso Mestre na Terra. Talvez porque no fundo tivesse medo de conhecer a resposta.

Sempre ouvimos dizer que Jesus voltaria no final dos tempos. Seria essa a resposta para os acontecimentos que vivenciamos? Acredito não estar preparado para saber. Embora todas as profecias falem sobre um fim do mundo, não precisamos ser profetas para deduzir que isso está próximo a acontecer.

Não sou fatalista, porém, se continuarmos a descuidar do planeta, esquecendo-nos de que ele também é um imenso ser vivo e precisa de cuidados, logo seremos expulsos, exterminados pela própria lei da natureza. E a culpa será unicamente nossa. É estranho pensar que nós somos os únicos seres que vivem em desarmonia com o ambiente. Todos os animais e plantas possuem uma função dentro do planeta. E nós? O que estamos fazendo aqui? Se nesse momento o homem fosse retirado do mundo, a natureza rapidamente se revitalizaria. E Jesus, com mais de 2 mil anos de existência, como será que se sente em relação a tudo isso?

Parei de pensar, na esperança de que estivesse enganado. Saí do claustro e fui até a horta ajudar um irmão, que colhia verduras e legumes para o almoço. A sensação de colher os alimentos, levá-los para o refeitório e ajudar a prepará-los foi muito prazerosa. O tempo passou bem rápido. Como eu não entendo nada de cozinha, só me restou lavar os talheres e panelas que os monges cozinheiros utilizavam para a preparação da refeição. Mas confesso que nunca imaginei que pudesse ficar tão feliz fazendo esse trabalho simples. "Realmente estou muito mudado", pensei.

A sineta tocou no horário habitual e todos os monges se dirigiram para o refeitório. Como havia acontecido na noite anterior, eu e Aron nos sentamos no centro da sala. Após o almoço, Aron fez questão de ficar na cozinha junto comigo e os irmãos, ajudando na limpeza. Ele realmente me surpreendia com suas reações e atitudes.

No fundo, alegrei-me muito com isso, pois aquilo demonstrava sua simplicidade, e antes que nos déssemos conta havíamos terminado a limpeza. Aron, então quis ir até a igreja da abadia e eu o acompanhei. Aprendera com ele a importância do silêncio e assim ficamos lá dentro, durante horas.

Lembrei-me de quantas perguntas tinha a fazer, até bem pouco tempo, e que agora elas não mais existiam, e senti-me muito bem com isso. Sua expressão demonstrava contentamento. Acredito que percebia o que estava acontecendo comigo e estava feliz por isso.

O encantamento daquele instante foi quebrado por alguns monges que entraram na igreja. Fomos avisados de que iriam ensaiar para a celebração do domingo e que poderíamos ficar ali, se quiséssemos. Continuamos sentados nos bancos, enquanto eles cantavam suas músicas. A vibração de suas vozes, amplificadas pela acústica da igreja, agia como um anestésico para a alma e para o coração. Ao ouvi-los, somos acometidos por um sentimento ambíguo de serenidade e euforia. Senti que Aron também adorava o cântico.

Ele estava de olhos fechados, com um leve sorriso nos lábios, demonstrando seu estado de pura quietude interior. O cântico, o lugar e a presença de Aron produziram efeito tão forte em mim que acabei relaxando demais e dormi no banco. Acordei de sobressalto e morrendo de vergonha. Não havia mais ninguém dentro da igreja e a hora já era avançada, pois estava escuro lá fora. Saí dali completamente embaraçado e fui direto para minha cela. Mal havia entrado, quando Malaquias bateu à porta.

– Pode entrar – eu disse.

– O abade quer vê-lo, senhor.

Levantei-me da cama e acompanhei Malaquias até a sala onde o abade se encontrava.

– Tenho um recado de nosso estimado amigo... É para você e Aron se prepararem, pois amanhã virá buscá-los.

– Obrigado, senhor abade.

Meu agradecimento saiu com pesar no coração, pois minha vontade era de ficar muito mais tempo ali.

– Enfim, vou rever meu amigo – continuou ele –, depois de tantos anos, isso me deixa feliz. A sineta para o jantar deve tocar logo, se quiser esperar aqui...

Mal o abade pronunciara essas palavras, a sineta soou. Eu estava sem fome, mas mesmo assim me dirigi até o refeitório. Aron ainda não havia chegado e fiquei esperando por ele. Não demorou em aparecer e nós seguimos todo o ritual costumeiro. Comi pouco naquela noite. Ao sairmos, contei que Armand havia ligado e que iríamos voltar para a casa de Francisco no dia seguinte. "As poucas coisas que trouxe já estão prontas, meu amigo", essa foi sua resposta.

Como era a última noite que passaria entre aquelas paredes, resolvi aproveitar para travar uma última conversa com alguns dos monges, dos quais me tornara amigo.

Aron voltou mais uma vez à igreja. O tempo que passei conversando com Malaquias e Lázaro, o prior do mosteiro, foi ótimo. Percebi que sentiria saudades daquele lugar. Nenhum dos maravilhosos hotéis em que me hospedara durante as várias viagens que já fiz proporcionara tanto prazer como este local simples em que me encontrava agora. A cama não era *king size*, não serviam pratos sofisticados, no entanto, nada se comparava ao sabor dos legumes que lá provara e nunca dormira sono melhor do que aquele no colchão de palha. "Ainda bem que estou voltando amanhã", pensei, "pois se ficasse mais tempo aqui acabaria me convertendo em monge e aí sim não sairia mais deste lugar".

Naquela noite, fui dormir com certa tristeza, a serenidade tinha invadido meu ser naquele lugar e eu me sentia tão bem que temia voltar ao fragor do mundo. Eu começava a diminuir minha marcha dentro do círculo e já vislumbrava um pouco da imensidão de Deus. Qual seria então a sensação daqueles que param por completo e se voltam para o centro?

Não conseguia conceber a grandiosidade do amor que essas pessoas sentiam. Agradeci, novamente, a Deus por tudo que estava acontecendo comigo. Os véus que cobriam minha ignorância estavam começando a cair, uma ponta de luz começava a aparecer na escuridão de meu ser. Apaguei minha vela e dormi.

Na manhã seguinte, o irmão hospedeiro veio até minha cela e disse que já havia alguém nos aguardando na sala do abade. Aron também fora informado e já estava lá quando cheguei.

– Espero que tenham gostado da estada em nosso humilde lar – disse gentilmente o abade. – Tentei convencer meu amigo (...) a ficar aqui conosco um pouco mais. Infelizmente, não consegui, mas prometeu-me que voltaria logo. E como promessa é dívida...

– Não se preocupe, meu velho amigo – disse Armand –, passarei uns dias aqui em sua companhia, como nos velhos tempos. Sei que estou um pouco apressado, mas prometo que da próxima vez virei com calma.

Capítulo 12

Os Arquivos

Dentro do veículo, no caminho de volta, perguntei a Armand:
– Descobriu algo novo em sua viagem?
– Após o enterro, fui até o Departamento de Polícia de Praga e descobri que nosso irmão cometera suicídio. Não há dúvidas quanto a isso, garantiu-me o chefe de investigação – respondeu Armand.
– E Raul, já voltou?
– Não, Raul continua na Dinamarca, não nos falamos desde sua partida. Acredito que esteja de volta amanhã. Alexander ligou novamente para meu secretário na Bélgica, que lhe informou que eu fora ao enterro de um irmão, mas enganou-se quanto ao local, disse que eu estava na Dinamarca. Ele ficou de ligar novamente. Meu secretário achou estranho, pois disse que Alexander estava desesperado. Algo muito peculiar para quem está fazendo uma chantagem, não acha? De qualquer forma, espero que me ligue logo, pois já levantamos todo o dinheiro pedido. Assim que nos falarmos, marcaremos um local para fazermos a troca. Dessa forma, tentarei dar um fim a tudo isso.
– E quanto aos outros mestres? Conseguiu comunicá-los sobre o ocorrido?
– Enviei os telegramas do próprio aeroporto, acredito que todos tenham recebido. Apenas um ficou faltando. É o mestre que possui a última parte do código. Você agora precisa encontrá-lo. Enquanto isso, irei ajudar Francisco na remoção dos arquivos da Irmandade.
– Os arquivos estão aqui? – perguntei.
– Sim, Francisco é o guardião deles neste país. Por isso que nossos mestres devem ser pessoas abastadas e de prestígio. De tempos em tempos, retiramos os documentos de um país e os remetemos a outro, assim permanecem sempre seguros. E essa tarefa não pode

se constituir em um problema para quem o faz. Normalmente, os documentos são guardados dentro de igrejas ou nas residências dos mestres, sempre em um local secreto.

Enquanto conversávamos, Aron ficava alheio a tudo e não fazia nenhum comentário. Ele realmente não se preocupava mais com os problemas do mundo, e estava certíssimo. Para ser sincero, gostaria de fazer a mesma coisa.

– Antigamente – continuou Armand –, os documentos eram divididos e enviados para quatro mestres diferentes, que tinham como função sua guarda. Desde o século XVI, parte deles permaneceu escondida em uma igreja, localizada no pequeno povoado chamado Rennes Le Chateau, ao sul da França. Naquela época, os guardiões desses textos eram conhecidos como Mestres da Pedra Negra, denominação usada por nós, em vários países, para distinguir os membros que se infiltram nas sociedades secretas e grupos do mundo todo que servem à confraria da serpente. No ano 1886, o pároco Berenger Sauniére começou uma restauração na pequena igreja dedicada a Maria Madalena. No início, escreveram nossos irmãos da época, achavam que essa reforma era apenas superficial, pois essa igreja havia sido construída no tempo dos carolíngios, no século VIII, sobre a fundação de uma estrutura visigoda ainda mais antiga e estava bem deteriorada, necessitando mesmo de uma reparação. Eles apenas observaram sua reforma de longe, sem interferir. Infelizmente, o pároco escavou mais do que era preciso e achou o acesso ao local onde nossos irmãos guardavam os registros dos verdadeiros ensinamentos de Jesus. Embora padre de uma igreja pequena, ele conhecia latim, grego e hebraico, por isso pôde ler alguns dos manuscritos e descobriu uma parte do segredo. Quando souberam do ocorrido, nossos irmãos precisaram se revelar a ele. Sauniére foi chamado a Roma, onde o cardeal (...) revelou a existência e o propósito de nosso grupo. Como sua intenção era reformar a pequena capela, foi-lhe dada autorização para regressar e permanecer no local, porém com a condição de jamais revelar esse segredo. Como homem da Igreja, Sauniére sabia que quebrar um juramento era passível de excomunhão e ele morreu sem quebrar sua promessa.

– Pelo pouco que sei dessa história, Sauniére teria enriquecido repentinamente – eu disse.

– Realmente, ele recebeu uma grande soma em dinheiro. Algumas pessoas acham que ele foi comprado, mas não é verdade. Nossa Ordem apenas contribuiu para a reforma da igreja, nada mais.

Porém, para que ele pudesse justificar o valor recebido, lhe foram entregues os famosos pergaminhos, contudo eles são falsos, os textos foram tirados do Codex Bezae. Os arquivos foram removidos da igreja e enviados para este local onde estamos.

– Sauniére não revelou o segredo, mas deixou muitos detalhes estranhos nas esculturas e pinturas do interior da igreja e nas construções ao seu redor – concluí.

– Sim. Mesmo tendo jurado não revelar nossa existência ao mundo, ele colocou pequenos detalhes em quase todo o local. Para você ter uma ideia, o número de degraus que levam ao topo da torre Magdala é 22. No portão do cemitério ele esculpiu um crânio com 22 dentes.

– Uma clara alusão aos 22 membros de cada país – eu disse.

– Exatamente. Porém, a mais reveladora de todas é uma escultura existente no fundo da igreja. Ela retrata Jesus em pé sobre uma montanha e várias crianças ao seu redor. Tudo pareceria normal se as crianças não usassem trajes da época de Sauniére. E no pórtico da igreja está escrita a seguinte frase retirada no livro do Gênesis da Bíblia: *Terribilis est locus iste*, que quer dizer "este lugar é terrível". E logo à entrada, em seu interior, do lado esquerdo, foi esculpida a imagem do demônio Asmodeu (aquele que faz perecer), que sustenta a pia de água benta.

– Com as informações que já me revelou, ficou fácil entender o que essa estátua fazia lá e qual era seu propósito. Então, esses pergaminhos existentes, e sobre os quais tanto se fala, são os famosos engodos?

– Exatamente, precisava existir uma justificativa para o dinheiro e as inscrições existentes. O grande segredo da invisibilidade é esse, para que você entre em algum lugar sem ser notado é preciso que as atenções sejam desviadas. Foi exatamente isso que todos os nossos irmãos fizeram durante séculos, criaram histórias que, sabiam eles, despertariam a curiosidade das pessoas que, enquanto se debatiam para provar a veracidade das mesmas, deixavam a verdade a salvo.

– Muito engenhoso – eu disse. – Grandes histórias foram criadas em cima desses engodos.

– É claro que sim, quando não se conseguem provas para corroborar as histórias, inventam-se algumas e assim os homens dividem-se entre os que acreditam e os que as veem como contos.

– E o Santo Sudário de Turim, é verdadeiro?

– Sim, é verdadeiro e a ciência já sabe disso.

– Mas li uma vez que o resultado do teste de carbono 14 constatou ser ele uma peça do século XIII. Como pode ser autêntico, então?

— Esse dado não está correto. Todos os estudos existentes levam a comprovar sua autenticidade. Não estou dizendo isso só porque sei que ele é verdadeiro através de nossos registros, mas porque há muitas provas científicas que não podem ser refutadas. Ninguém conseguiria fraudar o líquido pleural, por exemplo, e já se constatou que ele está presente no lençol. Eu não sou cientista, mas minha opinião é que os testes feitos na Antiguidade, para confirmar sua autenticidade, teriam alterado alguns dos componentes do linho. Em 1503 ele foi fervido em óleo, para verificarem se a imagem não saía. Como a imagem permaneceu, foi considerado santo. Em 1532, houve um incêndio na catedral e o Sudário foi atingido pelas labaredas de fogo. Essas alterações devem fazer alguma diferença, creio eu.

— É verdade. Mas como ele deixou a Irmandade, se fazia parte de suas relíquias?

— A resposta a essa pergunta lhe darei mais tarde.

Naquele momento, dei-me conta de que o caminho por onde seguíamos não era o mesmo onde passara o táxi há dois dias, para chegar ao mosteiro. Assim, viajamos por mais de três horas até chegarmos a nosso destino. Durante todo o trajeto, Aron não disse nada. Eu, assim como Armand, respeitamos sua decisão.

— Aqui estamos — disse Armand —, esta é a casa de campo de Francisco, onde estão guardados os manuscritos originais e suas traduções.

Aquilo era mais que uma casa de campo, era um castelo, um dos poucos que ainda não havia se transformado em hotel. Fiquei maravilhado com sua imponência.

— Vamos — disse Armand —, Francisco já deve estar nos aguardando.

Ele tinha razão: assim que descemos do carro, Francisco apareceu pela porta principal e nos saudou:

— Sejam bem-vindos, é muito bom revê-los. Como foi a viagem?

— Muito boa — respondeu Armand. — Faz tempo que chegou?

— Cheguei ontem à noite, deixei Liza em casa e vim direto para cá. Mas entrem, por favor.

Enquanto Armand e Francisco conversavam a respeito dos funerais, Aron pediu licença e se dirigiu para a capela existente no castelo. Eu fiquei observando o lugar. Em uma das paredes do salão de entrada havia um brasão, símbolo da ascendência de Francisco. Havia ali, também, várias tapeçarias e quadros. Peças maravilhosas, por sinal.

— Venham comigo — disse Francisco —, quero lhes mostrar algo.

Saímos do salão principal e seguimos em direção a outro maior ainda, onde havia uma pequena capela no centro e duas escadarias que a ladeavam, conduzindo ao andar superior. A capela era simples, com apenas alguns bancos, um pequeno altar e um crucifixo na parede do fundo. Aron estava ajoelhado no primeiro banco.

Francisco se dirigiu até a frente do altar, onde moveu algo que não pude perceber o que era. O altar então se deslocou para o lado, deixando à mostra uma escada que descia ao subsolo.

– Em tempos de guerra, muitos de meus antepassados se refugiaram aqui – disse Francisco.

Descemos a escada e chegamos a um labirinto de corredores.

– Cada um desses corredores leva a um cômodo do castelo. Por aqui, temos acesso a todos os aposentos em seu interior. Esse lugar já foi usado para proteger inocentes, mas também para fazer o mal. Hoje é de grande valia para nós, pois protegemos todos os arquivos da Irmandade dos olhos do mundo.

– Poucos conhecem essas passagens, Hieronymus. Pode considerar-se privilegiado – disse Armand.

– Só tenho a agradecer, mais uma vez, a confiança que depositam em mim.

Depois de algum tempo entrando e saindo por passagens naqueles corredores, chegamos a uma espécie de biblioteca subterrânea. Francisco acendeu a luz e pude ver melhor o lugar. Parecia um museu, mas com toda a tecnologia dos dias atuais. O ambiente era gelado, pois havia aparelhos de ar-condicionado ligados. A visão era inusitada; paredes seculares e uma biblioteca subterrânea contrastavam, totalmente, com os aparelhos modernos e de ultima geração.

– Faz muitos anos que temos energia elétrica aqui embaixo. Os manuscritos são antigos e precisam ser conservados a temperaturas mais baixas que a normal. Mantemos também aparelhos para controlar a umidade do ar. Além disso, protegemos os documentos dentro desses cubos de vidro. As traduções são recentes, por isso foram encadernadas e estão nas prateleiras das estantes.

Armand então retirou de uma pasta que levara consigo o pergaminho original que havia me dado para ler em sua casa e o entregou a Francisco, para que guardasse o documento em um dos cubos de vidro. Seguiu depois até uma das estantes e retirou um livro, abriu-o e localizou uma determinada página. Entregou o livro aberto em minhas mãos e disse:

– Veja, esta página responde à pergunta que me fez sobre o Sudário de Turim.

Acomodei-me em uma das cadeiras e comecei a ler:

"Em que época nós vivemos! Mal podemos crer no que estamos presenciando nestes tempos! Quando a Bula Papal de Gregório IX criou, no ano 1233 de Nosso Senhor Jesus Cristo, o tribunal chamado de Inquisição, nada nem ninguém poderia imaginar o que aconteceria então. Quando foi criado, ele servia apenas para colocar os pecadores de volta ao caminho, mas hoje a prática tornou-se sanguinária e ninguém mais está a salvo dos tentáculos do mal.

Todos correm perigo, principalmente depois que o Inquisidor Geral de Aragão, Nicolas Eymeric, escreveu o *Directorium inquisitorum*. Essa obra, embora só tenha circulado dentro da Igreja, e mesmo assim para poucos, retrata os processos de torturas e como seriam realizados os pactos com o Demônio. Como havia uma pessoa de nossa Irmandade influente dentro da Santa Igreja, uma cópia do manual está em nosso poder. A Inquisição está se tornando, nos dias de hoje, um meio de sobrevivência para muitos e nós tememos pelo pior. Nossa Santa Madre Igreja virou um covil do mal. Qualquer um, a qualquer momento, pode ser preso e acusado de bruxaria. Os inquisidores, que deveriam ser homens de Deus, tornaram-se temidos em virtude das crueldades praticadas. E mesmo os sacerdotes que não concordam com tais práticas se omitiram, com medo de ser presos e torturados, acusados de pactuar com o mal.

Vivemos em tempos difíceis e tenebrosos. Se não fosse pela presença d'Aquele a quem protegemos, estaríamos sem esperanças, pois é isto que o mundo se tornou: um lugar sem esperança. As pessoas andam com medo, não existe mais alegria. O temor paira sobre a cabeça de todos, nobres ou plebeus; ninguém mais é inocente aos olhos dos inquisidores e ninguém pode salvar aqueles que são acusados de heresia.

Qual a maior heresia senão aquela praticada pelos que deveriam estar protegendo seu rebanho? Pode existir maior pecado do que torturar o semelhante em nome de Deus? E o pior é que, como em toda espécie de mal, o povo começa a ver nas execuções uma forma de espetáculo e está aderindo a essa barbaridade.

O mal se espalha de modo tão avassalador que não imaginamos um meio de detê-lo. Todos estão ficando contaminados por ele.

Não demorará muito para que um de nossos membros ou familiares seja capturado e torturado. Tememos que, caso aconteça semelhante tragédia, eles não resistam às sessões de tortura e acabem revelando nossa identidade. Não podemos permitir que isso aconteça. Ao mesmo tempo em que tememos enviar nosso protegido para outro local, não temos certeza se Sua permanência aqui continua segura.

Assim sendo, decidimos por uma solução que, talvez, afaste temporariamente a ameaça que paira sobre nós. Nossa Irmandade, como todos sabem, é guardiã de vários objetos que pertenceram a Nosso Senhor Jesus Cristo. Um deles e o mais intrigante é, sem dúvida, sua mortalha. Nela está impressa a figura de Jesus da forma como foi tirado da cruz e sepultado. Nós não sabemos como a impressão se deu e não há nada nos manuscritos de nossos primeiros irmãos que nos revele o ocorrido. Também nunca perguntamos a nosso protegido, por acreditarmos que isso pouco ou nada importa.

Embora para nós ele não tenha muita importância, tamanha é nossa responsabilidade, sabemos que para a Santa Madre Igreja seria de muita serventia, pois é um artefato muito precioso. Dessa maneira, procurei o arcebispo de nossa região e entreguei-lhe a mortalha de Cristo.

Para dar veracidade à minha história e para livrar nossos irmãos de qualquer perigo, disse a Sua Eminência que a mortalha fora descoberta em Constantinopla no ano 1204 de Nosso Senhor, por um cruzado membro de minha família que teria nos trazido como relíquia e conosco permanecera durante estes anos.

Comentei, também, que durante esse tempo alguns amigos de fé frequentavam minha casa para adorar a imagem de Cristo. Quando a viram pela primeira vez, juraram proteger a relíquia com suas vidas, se preciso fosse. Mas nós sabíamos que a Santa Igreja era o local mais adequado para manter a mortalha de Nosso Senhor Jesus Cristo a salvo, afinal, como detentora das verdades de Cristo, era a única que podia reivindicar tamanha responsabilidade.

Minha história foi convincente, Sua Eminência pediu-me pessoalmente o nome dos homens que se reuniam em minha casa para orar a Deus e que me ajudaram a proteger tal relíquia, pois teríamos as indulgências da Igreja, bem como sua proteção. Depois de entregue ao arcebispo, não tomamos mais conhecimento sobre o que ocorreu com a mortalha, mas isso não importa, o importante é que nossos irmãos estão protegidos e com isso teremos tempo para poder remover Nosso Mestre daqui e enviá-Lo a um país onde a Inquisição não atue ou pelo menos não seja tão cruel."

Armand indicou-me mais um trecho, pulando algumas páginas:

"Entramos, então, em contato com o mestre (...), que providenciou todo o necessário para receber nosso Mestre. Ele foi enviado para esse país disfarçado. Depois que recebemos notícias de que havia chegado são e salvo, providenciamos a remoção dos manuscritos e das outras relíquias, que também estavam em nosso poder. Que Deus Todo-Poderoso abençoe e guarde nossos irmãos."

Na página seguinte, começava o relato do mestre que recebera Jesus àquela época e que seria protetor e guardião de parte dos objetos e manuscritos pertencentes à Irmandade.

Devolvi os manuscritos para que Armand pudesse guardá-los e fiquei observando o lugar. Quanto investimento foi feito para manter um local como este e agora, por uma loucura, tudo isso tinha de ser desfeito. Depois de longos momentos de silêncio, Armand disse:

– Precisamos remover todos os manuscritos e relíquias para outro país com urgência e você, Hieronymus, irá com Aron para o Irã, onde está o último detentor da charada.

– Com Aron? – perguntei de sobressalto. – Achei que ele não deveria ser envolvido nessa história toda.

– Na verdade – continuou Armand –, foi ele quem sugeriu acompanhá-lo. Além do que, ele conhece muito bem o lugar para onde você deverá ir, pois já esteve lá muitas vezes e o guardião do texto é muito seu amigo. Enquanto isso, tentarei me encontrar com Alexander, pagar o que ele exigiu e tentar demovê-lo de continuar com essa insanidade. Só espero conseguir fazê-lo.

– Caso não consiga – eu disse –, talvez possa lhe dar uma ideia, se quiser é claro.

– Com certeza! – retrucou Armand –, preciso acreditar no melhor, porém tenho de estar preparado para o pior.

– Creio que a melhor solução, caso não consiga fazer Alexander parar com essa loucura, é decifrar a charada e remover Jesus para outro local. Depois, você deveria destituir os mestres ainda vivos, colocando outros em seus lugares. Inclusive seu cargo de Grão-Mestre é melhor que seja ocupado por outra pessoa. Dessa maneira, nem você teria conhecimento das decisões tomadas pelos futuros mestres e a Irmandade não seria totalmente desestruturada. Afinal, se algo acontecer com os demais mestres e com você, a Irmandade deixará de existir e, sem uma sociedade forte ocultando Jesus, não há como Ele ficar incógnito por muito tempo.

– Hieronymus tem razão – disse Francisco a Armand –, não podemos nos esquecer de que, se algo acontecer a você e aos demais mestres, a Irmandade estará acabada. Você precisa, urgentemente, empossar os outros mestres para os cargos já desocupados e relatar a eles o que vem ocorrendo. Acho que a ideia de passarmos nossos cargos a outros é brilhante. Dessa forma, protegeremos Jesus e manteremos a Irmandade. São quase 2 mil anos de estruturação, não se pode fundar um novo grupo de um dia para outro. Isso sem citar o fato de que os membros da Irmandade são escolhidos com muito critério, porque possuímos uma rede de informações que nos permite checar totalmente a vida de cada um. Como faríamos isso, se nossa identidade fosse revelada? Correríamos o risco de admitir pessoas erradas, o que seria um risco que não podemos correr.

– Vocês dois têm razão. Tudo que aconteceu foi tão rápido, e nos pegou de forma tão abrupta, que estamos nos esquecendo de que precisamos planejar com mais cuidado as ações a ser tomadas. Temos uma cópia do programa com o registro dos atuais membros da Irmandade aqui conosco; sendo assim, podemos averiguar a vida de cada um e decidir quem colocaremos no lugar dos mestres falecidos. Vou começar agora mesmo a trabalhar nisso.

Enquanto Armand olhava os registros dos atuais membros dos países que haviam perdido seus respectivos mestres, Francisco mostrou-me outros objetos existentes na sala. Havia muita coisa e, se tivéssemos de removê-los dali, precisaríamos de uma equipe de mudanças muito competente, para poder encaixotar com cuidado todas as relíquias existentes. Não eram apenas os livros e manuscritos que faziam parte daquele acervo, havia também muitos objetos de diversas épocas, inclusive moedas. Muitos artigos deveriam ser únicos no mundo.

– Antiquários e historiadores ficariam sem palavras se entrassem aqui – eu comentei.

– Com certeza – disse Francisco –, todos os objetos estão em perfeito estado de conservação. Mesmo os mais antigos sempre foram muito bem cuidados. Tínhamos muitos mais, porém doamos a maioria a vários museus pelo mundo, pois não é justo que fiquem restritos à apreciação de poucos. Todas as pessoas têm direito de conhecer as obras de seus antepassados. Bem, Hieronymus, creio que é melhor subirmos, pois Armand deve demorar bastante, e esse é um trabalho minucioso. São seis mestres que precisará escolher e não será uma tarefa muito fácil de ser realizada. É melhor que o deixemos sozinho.

Subimos e deixamos Armand concentrado em seu trabalho.

– Vou ligar para Félix; caso Raul telefone ou volte, pedirei a ele que venha para cá.

– E se Alexander ligar, o que faremos? – perguntei.

– Já deixei minha secretária a par da situação e pedi que desse o número daqui, caso ele entrasse em contato.

– Francisco, gostaria de lhe fazer uma pergunta. Na verdade, iria fazê-la para Aron, mas, sinceramente, confesso que fiquei com medo de sua resposta, embora não saiba lhe dizer por quê.

– Mas é claro que responderei, se eu puder. Pode perguntar.

– Por que Jesus está vivo até hoje? Por que Ele quis permanecer neste mundo?

– A resposta é simples, meu amigo. Jesus está vivo até hoje para combater o mal. É Sua presença neste mundo que impede que a dor e a desgraça se espalhem mais. É sua permanência aqui que ainda faz nascer o amor no coração dos homens. É por Ele que o sentimento de solidariedade se mantém. Se não estivesse nesta Terra, orando por nós todos os dias, há tempos a calamidade teria dominado o mundo de vez, de uma forma tão intensa que decerto não estaríamos aqui hoje, tendo esta conversa. Armand lhe disse que Paulo conhecia o segredo de Jesus, não é verdade?

– Sim – respondi –, inclusive Aron falou-me desse encontro ocorrido na estrada de Damasco, no dia de sua conversão.

– Exatamente – disse Francisco –, Paulo sempre falou sobre um Jesus vivo. E assim o fez, porque sabia da verdade. Ele sempre pregou ao mundo, mas também escrevia a nossos irmãos para fortificá-los. Sua alegria era tanta que não se continha em ficar incógnito, como a maioria de nós. Ele tinha necessidade de levar a boa-nova ao povo.

Um dia, em uma de suas cartas, Paulo quase revelou o segredo. Está na Bíblia, vou ler para você e perceberá a verdade de imediato.

Francisco dirigiu-se a outra sala e voltou com uma Bíblia na mão.

– Sempre deixo essa passagem marcada, está na segunda carta aos tessalonicenses. E começou a ler em voz alta:

"Capítulo 2 – A vinda do Senhor e o combate final.

...Não se lembram de que eu já dizia essas coisas quando estava com vocês? E agora vocês já sabem o que está impedindo a manifestação do adversário, que acontecerá no tempo certo. O mistério da impiedade já está agindo. Falta apenas desaparecer aquele que o segura até agora."

Quando Francisco pronunciou as últimas palavras, um arrepio correu-me pelo corpo. Estava ali praticamente revelado que Jesus ainda vivia para nos proteger. Era a sua poderosa energia de luz que impedia que a escuridão dominasse de vez o mundo. O que era a proteção da Irmandade a Ele, senão um grão de areia perto da que Ele nos oferecia?

– Ninguém, até hoje, soube explicar o que Paulo quis dizer com essas palavras – disse Francisco. – Todos os historiadores sérios e mesmo os especuladores se emudecem perante essa passagem. Paulo se entusiasmou e escreveu algo de extremo risco. Por sorte, ninguém entendeu, nem os tessalonicenses, e ele nunca mais mencionou algo parecido. Na verdade é muito difícil acreditar em um Jesus vivo, em carne e osso, no meio da humanidade. Por essa razão é que Ele ora diversas vezes ao dia. É graças a Ele e a todos aqueles que se retiram para entoar preces que o caos ainda não impera no mundo. Jesus deu a vida por nossos pecados, essa era sua missão e continua a ser até os dias de hoje. Ele poderia ter voltado ao Pai, mas não o fez por amor a nós. Todos os dias, Ele é açoitado e tem a cabeça cravada de espinhos, todos os dias sofre pelo mal que nós cometemos. Mesmo assim, suporta sua missão com resignação, porque Seu amor por nós é extremo e Ele sabe quais seriam as consequências se nos deixasse hoje.

"Esse é o verdadeiro significado da palavra compaixão", pensei. Jesus tinha consciência de quem era e do mundo maravilhoso que o aguardava, se fosse embora. No entanto, como seu amor é imensurável, preferiu ficar e sofrer conosco. Essa é a maior prova de amor. Ele está, verdadeiramente, doando a vida por seus irmãos, em todos os dias de permanência conosco.

– Agora você entende o que Ele faz aqui? Não é, realmente, alguém especial? Não merece que o protejamos com nossas próprias vidas? Os quatro cavaleiros do Apocalipse já cavalgam pelo mundo, basta olharmos para os lados e veremos suas faces entre nós. Morte, guerras, fome, pestes. Será que a humanidade ainda não percebeu? Enquanto vivenciamos isso, um homem ora, alheio a tudo, pedindo a Deus que tenha misericórdia de nós, porque nós mesmos não a temos. É graças à Sua intercessão que alguns ainda conseguem se levantar e levar a obra de Deus avante.

Francisco ficou emocionado com suas próprias palavras. Depois de alguns minutos em silêncio, talvez sentindo o que acabara de dizer, retirou-se, para fazer seu telefonema, deixando-me ali, totalmente paralisado.

"É verdade", pensei. Precisamos, realmente, de mais pessoas voltadas a fazer o bem, para que possamos pelo menos equilibrar a balança, que hoje deve estar muito desequilibrada. E o mais interessante de tudo isso é que não é algo religioso, mas moral. O bem precisa prevalecer, porque dele depende nossa alegria na vida. Não podemos ser verdadeiramente felizes enquanto deitarmos nossas cabeças no travesseiro à noite, sabendo que crianças estão morrendo de fome. Se o fazemos com tranquilidade é porque nós mesmos já estamos passando para o outro lado. Quando nossa sensibilidade deixa de existir e a indiferença toma seu lugar, invadindo nosso interior, é porque o mal dentro de nós já está tomando proporções enormes.

Certa vez, um amigo na redação me disse que o problema do bem é que ele é tímido, enquanto o mal é agressivo. Eu discordo disso. O bem não é tímido, porque deve ser característica natural do ser humano. O bem é como a honestidade, ninguém deve sair por aí proclamando que é honesto, porque honestidade não é virtude, mas obrigação.

É por isso que Jesus dizia para orarmos ao Pai dentro de nosso quarto. Quando fazemos algum esforço para sermos bons é porque esse sentimento não existe ou está tão apagado dentro de nós que precisamos lutar para resgatá-lo.

Mais uma vez, as palavras de Aron se fazem valer, o mal é a ausência da luz. Quem é luz não precisa provar que não é sombra, porque brilha, espontaneamente. Mas quem é sombra sempre precisa tentar acender um palito de fósforo para os outros o enxergarem. Essa é a diferença dos homens, os que ficam gritando nas esquinas precisam de um momento de notoriedade, tentam ser luzes, mas são fiascos, são ilusões. Os que são verdadeiramente luzes nada precisam fazer, pois basta que você olhe para eles e verá o clarão em seus rostos e atitudes.

Tomara que um dia todos nós tomemos consciência do verdadeiro significado da palavra amor. Quando ela deixar de ser uma simples palavra para se tornar uma força, então todos nós seremos não simples lâmpadas, mas holofotes, e o bem se espalhará com tal velocidade em nosso mundo, que, mesmo aqueles que ainda não tiverem conseguido entender seu real significado, serão contagiados, porque a força do amor tem o poder de derrubar qualquer barreira existente dentro do ser humano.

Estava tão absorto em meus pensamentos, que só percebi a entrada de Francisco na sala quando ele disse:

– Pronto, já fiz as ligações que precisava. Raul telefonou dizendo que chega hoje. Sendo assim, à noite estará aqui conosco. Ele disse a Felix para nos informar que tem novidades, mas não quis adiantar nada, por enquanto. Espero que sejam novidades boas, pois até agora só temos recebido notícias ruins. Sua ideia de passarmos nossos cargos foi espetacular, Hieronymus, já sei a quem devo passar o meu.

– Espero, sinceramente, que toda essa história acabe bem.

– Acabará, com toda a certeza, só precisamos fazer nossa parte. A propósito, vamos ver como Armand está se saindo e se precisa de ajuda.

Voltei com Francisco ao subsolo. Armand continuava sentado em frente ao computador e imprimia algumas páginas.

– Estou com o dossiê de alguns membros, que, acredito, têm o perfil ideal para assumir os cargos de mestres. Preciso lê-los com calma, para me certificar. Conseguiu conversar com Raul? – perguntou Armand a Francisco.

– Não falei com ele, mas Félix avisou-me de que ligara e que chegará hoje à noite, com notícias. Deixei recado para que viesse diretamente para cá. Tenho certeza de que, se ele não chegar muito tarde, nos veremos ainda hoje.

– Espero que tenha corrido tudo bem, na medida do possível, e que as notícias que traz sejam boas – continuou Armand.

– Disse a mesma coisa a Francisco lá em cima – completei.

– Então, se me derem licença, irei até meu quarto, pois quero descansar um pouco antes de ler esses relatórios.

Francisco e eu o acompanhamos até a sala. Armand subiu para seu quarto e encaminhei-me ao meu, pois também queria descansar.

Não o fizera desde que saíra do mosteiro e a viagem até ali tinha sido cansativa. Francisco, por sua vez, disse ter alguns afazeres dentro de sua propriedade.

Assim que coloquei minha cabeça no travesseiro, a primeira imagem que me veio à mente foi a de Jesus e do quadro que Armand havia me mostrado em sua casa. Agora entendi o motivo de Jesus estar pisando sobre uma serpente. Saber a razão que o mantivera vivo e conosco por todos estes anos deixara-me imensamente feliz. Ele continuava a me surpreender em todos os momentos. Sempre fora seu admirador e, agora, depois de obter a graça de conhecer toda a sua história, acabara me apaixonando mais ainda por Ele.

Mil e uma perguntas sempre habitaram a mente do homem, desde Seu aparecimento. Pesquisas são constantemente realizadas para saber se Ele teve irmãos, se Sua mãe, Maria, o concebeu virgem, enfim, são mais de 2 mil anos de questionamentos. Agora, porém, todas as respostas se tornavam desnecessárias.

As histórias que li na Bíblia não eram metafóricas, mas verdades colocadas de maneira simples. Que importa se Maria continuou virgem ou não, após concebê-Lo? Tantas discussões para provar o quê? O importante é que ela fora eleita por Deus para trazer ao mundo alguém muito especial. E, sendo assim, deveria ser respeitada, somente por isso.

Aron tem razão, a religião que prega o desrespeito não pode ser seguida, porque o respeito é a base da convivência. Essa não é uma lei Divina, mas uma lei de convívio social. A própria justiça dos homens tem como regra básica este preceito, "o direito de um termina onde começa o do outro". É necessário conhecer primeiro essa lei, para depois falar o nome de Deus. Novamente, lembrei-me das palavras de Julius, "se Deus quisesse que o homem fosse conduzido, teria agraciado com cérebro apenas os líderes das religiões e seitas existentes". Recordei-me de uma passagem da Bíblia, no livro de Judas, onde se pode ler:

> "Na luta com o Diabo para disputar o corpo de Moisés, o Arcanjo Miguel não teve a ousadia de acusá-lo com palavras ofensivas; apenas disse: 'Que o Senhor te repreenda'. Esses, porém, dizem blasfêmias contra tudo o que eles não conhecem; e o que conhecem instintivamente à maneira de animais é o que os conduz à ruína".

Essa passagem ilustra muito bem a hipocrisia de certos líderes espirituais, que, em vez de pregarem palavras de amor, afeto e igualdade, blasfemam contra aquilo que não conhecem. São os cegos conduzindo cegos, ignorantes daquilo que pregam. Transformaram os locais de suas pregações em verdadeiros circos, onde o que importa é o espetáculo. A verdade é que nesses lugares o Demônio possui mais importância do que Deus. São os vendilhões do templo, aos quais Jesus se referia.

Na mesa do jantar, após a refeição, Armand anunciou que já havia escolhido os novos membros que ocupariam a posição de mestres.

– Comunicarei minha decisão a eles após o encontro com Alexander, que acredito estar prestes a acontecer. Também informarei os mestres remanescentes, para que escolham seus próprios substitutos. Ninguém melhor do que eles mesmos para saber quem deve ocupar seus lugares. Meu cargo será passado para Bruce, tenho certeza de que ele é o mais qualificado para dirigir nossa Irmandade. Para ser honesto, antes de tudo isso acontecer, já havia pensado nele para me substituir quando chegasse o dia. Chegou mais cedo do que eu esperava. Quanto ao guardião de Jesus, essa tarefa será passada a você, Hieronymus.

Levei um tremendo susto:

– Agradeço muito, mas não acha mais conveniente escolher outro membro, alguém que seja mais antigo na Irmandade? Tenho certeza de que existem vários irmãos nessas condições.

– Existem, sim, mas minha intenção desde o começo foi passar essa tarefa a você, não vejo motivo para mudar de ideia agora. Você ainda continua sendo incógnito dentro de nossa Irmandade e isso ajudará muito na manutenção da mesma. Assim que todos os 12 novos mestres tomarem posse, eu o apresentarei e lhes direi qual é sua missão. Todos são homens de fé e aceitarão sem nenhum problema sua indicação. Depois, se achar conveniente, poderá contar-lhes tudo o que aconteceu. Quanto à remoção dos arquivos, é melhor que esperemos a decisão dos futuros mestres. É aconselhável que essas decisões sejam tomadas sem nosso conhecimento. Sendo assim, Francisco, ligue para sua casa, por favor, e pergunte a Liza se Raul já chegou. Caso ainda esteja lá, peça a ele para não vir para cá, porque amanhã voltaremos. Pergunte também se alguém ligou, por gentileza.

Eu sentia um frio na barriga. Não sabia que essa era a intenção de Armand, mas eu havia sido iniciado e, se ele assim me determinasse, teria de cumprir. A responsabilidade que Armand me legara era enorme, sem falar que eu só conhecia uma pequena parte da Irmandade. Mas afastei os pensamentos ruins da mente e comecei a pensar que valeria a pena, pois a causa era muito justa. Na verdade, eu deveria estar imensamente feliz pela confiança que aqueles homens demonstravam ter em mim, pois protegendo Jesus estaria na verdade ajudando a proteger toda a humanidade.

– Raul ainda não voltou. Pedi para Liza dar seu recado a ele – disse Francisco.

– Ótimo, então partiremos amanhã.

– E Aron, onde está? Não o vi desde que chegamos! – eu disse.

– Em oração, preparando-se para a ida de vocês – respondeu Francisco.

Fomos nos deitar mais cedo e, como eu não conseguira dormir à tarde, peguei no sono rapidamente.

Na manhã seguinte, bem cedo, rumamos para o aeroporto. Armand e Francisco se despediram de nós e seguiram em direção à casa de Francisco na cidade, onde Raul os aguardava. Eu e Aron embarcamos para nosso destino.

Capítulo 13

Ghara Kelisa

O voo foi tranquilo, fizemos uma escala em Istambul antes de aterrissarmos em Tabriz, no Irã. Nossa intenção era ficar no Hotel Gostaresh, porém Aron achou melhor que não perdêssemos tempo. Dessa forma, alugamos um veículo no próprio aeroporto e seguimos em direção à cidade de Maku, que fica aproximadamente a 250 quilômetros de Tabriz.

– Quantas vezes esteve aqui?– perguntei a Aron.

– Na verdade, meu amigo, várias. Eu gosto muito deste país e das pessoas que aqui vivem.

– Desculpe por perguntar, mas, desde que saímos do mosteiro, senti que está mais reservado, aconteceu algo?

– Toda essa situação me deixou triste. Eu não entendo como alguém que teve a graça de descobrir que além deste mundo existe outro, muito mais lindo e perfeito, se deixe levar por sentimentos tão pequenos – respondeu Aron.

– Fiz essa pergunta a mim também e, confesso, não consegui uma resposta satisfatória – eu disse.

– Vamos deixar o rio seguir seu fluxo natural – continuou Aron. – Se tudo correr como planejado, estaremos em nosso destino no final da tarde.

– O Mestre fica em Maku? – perguntei.

– Não, Maku é apenas a cidade mais próxima do local para onde estamos nos dirigimos. Precisamos de um guia e é lá onde encontraremos. Nosso destino é Ghara Kelisa – disse Aron.

– Ghara Kelisa é uma cidade?

– É uma igreja. Ela esta localizada entre o Azerbaijão e a Armênia. Tenho certeza de que gostará muito dela.

– Eu não tenho dúvidas de que sim – respondi.

Durante o trajeto, Aron deu-me uma aula de história a respeito das várias igrejas existentes nessa região do planeta. Ele me surpreendia com a sua cultura, pois era ao mesmo tempo um filósofo, um cientista, um historiador, um poeta, e ouvi-lo era tão envolvente que chegamos a nosso destino sem perceber que tinham se passado quatro horas desde nossa saída de Tabriz.

Maku é uma cidade relativamente grande para os padrões da região. Por conhecê-la bem, Aron sabia, exatamente, onde conseguir um guia para nos levar até nosso destino. Não demorou muito para que encontrasse Vahid. Aron tinha pressa em chegar. Então, logo que contratamos o guia, seguimos viagem.

Chegamos às muralhas da igreja. Meu corpo estava exausto e molhado pelo suor e o cansaço da viagem, porém o esforço valeu a pena. A igreja, mesmo não tendo a opulência de suas irmãs ocidentais nem das próprias mesquitas, é de uma beleza ímpar. Ela fica protegida por um paredão. Além da construção principal, há também alguns edifícios abandonados, onde antes se abrigava um mosteiro. Ao seu redor, apenas terras áridas.

– Bem-vindo a Ghara Kelisa. O que achou do local? – perguntou Aron.

– Sem dúvida, valeu cada momento de nossa vinda.

– Essa foi a primeira igreja cristã de que se tem notícia. Diz a tradição que o apóstolo Judas Tadeu, após a crucificação, teria vindo aqui para o Irã pregar o evangelho e acabou sendo martirizado. Em sua homenagem, construíram uma pequena igreja. A parte onde as pedras são nas cores preta e branca compõe a construção original, erguida no ano 68. As demais foram erguidas e reformadas no século XIII. Por ter essa característica, ela é conhecida como a Igreja Negra.

Enquanto Aron falava, eu observava a parte externa do edifício. Havia várias esculturas em alto-relevo por toda a sua extensão. A que mais me chamou atenção era a imagem de São Miguel Arcanjo transpassando o demônio com sua lança. "Por que alguém construiria uma igreja em um lugar tão isolado como este?", pensei comigo.

– Venha. Quero lhe mostrar seu interior. A chave, normalmente, fica na aldeia curda aqui perto, mas o guardião tornou-se meu amigo e me presenteou com uma cópia, há muito tempo.

Caminhamos em direção à porta, e eu continuava a observar o local à nossa volta. Era realmente inóspito. Normalmente, as igrejas que conhecemos são o centro de alguma comunidade, o que não é o caso dessa, em particular. Mesmo com a dúvida, fiquei em silêncio.

Aron abriu a porta e pude ver seu interior. A parte mais antiga continha um altar que se localizava exatamente embaixo da cúpula. Olhando para esse lado da igreja, dava a impressão de ser uma prisão. Notei, com espanto, que nas paredes havia algumas cruzes templárias gravadas.

– Estou com uma sensação estranha – eu disse. – Parece haver uma presença negativa no ar. Meu corpo está sentindo calafrios.

– Eu já esperava por isso, as pessoas mais sensíveis percebem a existência dessa energia que é muito antiga e que está enclausurada aqui, entre estas paredes.

– Enclausurada? – perguntei.

Aron, então, sentou-se em um pequeno degrau e eu no chão que estava um pouco úmido, apesar do sol forte, e me recostei na parede.

– Sim, abaixo de nossos pés, no centro da parte antiga, há um fosso que servia como uma prisão. Note as janelas, você consegue perceber algo de diferente?

Comecei olhando as que circundavam a cúpula e a única coisa que notei é que elas eram estreitas. A do centro possuía o formato de uma cruz. Foi o que disse a Aron.

– Certo, porém há um pequeno detalhe arquitetônico em sua construção. Se notar com atenção, perceberá que as janelas são dispostas de forma a captar a luz externa e refleti-la diretamente para o centro, mantendo-o sempre iluminado.

– Mas o que foi preso aqui?

– O mal.

– O mal? – eu respondi, espantado. – Se me lembro bem, você disse que o mal era o que havíamos herdado em nosso sangue.

– É verdade, essa é a origem. Contudo, existe uma energia que os homens passaram a criar e em dado momento a personificar. Nunca se esqueça de que tudo o que criamos em nossa mente materializa-se. Lembre-se de que possuímos uma parte do divino dentro de nós e ela nos permite criar, assim como Deus, claro que sempre guardando suas limitações. Existe uma série de livros que ensinam algumas técnicas chamadas de criação mental. O único problema é que, da mesma forma que você cria para o bem, também o faz para o mal, pois a energia é una e não diferencia aquilo que está sendo criado, apenas o criador é que sabe qual a finalidade e o propósito de sua criação.

– Tem razão, existe realmente uma grande quantidade de livros que tratam deste assunto; li alguns deles e não me recordo de ver escrito qualquer tipo de preparação para o uso ou nos alertando sobre algum dos efeitos negativos desse, digamos, "poder".

– Exato. Para que o homem crie, com responsabilidade, primeiro ele precisaria ser senhor de si. E sabemos muito bem que isso está longe de ser uma realidade no mundo em que vivemos. Nas antigas escolas dos chamados "mistérios", os alunos aceitos aprendiam primeiro a ter autocontrole, só depois eram admitidos nas câmaras mais secretas e galgavam passo a passo conhecimentos mais profundos. Se o discípulo não conseguisse passar pelo primeiro estágio, jamais teria acesso aos conhecimentos mais profundos e seu aprendizado terminaria ali. Porque todo conhecimento em mãos desequilibradas gera desordem.

– Por essa razão é que o Mestre Jesus pregava que não poderíamos jogar pérolas aos porcos – eu comentei.

– Sim, porque tudo o que o homem cria mentalmente, quer seja positivo ou negativo, vai sendo transferido para o ambiente ao seu redor e contaminando as pessoas que ali vivem. Todas as fórmulas, ditas mágicas, partem desse princípio da criação mental. Dessa maneira, quando usamos as técnicas apresentadas, mas ainda não temos o equilíbrio suficiente, somos apenas uma criança com uma arma na mão. Foi exatamente por essa razão que Deus tirou a árvore da imortalidade de nossa vista. Ele realmente não poderia permitir que nós, contaminados pelo genótipo animal, porém com o poder de criar Divino, nos tornássemos imortais. Entretanto, a árvore da vida continua a existir, e todos aqueles que querem comer de seu fruto precisam apenas buscá-la.

– Eu sempre acreditei que Deus, mesmo nos privando do acesso à árvore, a mantivesse ao nosso alcance.

– E foi exatamente o que Ele fez, colocou-a no lugar mais óbvio que pode existir, mas nós não conseguimos enxergar, porque sempre procuramos o que é Divino nos lugares errados. Deus tirou a árvore da vida do centro do Jardim do Éden e a colocou dentro de cada um de nós.

— Realmente, sempre procuramos fora, esquecendo-nos de que a espiritualidade está dentro de nós. Não é apenas na escuridão que não enxergamos! A claridade ofuscante também nos cega.

— Tem razão, mas veja que Deus é justo e dá oportunidades a todos igualmente. Portanto, primeiro precisamos ter autodomínio.

— Mas li alguns desses livros que tratam da criação mental e seus autores dizem que o pensamento positivo é, muitas vezes, mais forte do que o negativo...

— Essa teoria é muito simplista e apenas as pessoas que não param para pensar, sempre indo ao embalo do modismo, é que acreditam nela. Estamos lidando com uma energia, que não é feminina ou masculina, boa ou má. É apenas uma energia, que está sendo ativada e que irá na direção à qual foi enviada. Se pensar algo bom, você irá gerar energia positiva a seu corpo; se, ao contrário, pensar algo ruim, você será o primeiro a sentir seus efeitos. Quem está emitindo esse poder é que determina sua força, e não o contrário. Lembre-se, não é a flecha quem escolhe o alvo, e sim o atirador.

Aron estava certo, as pessoas infelizes e tristes normalmente estão sempre doentes, já as alegres, mesmo quando são acometidas por alguma enfermidade, continuam de bem com a vida.

Um exemplo muito claro do que estou lhe dizendo é Israel. O país berço das três principais religiões do mundo é o local onde mais se vivencia a violência. E esse ódio não morre; ao contrário, ele vai aumentando e gerando mais ódio.

— Armand me explicou o porquê dessa situação. Imagino que para ela mudar é necessário que um lado dê a outra face.

— Exato. Enquanto um não fizer isso, nunca haverá paz. Os homens acham que estender a outra face é uma desonra, uma humilhação, um ato de covardia, de fraqueza, porém é exatamente o contrário. Forte é o homem que vence sem lutar, mesmo tendo a força de vencer lutando. Esse sim é o verdadeiro herói, esse descobriu a si mesmo. Eu lhe pergunto: quem é mais forte, aquele que pregou na cruz ou aquele que se deixou ser pregado nela?

— Tem razão, quem é muito bom em causar dor, normalmente é o mais fraco quando precisa suportá-la.

– Existem no mundo, meu amigo, quatro pontos, quatro locais que são sagrados e ao mesmo tempo prisões. Ghara Kelisa é um deles. Aqui há guardiões que protegem o fosso. São homens de fé inabalável que fazem um dos trabalhos mais importantes e perigosos, que é manter essa energia maligna presa.

– Quem são eles? – perguntei.

– Ninguém sabe suas identidades; são pessoas comuns, um professor ou um varredor de rua, não importam suas funções mundanas. Só posso dizer que possuem uma fé intensa, e que, se tivéssemos a capacidade de olhar para dentro de seu interior, veríamos uma claridade tão ofuscante que ficaríamos cegos. Eles não vivem para este nosso plano de existência. São os verdadeiros iluminados, que conseguiram vislumbrar um pouco da eternidade de Deus em vida. Esses homens pertencem à Ordem de Mariz, seguidores de Melquisedeque, sacerdote do Deus Altíssimo.

– Ordem de Mariz? Nunca ouvi falar sobre ela.

– Acredito em você. A Ordem de Mariz é uma organização que trabalha incógnita. Na Idade Média, estavam sob a proteção da Ordem de Aviz, em Portugal. Eles não possuem templos. Apenas os buscadores mais dignos são chamados para ingressarem em suas fileiras. Lembre-se: quando o discípulo está pronto, o mestre aparece. Assim como aconteceu com você.

– Às vezes, custo a crer que estou, realmente, vivenciando isso. Mas, Aron, pensei que o Demônio não existisse!

– Ele não existe da forma como é comumente descrito. Não é um anjo caído que se rivaliza com o Criador. Entenda, Hieronymus, quando Jesus pregou que se você matasse em sua mente você já havia causado o mal, foi isso que Ele quis dizer. Quando você ouve uma notícia na qual a mãe torturou seu filho, ou um homem estuprou uma criança, qual é sua reação? Seja sincero.

– Às vezes fico tão revoltado que imagino mil formas de dar um fim a essa pessoa.

– Agora pense. Quantos acabam tendo a mesma reação que a sua? E cada um imagina outra maneira muito mais violenta de praticar a chamada "justiça". Já lhe ocorreu para onde toda essa energia negativa liberada vai?

– Nunca.

– Você notou que as formas de assassinato ou tortura parecem piorar a cada acontecimento, como se houvesse um manual de instruções onde a cada dia alguém virasse a página e descobrisse um modo mais hediondo de praticar alguma barbárie? No fundo, nós somos, indiretamente, responsáveis por isso, porque ajudamos a escrever esse manual. Por isso Jesus disse aquela frase, porque, além de envenenar seu corpo, em algum momento essa sua ira se juntará à de milhares de pessoas e acabará se materializando na mente de alguém.

– Tenho de concordar com você. Quando achamos que nada pior pode acontecer, presenciamos com tristeza outra notícia mais apavorante ainda. O que acaba de me dizer faz muito sentido.

– Imagine então aqueles que fazem rituais, oferecem sacrifícios, orgias e todos os tipos de perversidades a alguma chamada "entidade". Toda essa energia gerada nesses momentos se direciona para esse "ser" que acabou tomando forma no físico, porque o homem já deu um nome para ele e, quando fez isso, criou um foco. E seja esse nome Demônio, Diabo e tantos outros, eles vão recebendo essas energias que são constantemente enviadas, tornando-os mais fortes. Nesse momento, você pode até não ter entendido muito bem a profundidade do que lhe revelei, porém saiba que esse segredo é um dos mais bem guardados dentro dos círculos internos dos ocultistas negros, servos da confraria da serpente.

– Quer dizer que os pactos são reais?

– Sim, essa energia acaba se materializando. É claro que não é qualquer pessoa que consegue gerar um poder tão forte a ponto de personificá-la, mas o problema é que, se alguém abre uma porta, sempre sai algo de dentro dela; e, quando isso acontece, quando essa energia escapa, apenas os chamados exorcistas são capazes de devolvê-las às suas prisões.

– Então, pelo que estou entendendo, os exorcismos existem!

– Os verdadeiros, sim, não aqueles espetáculos que vemos constantemente transmitidos através das televisões do mundo todo. Aquilo é apenas uma influência psicológica, que atrai as pessoas simples, nada mais. Os exorcismos reais são muito difíceis de ser realizados, e levam anos de preparo, reclusão e fé do exorcista. Pense comigo, ele tem de possuir uma força interior gigantesca para poder capturar a energia rebelde e transmutá-la. E, quando digo exorcistas, não estou me referindo apenas aos seguidores de Cristo, porque todas as religiões possuem os seus, e algumas são muito mais antigas que o Cristianismo. Enfim, a energia negativa ou o Demônio, se prefere assim, não é exclusividade de um determinado grupo religioso.

– Não achava realmente que era – respondi.

– Agora... Você parou para imaginar o tamanho e a força que essas criaturas possuem? Antigamente, elas eram alimentadas pelo homem. Porém, nos dias de hoje, estão sobrepujando os criadores e seu poder está se tornando tão intenso que já interagem com o ambiente, influenciando os pensamentos.

– Saber disso é realmente assustador.

– Concordo, por esse motivo nunca se esqueça de que o equilíbrio é a única arma capaz de derrotar esse inimigo invisível. Sem alimentá-los, eles definham e morrem.

– Creio que é por esse motivo que estamos notando uma explosão de violência nos dias atuais. Hoje se praticam crimes pelos motivos mais fúteis – comentei.

– Realmente, o homem está regredindo em seu interior e permitindo que o animal o controle. Se continuarmos por esse caminho, chegaremos a um estágio de onde não será mais possível retornar, porque o homem perderá de vez sua humanidade.

– É muito triste ouvir isso e mais triste ainda é pensar que você tem razão – eu disse.

– Sim, mas o pior de tudo é saber que a humanidade não enxerga. Hoje, estamos vivenciando uma explosão tecnológica, na qual as mágicas praticadas pelos antigos se tornaram brincadeira de criança, e mesmo assim os homens não acreditam na espiritualidade – completou Aron.

– Realmente. Conseguimos nos comunicar com alguém do outro lado do mundo através de ondas e nos esquecemos de que elas nada mais são que um tipo de energia.

– Saiba, no entanto, Hieronymus, que um dia você também deverá enfrentar seus demônios.

– Enfrentar meus demônios?

– Claro, todos nós deveríamos, em algum momento de nossas vidas, enfrentar o demônio que criamos. Você precisará visualizá-lo e transmutá-lo, do contrário nunca conseguirá se libertar. Foi exatamente o que Jesus fez quando foi tentado no deserto, lembra-se dessa passagem?

— Sim, é uma das passagens mais conhecidas de sua vida.

— Exato, a parte humana de Jesus precisou transmutar o que restou do "demônio" dentro dele. Se você prestou atenção ao lê-la, percebeu que essa luta de fé foi travada em outro plano, porque Jesus foi levado em "espírito" ao deserto, e não fisicamente.

— Lembro-me bem de que sempre quis entender o que a palavra "espírito" queria dizer nesse contexto – eu disse.

Aron então me explicou como deveria fazer para visualizar todos os demônios que eu criara; porém, antes, ele me fez jurar que jamais revelaria esse segredo a qualquer um, a não ser que eu sentisse em meu coração que poderia fazê-lo.

— Desculpe-me, Aron, mas preciso lhe perguntar: isso é mesmo necessário?

— Sim, da mesma forma como Jesus, Buda e tantos outros foram tentados, todos os homens que querem seguir o caminho da espiritualidade precisam passar nesse teste. Ele é a noite escura que São João da Cruz escreveu.

— Mas eles eram divindades ou santos, ao passo que eu sou apenas humano – respondi.

Nesse momento, Aron sorriu e me respondeu:

— Sorte sua, porque a cruz nunca é maior do que aquela a qual podemos carregar. Seu demônio é um grão de areia em comparação com o demônio deles, mas não o subestime, porque ele é muito forte. A humanidade sempre imaginou o demônio como um ser malévolo. Esse foi seu maior erro.

— Creio que isso tenha ocorrido porque em todos os textos existe uma disputa entre Deus e o Diabo pela alma do homem, o que nos leva a entender que ele pratica o mal – eu mencionei.

— Está certo, porém o que estou dizendo é que a humanidade sempre classificou o bem e o mal como uma dualidade. Tudo o que acontece de ruim é imputado ao Diabo e tudo o que é bom torna-se obra de Deus. Esse é o erro.

— Aonde quer chegar?

— Quando Jesus foi tentado no deserto, foi-lhe oferecido algo de mau?

— Se me recordo, o Demônio o testou de três formas. A primeira, Jesus foi tentado a saciar sua fome, pois disse que, se Ele fosse filho de Deus, transformaria as pedras em pães. A segunda foi quanto à confiança, afinal Jesus foi levado até o pináculo do templo e tentado a saltar, pois, se confiasse plenamente em Deus, Ele seria socorrido prontamente pelos anjos. E a terceira foi lhe dando todos os reinos da Terra, caso ele se prostrasse e o adorasse.

– Isso mesmo, notou alguma coisa ruim?

– Sinceramente não – respondi.

– Você percebeu que os homens sempre vão aos templos em busca exatamente de tudo aquilo ao qual Jesus foi tentado? Quando estamos famintos de algo material em nossas vidas, quando precisamos de algum milagre, ou quando queremos obter prosperidade e bens materiais, procuramos Deus.

– Entendi. Por isso Jesus dizia para buscarmos primeiro o reino de Deus, que todas as outras necessidades nos seriam acrescentadas.

– Percebeu agora por que muitos se convertem a alguma religião e começam a prosperar na vida?

– Sim, estão se prostrando ao deus deste mundo e em troca estão recebendo os favores que ele lhes prometeu – eu disse.

– Correto, essa é a maior armadilha à qual a humanidade se submete. Existe realmente uma guerra pela alma humana. Se você se apegar ao Deus Altíssimo e verdadeiro, como disse Jesus, e buscar seu reino, nada lhe faltará. Se você, ao contrário, se prostrar diante do Demônio, ele lhe dará tudo também, pois hoje necessita do homem para sobreviver. A diferença é que o preço cobrado é alto. Basta que olhemos o que o mundo está se tornando. Lembre-se, o reino de Deus está dentro de você e não fora.

– Agora, a passagem a qual Jesus diz que muitos irão ao seu encontro e dirão "Senhor, Senhor, não profetizamos nós em teu nome? E em teu nome não expulsamos demônios e não fizemos muitas maravilhas e Ele responde: Nunca vos conheci, apartai-vos de mim vós que praticais a iniquidade" faz todo o sentido.

– Deus Altíssimo criou o homem, este criou o Demônio e ele precisa de nós para continuar a existir – concluiu Aron.

Ouvi-lo realmente me fez ver o mundo com olhos diferentes. Longe dos véus que encobrem todas as verdades, percebi que estamos nos escondendo atrás das futilidades da vida, com medo de encarar a realidade como ela se apresenta. Permitimo-nos viver ao lado do caos como se não nos atingisse, achamo-nos imunes ao que está acontecendo. Colocamo-nos como espectadores, esquecendo-nos de que somos atores nesse drama.

Nunca as palavras de Aron fizeram tanto sentido em minha vida; são palavras realmente simples, mas que possuem uma profundidade incrível. Nós é que não queremos enxergar.

Nesse momento, ele quebrou o silêncio e disse:

– Estou cansado. Acomode-se, porque você deverá passar a noite aqui. É um bom lugar para meditar sobre tudo o que conversamos hoje.

– E você? – perguntei.

– Irei visitar meu amigo, afinal faz anos que não o vejo. Durma bem, amanhã virei buscá-lo para que você possa pegar o que veio procurar.

Aron se despediu e fechou a porta atrás de si. Já havia escurecido e confesso que não estava me sentindo confortável. A noite chegou, e com ela os medos que carregamos em nosso interior, que pensava não existirem mais.

A escuridão e o silêncio mostraram-se assustadores. Comecei a ter calafrios percorrendo meu corpo. Pensei em tudo o que Aron havia me revelado, principalmente da energia negativa aprisionada no fosso à minha frente, e senti meus batimentos cardíacos aumentarem. Eu sabia que precisava me acalmar, que a noite apenas começara, mas estava sendo difícil.

Acomodei-me no chão da igreja, colocando minha mochila como travesseiro, e tentei não pensar mais. Estava mesmo cansado, e só então me dei conta. Comecei a fazer um exercício de relaxamento que aprendi e tentei dormir um pouco.

De repente, ouvi barulho de carros parando ao lado de fora e de portas batendo. Procurei minha lanterna, porém antes de encontrá-la uma das portas da igreja foi arrombada. Soldados armados apareceram. Eles apontavam suas lanternas em minha direção, bem como suas armas, e berravam muito. Nesse momento, levantei-me com as mãos para cima, tentando mostrar que eu não estava armado e que não iria oferecer resistência alguma. Eles foram chegando mais perto e continuavam a esbravejar, mas eu não entendia o que estavam falando. E foi o que tentei lhes dizer. Eles me cercaram e de repente senti uma dor intensa na cabeça.

Capítulo 14

Verdades

Minha boca estava machucada pelo soco que recebi. Rahman continuava ao meu lado, tentando me confortar um pouco.

– Já está melhor? – perguntou ele.

– Sim, obrigado.

Levantei-me e recostei na parede da cela.

– Eu lhe disse para não esconder nada do diretor deste presídio.

– Mas eu não tenho nada a esconder. Tudo o que eu lhe disse era verdade. Não sei o que mais posso fazer. Será que ele me permitirá falar com um advogado ou algo assim? – perguntei.

– Com certeza, não. Você está no Irã; quando você é preso, perde seus direitos. Sinto muito por você. Eles só o deixarão sair quando e se tiverem certeza absoluta de que é inocente. Isso pode levar dias, meses ou até anos.

Aquelas palavras de Rahman me deixaram apavorado. Ninguém sabia onde eu estava. E eu não poderia revelar o real motivo de minha ida até lá. E, se eles me torturarem, será que conseguirei resistir? E, mesmo que eu diga, será que alguém acreditaria?

Nunca em minha vida pensei em passar por uma situação como essa. Por mais arriscados que fossem meus trabalhos jornalísticos, todos eram feitos em meu país, onde a justiça e o direito das pessoas são a base de nossa sociedade. Agora, estou aqui, longe de tudo e todos que conheço. Enquanto eu pensava, os guardas, junto ao diretor da prisão, apareceram em frente à minha cela. Meu coração disparou.

– Levante-se – disse ele.

Eu o obedeci de imediato. Eles abriram a cela e o diretor disse:

–Você é um homem de sorte, deve realmente ter muitos amigos. Você está livre.

Não acreditei no que estava ouvindo, porém não disse nada. Ouvi apenas Rahman dizer:

– Não se esqueça de mim quando estiver longe daqui.

Voltei em sua direção e respondi:

– Nós nos conhecemos por pouco tempo, mas tem minha palavra de que farei o que puder para tentar tirá-lo deste lugar.

– Vamos – disse o diretor.

Caminhei novamente pelo corredor sombrio daquele local. Quando cheguei à sala principal, Aron estava me esperando. A alegria que senti em vê-lo foi imensa.

– Você está bem? – disse ele.

– Estou com dor no estômago, com a boca machucada e com o espírito humilhado. De resto, estou bem.

Aron sorriu e saímos daquele lugar.

– Como me encontrou? – perguntei.

– Quando os soldados invadiram a igreja – respondeu –, os homens do vilarejo não puderam fazer nada, a não ser me esconder. Durante o restante da noite, eles procuraram pela região, mas não conseguiram me localizar. Enquanto isso, um dos nossos foi até Maku e ligou para Armand contando o ocorrido. Só assim conseguimos saber onde você estava, mas os detalhes eu não posso lhe dizer, pois também não sei.

– Onde estamos? – perguntei.

– Próximos de Tabriz – disse ele. – Tome! Isso aqui lhe pertence.

Abri o papel e nele estava escrito: *orationis Iesus memento*. A última parte da charada.

Minha boca ainda doía, por isso não falei muito durante o trajeto até Tabriz. Chegamos ao Hotel Gostaresh, já eram mais de 8 horas da noite. O lugar era muito bonito, mas eu não estava com disposição para conhecê-lo. Aron ficou na recepção resolvendo os detalhes enquanto subi para o quarto. Tomei um banho, pois estava precisando, e fui dormir.

Pela manhã, seguimos diretamente ao aeroporto e voltamos para o país de Francisco. Todos estavam aguardando nossa chegada ao aeroporto. Fiquei feliz em vê-los.

– Soubemos o que ocorreu com você. Está bem? – perguntou Raul.

– Na medida do possível, sim. Armand, aqui está a última parte da charada que faltava. Pode traduzi-la? – perguntei.

– Claro que sim – respondeu ele –, deixe-me ver. *Orationis Iesus memento* quer dizer "Lembra-te da oração de Jesus".

– Ótimo – disse Francisco –, agora podemos localizar nosso Mestre e levá-Lo para um local mais seguro.

Chegando à casa de Francisco, Aron, como de costume, recolheu-se em oração. Enquanto isso, Armand foi ligar para seu escritório na Bélgica, retornando logo em seguida.

– Acabo de confirmar com meu escritório, os outros dois irmãos nossos também cometeram suicídio. Eu não estou conseguindo entender o que está havendo.

Enquanto Armand falava, Felix entrou na sala e o chamou:

– Sr. Armand, telefone, a pessoa diz chamar-se Alexander.

Todos nós nos levantamos ansiosos. Era a primcira vez que Alexander falava com ele desde que desaparecera. Ficamos todos observando suas feições mudarem ao telefone. A conversa não levou mais que um minuto. Quando desligou, e antes mesmo que qualquer um de nós perguntasse qualquer coisa, disse:

– Ele está do lado de fora da casa, pedi que entrasse.

O que será que aquele homem queria, depois de praticar tanto mal? Que motivos o haviam levado até ali? Todos estavam perplexos. Não demorou muito para o táxi estacionar à frente da casa, onde nos encontrávamos esperando pelo desertor. Desceu do veículo um homem magro, de mais ou menos 40 anos. Seu semblante era de alguém que estava sofrendo e não de um assassino chantageador. Ele olhou para todos nós e, antes que alguém esboçasse qualquer reação, disse:

– Graças a Deus, consegui chegar até aqui e rever vocês, meus queridos irmãos!

Suas palavras surpreenderam todos nós.

– É estranho ouvir você falar desse jeito, depois de tudo que fez. Já temos o dinheiro que pediu – disse Armand.

– Dinheiro? Que dinheiro? – perguntou ele.

– O dinheiro que você exigiu para não revelar nossa existência ao mundo – disse Raul.

– É melhor entrarmos – eu disse –, e conversarmos lá dentro com mais tranquilidade. Só assim poderemos esclarecer o que está acontecendo.

E foi o que fizemos. Percebi que Alexander estava tão atônito com nossas indagações quanto nós estávamos com sua presença ali.

– Se você não pediu dinheiro algum, será que pode nos contar o que está havendo? Por que desapareceu com sua filha e a cópia do programa?

Alexander pôs-se então a relatar o que tinha ocorrido:

– Há menos de um mês, eu estava em meu apartamento, arrumando algumas roupas para levar à minha filha no hospital, quando o porteiro do prédio interfonou e disse que havia alguém na portaria que queria falar comigo. A pessoa se identificou como sendo K. Na mesma hora, permiti que subisse, mas quando abri a porta minha surpresa foi enorme. Não era K. que estava ali, mas um homem completamente desconhecido. Não tive tempo de esboçar qualquer reação, ele cobriu meu nariz com um pano úmido; creio que era formol ou algo similar, pois não me lembro mais de nada, a não ser de ter acordado em uma sala muito escura. Parecia uma masmorra, as paredes eram de pedra. Eu não sei dizer como me retiraram do apartamento sem que ninguém nos visse, o que sei é que estava sentado em uma cadeira de madeira em frente a uma mesa, sozinho. Depois de alguns instantes, quando já me encontrava totalmente desperto, entrou uma pessoa na sala e disse que precisava conversar comigo. O homem identificou-se como Alberto e me contou que sabia a respeito da existência de nossa Irmandade. No começo tentei negar, dizendo que não tinha a mínima ideia do que ele estava falando e não respondi a nenhuma pergunta que me fez. Mas depois de algum tempo ele se levantou, com raiva de minha teimosia, e informou-me que estava com Ana e que, caso eu não cooperasse, jamais a veria novamente. Ao escutar essas palavras, senti o sangue congelar e meu coração disparou. "Como podem usar minha filha para me chantagear? Ela está muito doente, isso não é humano", falei. O homem respondeu que ela estava sendo muito bem tratada por enquanto e assim continuaria se eu colaborasse. Naquele momento, o mundo desabou sob meus pés. Aquela menina é a razão de minha existência.

Mas como poderia trair meu juramento, meus irmãos e Jesus? Fiquei totalmente confuso.

– Mas o que ele queria saber, se já conhecia a existência de nossa Irmandade? – perguntou Raul.

– Na verdade – continuou Alexander –, ele sabia que eu tinha uma cópia do programa comigo e queria a senha de acesso aos arquivos e, principalmente, o que continha a localização do "suposto" Jesus, como declarara. Eu lhe disse que não possuía o código do programa. Sendo assim, minha presença ali não o ajudaria em nada, pois não podia dar uma informação que não tinha. Ele riu na minha cara e perguntou novamente. Por certo tempo, tentei não revelar, mas, quando ameaçou novamente minha filha, não tive escolha e acabei contando a senha do arquivo principal. Que Deus tenha misericórdia de mim e do que fiz. Perdoem-me por não ter sido forte o bastante para cumprir meu juramento.

– Como conseguiu fugir? – perguntei.

– Depois que lhe revelei o que queria saber, a vigilância sobre mim começou a se afrouxar. Percebi que ele não estava sozinho, mas que fazia parte de um grupo, afinal eles se revezavam para me vigiar. Há duas semanas, pedi que me levassem para ver minha filha, pois estava com muitas saudades. Eles atenderam meu pedido, colocaram uma venda em meus olhos e só a retiraram quando chegamos em frente ao hospital. Como se eu fosse um prisioneiro, escoltaram-me até o quarto onde ela se encontrava.

Nesse momento, Alexander começou a chorar sem parar. Senti um nó na garganta e fiquei em silêncio, assim como todos que ali estavam. Depois de algum tempo, ele voltou a falar:

– Desculpem-me. Quando entrei em seu quarto, não pude falar com ela, o médico disse que seu estado havia se agravado e estava sob efeito de sedativos. Não havia mais nada a ser feito. Meu Deus, esse foi o momento mais difícil de minha vida. Sentia-me morrendo com ela. Eles então permitiram que eu ficasse com Ana no quarto, e assim o fiz durante alguns dias. Achei que ia perder minha filha querida, porém minha fé nunca me abandonou e pedi ao Deus Altíssimo que me levasse em seu lugar, porém, para minha felicidade e espanto dos médicos, Ana teve uma melhora inexplicável.

Nesse momento, Alexander não resistiu e chorou compulsivamente. Não dava para ficar alheio a essa cena e todos nós acabamos chorando também, porém de felicidade.

– No entanto – continuou ele depois de se acalmar –, os médicos pediram que eu a mantivesse lá por mais alguns dias, apenas para exames complementares. Hoje, deixaram-me sair para providenciar algumas roupas para Ana. Por isso, aproveitei a oportunidade para fugir e avisá-los sobre o que estava acontecendo, espero não ter causado muitos problemas a vocês.

– Não se preocupe com isso, meu irmão – disse Armand. – É muito bom tê-lo novamente conosco. Foi muito difícil acreditar que você havia se transformado em um assassino. O mais importante é que agora está aqui, ao nosso lado.

– Você faz ideia de quem o prendeu? – perguntei.

– Infelizmente não, só posso dizer que eram poderosos, tendo em vista que minha filha está internada em um dos melhores hospitais da Europa. Por favor, precisam me ajudar a tirá-la de lá, o hospital fica aqui na cidade – Alexander estava desesperado.

– Qual é o nome do hospital? –perguntou Raul.

Assim que Alexander respondeu à pergunta, Francisco disse:

– Não se preocupe mais com isso – e dirigiu-se ao telefone. Logo depois voltou e nos informou:

– Pronto, já está tudo providenciado. Um de nossos membros é oficial da polícia e o informei do ocorrido. Ele pessoalmente se prontificou a ir lá com alguns policiais e fazer a segurança no quarto de Ana até que nós cheguemos para retirá-la.

Alexander e Francisco saíram para buscá-la, enquanto o restante de nós permanecia na residência.

– Se Alexander está inocente nessa história, onde então se encaixa Cassius? E quem será que está por trás dessa organização? – perguntei a Armand.

– Não posso lhe dizer, pois, assim como você, eu também estou tentando encontrar respostas. Só o que sei é que minhas certezas de que ele não agia sozinho se confirmaram. Enquanto estávamos lidando com um homem louco de raiva, conseguíamos ao menos nos precaver. Porém, agora que sabemos que é uma organização, quem está por trás de tudo e que todos os nossos membros foram expostos, minha preocupação aumentou consideravelmente.

– O que faremos?

– Creio que o melhor a fazer agora é tentar decifrar o código e remover Jesus a qualquer custo. Não podemos esperar mais – ponderou Raul.

– Você tem razão, faremos isso neste instante, vamos até o escritório, lá poderemos pensar mais tranquilamente – argumentou Armand.

Fomos os três para o escritório, peguei os textos que estavam em meu poder, sentei em frente ao computador e com todos os dados em mãos tentei resolver o enigma da charada. Primeiro, precisava saber o que os números representavam.

– E então, Hieronymus, descobriu algo? – perguntou-me Armand.

– Na verdade – respondi –, os números que estão na primeira linha também estão na última, só que invertidos. O mesmo acontece com a segunda e a penúltima linha.

– Tem razão – comentou Armand. – O que será que significam?

– Não sei lhe responder. Entretanto, ao que parece, a resposta da charada é uma palavra e não um número, portanto acredito que devemos converter os números em letras.

– Isso faz muito sentido. Por que não tentamos? – argumentou Armand.

Começamos a fazer a conversão e obtivemos os seguintes resultados:

Q N S A R
N O E Q A
S E M E S
A Q E O N
R A S N Q

Após terminarmos, a decepção foi enorme. Esperávamos que a conversão trouxesse uma luz para nós, o que não aconteceu.

– Pelo visto, continuamos sem solução – comentou Armand.

– Tem razão, mas há algo de estranho. A parte da charada que estava em poder de Julius diz: "Sou um N solitário na cruz". Se você prestar atenção, existem quatro letras N no resultado. Algo não está certo! Será que não é o abecedário latino? – eu disse.

Nesse momento, Armand levou a mão em sua testa, dizendo:

– Como sou distraído, você tem razão, cometemos um erro ao fazer a conversão.

– Não entendi, onde erramos? – perguntei.

– Muito simples, nós usamos o alfabeto latino como é conhecido hoje, com suas 26 letras, porém, no latim antigo, o abecedário era formado por apenas 21 letras, dispostas da seguinte maneira: **A B C D E F G H I K L M N O P Q R S T V X**. Vamos tentar agora.

Fizemos a nova conversão e o resultado foi surpreendente.

```
R O T A S
O P E R A
T E N E T
A R E P O
S A T O R
```

– Incrível! É um palíndromo – comentei.

– Mais que isso – disse Armand – É a fórmula sator. Um dos quadrados mágicos mais antigos de que se tem notícia. Foi muito usado na Idade Média em círculos ocultistas. Não se sabe ao certo sua origem nem se pode fazer uma tradução literal, já que a palavra AREPO não é latina e não se conhece seu significado.

– Olhe, Armand! A letra N está exatamente no centro do quadrado, formando uma cruz na palavra TENET. E se foi isso que o antigo Grão-Mestre quis dizer?

Desenhamos no papel os 25 quadrados em forma de cruz e colocamos a letra N em seu centro.

– Vamos novamente rever as frases que compõem – disse Armand. – A primeira diz: "Sou o princípio e o fim".

– Acredito que seja Alfa e Ômega – concluí.

– Pode ser que esteja certo – comentou Armand. – Se você olhar atentamente para a fórmula, verá que existem apenas duas letras A e duas letras O. Onde você as colocaria?

– Como a cruz possui quatro hastes, colocaria uma letra em cada ponta, que é o início e o fim de cada uma delas – respondi.

– Então marquemos no modelo – disse Armand.

– A terceira frase da charada, que é "Se desejas estar próximo a mim", creio que foi utilizada para completar a quarta que diz "Lembra-te da oração de Jesus", que acredito ser a oração do Pai-Nosso. Só que algumas letras ficariam de fora, a não ser que... Armand, como se escreve Pai Nosso em latim? – perguntei.

– Pater Noster – ele respondeu.

Colocamos então as letras na cruz, e todas foram utilizadas. Ficamos maravilhados com o resultado. Agora, precisávamos saber se estávamos corretos. Fizemos, então, uma cópia do CD para não arriscarmos e testamos nossa descoberta.

Assim que clicamos na pasta dominus, a solicitação da senha apareceu. Era o momento que tanto aguardávamos. Completamos a senha e, assim que fizemos, o arquivo abriu.

– Hieronymus, como você foi o responsável por decifrar a senha, vou permitir que seja o primeiro a conhecer a localização de Jesus – disse Armand.

Naquele momento, percebi que estava ali, lendo a localização onde o maior homem que já existiu estava vivendo.

– Agora que sabemos o local em que nosso Mestre está, você partirá ao Seu encontro quanto antes. Precisamos nos apressar, pois não sabemos o que ainda pode vir a acontecer – disse Armand.

Esperamos algumas horas pelo retorno de Francisco e dos demais. Caía uma chuva fina e constante no início da noite, quando a ambulância estacionou no pátio da casa. Fomos recebê-la. Em seu interior estavam Alexander, Ana e Liza. A menina tinha uma beleza angelical, como todas as crianças.

Os enfermeiros levaram-na para o aposento preparado a ela, e seu pai os acompanhou.

– Onde está Francisco? – perguntou Armand para Liza.

– Já está chegando. Ele ficou resolvendo a liberação de Ana. Tivemos alguns problemas para removê-la do hospital, pois os médicos não queriam permitir. No final deu tudo certo.

Depois de alguns minutos, Francisco chegou e todos nós nos sentamos para refletir sobre aquela nova situação.

– Alguma informação no hospital que possa nos ajudar a descobrir quem é nosso inimigo? – perguntou Armand a Francisco.

– Infelizmente, meu amigo, nenhuma. Quem se responsabilizou pela internação da menina forjou uma transferência. Todos os pagamentos foram feitos antecipadamente e em dinheiro.

Enquanto Liza e Alexander conversavam com o médico responsável, tentei levantar informações sobre a pessoa que havia assinado sua transferência, mas o nome era falso. Estávamos sem respostas. A única certeza que tínhamos era que, quem quer que fosse o criminoso por trás dessa história, era muito poderoso.

Falsificação de documentos é crime gravíssimo em nosso país, sem dizer que as contas particulares em um hospital daquela importância não são para o bolso de qualquer um. O pagamento de dois meses adiantados se constituiu em uma pequena fortuna. E você sabe muito bem, quando o dinheiro é muito, as perguntas são poucas.

– Ao menos temos uma boa notícia – disse Armand. – Hieronymus conseguiu decifrar a senha. Agora sabemos exatamente onde está Jesus. Ele partirá amanhã.

– Enfim, uma excelente notícia nesse mar de aborrecimentos – desabafou Francisco.

– E quanto a Cassius? Será que o detetive Lefèvre conseguiu localizá-lo? – perguntei.

– É verdade – disse Raul –, seria melhor falarmos com o inspetor mais uma vez, para sabermos se há algo novo no caso.

– Vou telefonar para ele amanhã cedo e saber se tem mais informações – disse Armand. – Já é noite, é melhor descansarmos.

Todos se recolheram cedo para seus aposentos, após o jantar. Como não tinha sono, fiquei na sala por mais algum tempo, ouvindo a chuva cair lá fora. Recostei-me em uma poltrona e fechei os olhos. A sensação que tinha era que aquela água lavava meu ser, interiormente. Dentro de mim, era um misto de preocupação e ansiedade. Estava apenas a poucas horas de conhecer o homem que mudou o mundo, e ao mesmo tempo imaginava que toda a Irmandade corria um risco de ser exposta. Gostaria muito de ter sido convidado a fazer parte dela em um momento mais tranquilo. Dormi ali assim, e quando acordei o dia já clareava. Subi para o quarto, tomei um banho e desci em seguida.

Tomei café com Liza, Francisco e Raul. Armand estava no escritório, conversando ao telefone com o inspetor. Em seguida, Alexander desceu as escadas e juntou-se a nós à mesa. Depois de cumprimentar a todos, voltou-se para Francisco e Liza dizendo:

– Sou muito grato a vocês pelo que estão fazendo por mim e por minha filha. Espero um dia poder retribuir-lhes o favor.

— Não fale assim — disse Francisco —, você é nosso irmão. Esta casa é nossa, e não minha ou de minha esposa. Favores entre irmãos não precisam ser retribuídos. Ficarão aqui pelo tempo que for necessário.

— Mesmo assim, peço a Deus que os abençoe.

— Ela passou bem a noite? — perguntei.

— Sim, está ótima. Queria descer para tomar café conosco, mas não permiti. Ela está curada, tenho certeza disso, mas ainda está fraca.

Nesse momento, Francisco falou:

— Desculpe-nos, Hieronymus, mas não nos lembramos de apresentá-lo a Alexander. É porque parece que você já está conosco há anos. Este é nosso novo irmão, Hieronymus.

— Muito prazer, Hieronymus. Pena que chegou em um momento conturbado da história de nossa Irmandade.

— É justamente por isso que estou aqui — respondi —, para ajudar.

Armand retornou do escritório nesse momento, dizendo:

— Lefèvre não conseguiu localizar Cassius, porque ele não existe.

— O quê? — indagou Raul. — O que quer dizer com "não existe"?

— É o que vocês ouviram. Não há nenhuma informação ou registro sobre ele. Tudo o que sabemos a seu respeito, aparentemente, é falso. A polícia de Paris enviou os dados que tínhamos para a INTERPOL e não havia registro algum.

"Toda a história começa agora a fazer sentido. Cassius é o executor de toda essa trama. Mas para quem será que ele trabalha?" Meus pensamentos foram interrompidos pelo som brusco e forte de mãos batendo na porta da frente.

— Onde será que está Felix? — perguntou Francisco. — É melhor eu mesmo abrir a porta.

Nem bem o fizera, quando Cassius surgiu à nossa frente.

— Surpreso em me ver, Francisco? — disse Cassius, apontando um revólver para ele. — Acho melhor você entrar. Quanto ao seu funcionário, não se preocupe: ele está, digamos, um pouco apertado.

Todos nós ficamos imóveis com aquela presença e ninguém esboçou qualquer reação.

— Acho melhor todos vocês se sentarem — ordenou Cassius.

Nós obedecemos e continuamos mudos, até que Armand resolveu perguntar:

— Por quê, Cassius? Diga-me, por que está fazendo tudo isso? Você foi muito bem acolhido junto a nós e durante quase dez anos mostrou ser leal e confiável. O que aconteceu para que nos traísse dessa forma? Não consigo entender.

– A Irmandade da Cruz não é a única organização da qual faço parte. Existe outra, que durante séculos tentou se infiltrar dentro de seu grupo.

– Que organização é essa? – perguntou Armand.

– Você é inteligente, Armand, pensei que já havia matado a charada. Mas vejo que o superestimei. Como presente pelos quase dez anos de convívio, vou lhe contar. Durante a Inquisição, dois dominicanos, a pedido de nosso papa Inocêncio VIII, escreveram um código para inquisidores chamado de *Malleus Maleficarum*. Para escrevê-lo, precisaram participar das prisões e dos processos. Durante um dos interrogatórios, foram surpreendidos por um homem que lhes revelou a existência da Irmandade da Cruz. Esse homem possuía um manuscrito que relatava o propósito de sua existência. Infelizmente, ele não aguentou a sessão e morreu antes de revelar quem eram seus membros. O manuscrito foi levado e seu conteúdo comunicado ao papa, que pediu uma investigação sigilosa a respeito. Foi, então, montada uma organização secreta dentro de nossa Igreja, com o intuito de encontrá-los e, infelizmente, ninguém nunca havia conseguido fazê-lo. Sabíamos somente que eram membros da aristocracia e, como não podíamos prender todos os aristocratas existentes, nossa organização achou que a melhor saída seria forjá-los para se infiltrarem em sua Irmandade. E assim foi feito. Muitos de nós fomos preparados e espalhados pela Europa com documentos e históricos de vidas falsos, de forma que pudéssemos ser recrutados por vocês. Durante séculos não obtivemos êxito, até que tive a sorte de ser convocado por seu antigo Grão-Mestre para ajudar na tradução de manuscritos antigos, por conta de meus conhecimentos da língua copta. Foi a oportunidade que por séculos esperávamos. Por isso, tivemos todo o cuidado e levamos quase dez anos para obter as informações que necessitávamos e preparar esse plano.

– Então você é um padre? – disse Armand. – Como pode, sendo religioso, fazer tal barbaridade?

– Chama o que faço de barbaridade? Vocês é que são os bárbaros. Nós somos os únicos e verdadeiros guardiões de Jesus. A Igreja é a depositária de seus ensinamentos. Estou aqui para levá-Lo comigo. Ele ficará sob nossa responsabilidade a partir de agora.

– Mas por que pediram dinheiro? – perguntou Raul.

– A chantagem do dinheiro era apenas para fazer vocês se movimentarem. Conheço muito bem como a Irmandade funciona e sei que, para poder desestruturá-la de vez, era necessário que atingíssemos os membros mais importantes. Na verdade, meu plano original era diferente. Conseguimos um corpo no necrotério e o queimamos em Paris. O plano era que vocês acreditassem que eu estivesse morto e isso fizesse com que resolvessem o assunto mais depressa, entregando-nos logo a senha. Mas não contávamos com aquela testemunha, que forneceu meu retrato falado. Quando soubemos disso, fomos obrigados a mudar de tática, pois eu sabia que investigariam minha vida, afinal eu passara a ser suspeito e não esperávamos isso. Assim como vocês, nós também temos influência sobre vários órgãos governamentais. Por esse motivo, apagamos todos os registros existentes a meu respeito. Forçamos Alexander a revelar a senha de acesso ao programa. Nesse momento, todos os membros da Igreja que a traíram estão sendo presos.

– Mas como fizeram isso? – perguntou Armand. – Pois todos os nossos irmãos que apareceram mortos cometeram suicídio?

– Essa parte foi mais fácil, aliás, devo isso a você. Eu possuía os impressos da Irmandade e já recebera várias cartas suas como Grão-Mestre. Falsificamos sua chancela, escrita e assinatura e enviamos uma carta a todos os mestres, pedindo que cumprissem seu juramento. Tínhamos certeza de que eles o fariam sem questionar. Nosso único problema foi Julius, pois sabíamos que conversara com você. Como não tínhamos ideia sobre o que haviam falado, e para não corrermos nenhum risco, resolvemos presenteá-lo com uma garrafa de cerveja envenenada. Depois, entramos em seus aposentos e colocamos um frasco de veneno aberto ao seu lado, para simular suicídio. Como o veneno era o mesmo que estava na garrafa de cerveja, não tivemos problemas para fazer a polícia acreditar que o padre acabara com a própria vida e dar o caso por encerrado. Agora que temos os nomes de todos os membros, será fácil mantê-los em silêncio.

– Não é possível – interveio Francisco –, não consigo acreditar que a Igreja consinta que tais barbaridades sejam praticadas em seu nome. Isso fere todos os princípios cristãos!

– Nossa organização goza de grande autonomia dentro da Igreja, e não precisamos nos reportar ao papa ou a seus assessores quanto ao nosso trabalho. Na verdade, eles nem mesmo sabem de nossa existência. Ficamos incógnitos para podermos trabalhar sem interferências. Se soubessem da verdade, poderiam não entender nossas atitudes, colocando-se contra os procedimentos que adotamos para resolver esses assuntos.

– Mas como pôde fazer tudo isso, Cassius? – disse Alexander nesse momento. – Você conheceu Nosso Mestre. Não consigo entender que alguém que recebeu uma graça tão maravilhosa quanto essa possa fazer parte de um complô destes. Éramos amigos, Cassius.

– Chega de conversa. Agora me digam, onde Ele está?

– Está protegido em local seguro, você não conseguirá atingi-Lo. Nós não temernos a morte, por isso você nunca saberá onde encontrá-Lo – falou Armand.

– Muito bem, se querem continuar a agir dessa forma, mesmo que isso os leve à morte, não me importo. Armand, dê um "abraço" em Julius por mim.

Cassius, então, apontou o revólver para Armand e eu, instintivamente, pulei em frente à arma, ouvindo apenas o estampido. Caí no chão e, por um instante, o silêncio tomou conta da sala. Nesse momento, ouvi Armand dizer "está consumado". Abri meus olhos e percebi que todos estavam me olhando, inclusive Cassius. Sem entender o que se passava, levantei-me tentando perceber se havia algo diferente, mas nada notei. Armand, então, veio em minha direção e disse:

– Parabéns, Hieronymus, a partir desse momento, sua iniciação está completa.

Ainda sem compreender, notei com surpresa Aron entrando pela porta, acompanhado pelo inspetor Lefèvre e meu antigo mestre.

– O que está acontecendo? – perguntei.

– Tudo isso foi um teste! – respondeu-me Armand.

– Mas por quê? – indaguei novamente.

– Infelizmente – disse Armand –, o homem só mostra sua verdadeira face quando é posto à prova. Apenas nesse momento se pode saber com certeza quem ele é. Pedimos desculpas a você por todas as tribulações que passou, porém nosso segredo só conseguiu ser preservado por centenas de anos porque nossos membros são testados ao extremo e só os dignos são aceitos. Você não iria ser exceção à regra, por isso o avaliamos de todas as formas. Primeiro, testamos sua sede de conhecimento, pois foi ela que o trouxe até nós. Depois, com os bens materiais que lhe oferecemos, e você os recusou. Então, o testamos na lealdade ao ser interrogado pelo inspetor, e você se manteve firme. Levamos, então, você a acreditar que iríamos nos suicidar, e você não só se indignou, como também mostrou o caminho da fé. E, por último, você deu a vida por alguém e isso, meu amigo, não fazia parte do teste. Sua iniciação foi real e você passou com louvor.

Naquele momento, dentro de mim havia um misto de indignação e alegria, mas no fundo eu sabia que Armand tinha razão. Só conhecemos realmente uma pessoa nas adversidades.

Todos os que estavam na sala vieram ao meu encontro e me abraçaram. Senti nesse momento que era um vencedor.

– A partir de agora – continuou Armand –, você é um dos nossos e, como prêmio por sua vitória, irá conhecer Aquele a quem protegemos com nossas vidas.

– Pelo que aprendi nestes dias – eu disse –, sei que agiram certo em me colocar à prova. Mas tudo o que vivi foi um teste?

– Não – respondeu Armand –, a morte de nosso amigo Julius foi real, porém ele foi encontrar com o Pai serenamente. E Ana realmente estava muito doente e foi milagrosamente curada.

– Mas e minha prisão no Irã?

– Ela também não fazia parte de nossos planos. Por sorte, um de nossos membros é oficial de alta patente daquele país. Foi ele quem ordenou sua libertação imediata e deu ordens explícitas para que não o machucassem. E, tenha certeza, nenhum soldado iria desobedecê-lo. Se não fosse por ele, talvez você nunca saísse daquele país.

– Então Lefèvre e meu mestre também são membros da Irmandade? – perguntei.

– Sim. Foi seu mestre quem o indicou para fazer parte de nosso grupo, acreditando que você era a pessoa certa. E, agora, provou-se que ele estava com a razão. Venha, vamos comemorar sua real iniciação.

Todos, então, seguimos para o salão na parte de trás da residência. Lá estavam presentes outros membros que me aguardavam. Naquele momento, fui verdadeiramente iniciado na Irmandade da Cruz.

Epílogo

Faz dois dias que estou viajando. Armand revelou-me a verdadeira localização de Jesus e nesse momento estou chegando a meu destino. Antes de seguir para cá, Armand prometeu-me usar de todos os recursos que a Irmandade possui para tentar libertar Rahman, e tenho certeza de que conseguirá. O mosteiro para onde estou me dirigindo é construído em um local de difícil acesso. Estou apenas acompanhado pelo guia. Foi uma longa caminhada por morros íngremes, mas valeu cada passo. Olhar para o vale abaixo de nós dá uma sensação de liberdade indescritível.

Subi as escadas e me dirigi até o monge mais próximo. Pedi que meu guia perguntasse onde poderia encontrar (...), que era o guardião de Jesus. Ele, então, apontou para um banco de concreto onde havia um monge sentado. Fui ao seu encontro sozinho e com o coração acelerado de emoção. Ao chegar a seu lado, ele olhou para mim e deu um sorriso. Acredito que sabia o motivo de minha ida até lá.

– Boa-tarde! – disse ele. – Você deve estar exausto. A subida até aqui é muito cansativa.

– Realmente, mas tenho certeza de que todo o esforço valeu a pena.

Conversamos um pouco, identifiquei-me, mas minha emoção estava muito aflorada. Então perguntei:

– Posso saber onde Ele está?

– Sim, porém não o encontrará aqui!

Ao ouvir essa frase, senti-me sem chão. Esperava encontrá-Lo e, de repente, todas as minhas expectativas caíram por terra. Sentei-me no banco, completamente desolado.

– Vejo que ficou frustrado – disse o monge.

– É verdade, tinha certeza de que iria ver e ouvir Jesus. Sonhei com isso. Enchi minha alma de esperanças e ela agora se esvaiu – respondi.

– Não fique assim, meu amigo, você está sofrendo sem necessidade, pois você já O conheceu.

FIM